U. Pansy

Alfred Ried

FRANCKE
Verlag der Francke-Buchhandlung GmbH

CIP-Titelaufnahme der Deutschen Bibliothek

Pansy, U.:
Alfred Ried / U. Pansy. – Marburg an der Lahn : Francke, 1991
(Edition C : H, Heimatlicht ; Nr. 55)
ISBN 3-88224-863-7
NE: Edition C / H

3550 Marburg an der Lahn
Umschlaggestaltung: Gudrun Dresbach
Texterfassung:
Verlag der Francke-Buchhandlung GmbH/Manuela Weigand
Satz: Druckerei Schröder, 3552 Wetter/Hessen
Druck: St.-Johannis-Druckerei, Lahr 26966

Edition C, Nr. H 55

Inhaltsverzeichnis

Geleitwort

Weshalb schreibe ich eigentlich diesem Buch einen Empfehlungsbrief? Es hat doch mancherlei Fehler. Der Titel entspricht nicht der Hauptsache, die künstlerische Anlage und Verbindung lassen viel zu wünschen übrig, manche religiösen Aussprüche gehen mir zu weit, – kurz, wenn ich wollte, ich könnte es machen, wie die Herren Kritiker es so fein verstehen, über dem ganzen Werk den Kopf schütteln! Wenn aber ein etwas verwachsenes Bäumchen mir süße, schmackhafte Birnen getragen hat, dann hat es mich zum Freund, und ich lache die Herren Fachleute aus, die mir beweisen wollen, daß der Wuchs und der Schnitt des Bäumchens sehr zu wünschen übrig läßt, und daß es sich kaum lohne, es stehen zu lassen. Solcher schmackhaften Früchte aber hat der kurze Ausschnitt aus amerikanischem Christenleben, „Alfred Ried", ähnlich den beiden älteren Schwestern, „Esther" und „Julia", mir mehrere gebracht. Da ist erstlich der frische Ton des selbständigen, selbstdurchkämpften, selbsthingebenden Glaubens, der mir sehr wohlgetan hat. Je öfter wir daheim bei Unternehmungen und Arbeiten das Gericht der Ohnmacht erleben – „Er konnte daselbst nicht viele Taten und Wunder tun um ihres Unglaubens willen!" – desto ernster müßten uns solche herzwarmen Klänge starken Glaubens stimmen, damit wir nachspüren, woran es bei uns fehlt. Als der Herr von seinen Jüngern gebeten wurde: „Lege uns Glauben zu!" hat er eigentlich dem Sinne nach geantwortet: „Wozu? Wenn ihr nur den Glauben, den ihr habt, und wär' er senfkornklein, wirklich 'mal *anwenden* wolltet aufs eigene praktische Leben, müßte der Maulbeerbaum der Unversöhnlichkeit mit all seinen tausend zähen Wurzeln bald herausspringen!“ Nun, hier ist angewandter Glaube, angewandtes Christentum! Wollen wir uns nicht über Berechtigung und Folgerichtigkeit der erzählten sittlichen Erfolge aufhalten, sondern lieber auf solch ein fremdes Hornsignal hin aufstehen aus der Trägheit und etwas Wirkliches tun! Wer nichts tut, sondern sich nur auf dem geistlichen Ruhelager religiöser Erkenntnisse und Gefühle umherwälzt, macht freilich weniger Fehler und stößt weniger an, als der der energisch mit Hand anlegt, um etwas Wirkliches im Sündenelend seiner Umgebung umzugestalten.

Ist der erste wichtige Ton der Erzählung auf tatkräftigen Glauben gestimmt, dann versteht es sich von selbst, daß dieser Akkord übergeht in glaubensstarkes Lieben Jesu und seiner Mitmenschen. Der Glaube sendet die Strahlen, die an den bestrahlten Gegenständen als wärmende Liebe empfunden werden. Wieviel Beweise für die Wahrheit des Christentums könnten in unserer Mitte noch erbracht werden, wenn unsere reichen Brüder und Schwestern etwas von dem Tun und der Art der Frau Roberts lernen würden und unsere armen Jünglinge und Jungfrauen damit ernst machen wollten, sich als Missionare und Diakonissen anzusehen, auch wenn sie keine Anstalt ausbildet und aussendet, sondern sie nach ihrer Berufsarbeit freiwillig sich hingeben dazu, anderen den Glauben zu stärken.

Der dritte Ton des Dreiklangs ist die natürliche, gesunde Art des Bekennertums der Helden. Man ruft bei verschiedenen Gelegenheiten die Christen auf, durch Wort und Werk und Wandel Jesum vor ihren Bekannten zu bekennen, – wenn's aber geschieht, fürchten die meisten gleich sektiererische, methodistische Gefahren. Nur das Lebendige ist Gefahren ausgesetzt; das Tote bildet an sich die größte Gefahr für andere, wenn es auch selbst eben nicht mehr als tot werden kann. Geistliches Leichengift aber heißt ein Bazillus, der heutzutage in manchen religiösen Apotheken künstlich gezüchtet und mit großem Geschick den Seelen eingeimpft wird. Schade, daß es ihm geht wie manchem Impfversuch! Er macht nicht immun gegen die betreffende Krankheit, sondern verdirbt das Blut auf Jahre hinaus! Darum freue ich mich über jeden frischen Hauch des Lebens, wo ich ihn an Menschen und Büchern finde, und darum schüttle ich hier dem „Alfred Ried" vor allen Lesern die Hand, damit sie keine Angst vor ihm haben sollen!

Düsseldorf, Herbst 1900.

S. Keller, Pastor

1. Ein überraschendes Anerbieten

Der Regen fiel in Strömen, und es waren verhältnismäßig wenige Leute unterwegs, so daß es auch in dem großen Kurzwarenladen der Stadt viel weniger lebhaft zuging als gewöhnlich und einer der jüngeren Angestellten im Geschäft Muße hatte, von seinem Platz am Fenster die vom Regen triefenden Vorübereilenden zu beobachten. So schien es wenigstens; wer den jungen Mann jedoch genauer ansah, dem fiel gewiß der nachdenkliche, fast sorgenvolle Ausdruck in den hübschen Zügen auf, und der merkte wohl, daß seine Gedanken bei einem ganz anderen Gegenstand weilten als bei den Leuten auf der Straße. Offenbar hatte er weder Auge noch Ohr für das, was um ihn her vorging; sonst hätte es ihm auffallen müssen, wie aufmerksam ihn eine hübsche, vornehm gekleidete junge Dame am anderen Ende des Lokals beobachtete, während sie wartete, daß ihr die verlangten Waren vorgelegt würden. Der junge Angestellte schien sich immer weniger Rat zu wissen; denn seine Mienen nahmen je länger, je mehr den Ausdruck der Verlegenheit an, und ohne zu bedenken, daß ihn jemand hören könnte, machte er seinen Gedanken schließlich in den Worten Luft:

„Etwas muß geschehen, wenn ich nur wüßte was! ... So wie die Sache jetzt betrieben wird, kann nichts dabei herauskommen. Esther hätte ganz gewiß das Richtige getroffen, und was für einen lebhaften Anteil hätte sie daran genommen! Ich würde ja gern die Arbeit an ihrer Stelle aufnehmen! ... Aber, offen gestanden, weiß ich ebensowenig Rat in der Angelegenheit wie die anderen alle."

Diese Gedanken entfuhren dem jungen Mann nicht etwa

einer nach dem anderen, wie sie hier stehen, sondern wurden ganz unzusammenhängend hervorgestoßen, wie sie ihm gerade in den Sinn kamen.

Die Dame hörte jedes Wort, und ihre Mienen verrieten ein immer lebhafteres Interesse. Endlich erhob sie sich von ihrem Platz, näherte sich dem jungen Mann und unterbrach dessen Betrachtungen, indem sie mit sanfter, aber außerordentlich klarer Stimme sagte:

„Darf ich Sie wohl fragen, ob Sie soeben von Ihrer Schwester Esther sprachen? Sie sind doch Herr Ried, nicht wahr? Verzeihen Sie, daß ich mir die Freiheit nehme, Sie anzureden; aber ein intimer Freund meines Mannes, der Ihre Schwester kannte und hochschätzte, hat mir von deren Leben und seligem Ende erzählt, und seither verlange ich sehnlichst danach, mehr von der teuren Heimgegangenen zu hören. Schon lange hätte ich Sie gern kennengelernt, um aus Ihrem eigenen Mund dieses und jenes über Fräulein Esther zu erfahren und warte darum ungeduldig auf meinen Mann, damit er uns miteinander bekannt mache. Übrigens ist das eigentlich gar nicht nötig, Sie wissen ja wohl, wer ich bin?"

„Frau Roberts, wenn ich nicht irre", erwiderte der junge Mann, ebenso überrascht wie verlegen.

„Ganz richtig", antwortete die Dame, „und Sie sind Herr Alfred Ried. Sehen Sie, nun bedarf es gar keiner weiteren Förmlichkeiten mehr. Wollen Sie mir meinen Wunsch erfüllen und mir ein wenig von Ihrer Schwester erzählen, Herr Ried? Aus Ihren Worten von vorhin schließe ich, daß Sie sich soeben in Gedanken mit ihr beschäftigten."

„Ich sehnte sie herbei, wie so oft", erwiderte Alfred mit einem wehmütigen Lächeln. „Als sie starb, war ich noch ein Kind; aber je älter ich werde, um so schmerzlicher empfinde ich, wieviel wir an ihr verloren haben. Sie hatte so vielerlei Pläne entworfen, um den Leuten zu helfen, und war so von ganzem Herzen dabei, wenn es galt, etwas zur Förderung des Reiches Gottes zu tun, wie es heutzutage nicht viele sind."

„In der Person ihres Bruders wirkt sie vielleicht heute noch", erwiderte Frau Roberts sanft.

Alfred wurde dunkelrot; doch schüttelte er energisch den Kopf und erwiderte bescheiden: „Ach nein, das kann leider nicht von mir gesagt werden. Was Esther in ihrer tatkräftigen Art und mit ihrem praktischen Sinn gut auszurichten verstanden hätte, kann ich höchstens recht mangelhaft tun. Wenn ich gerade jetzt besonders lebhaft ihrer gedachte, so war es, weil sie so innigen Anteil an einer gewissen Klasse von Leuten nahm, mit denen ich in letzterer Zeit häufig in Berührung kam, und für die etwas geschehen sollte. Ich habe mir vergeblich den Kopf zerbrochen, wie ihnen beizukommen wäre; Esther hingegen hätte sofort das Richtige getroffen, das weiß ich bestimmt."

„Darf ich wissen, wer die Leute sind, um die es sich handelt?" fragte Frau Roberts.

„Eine Anzahl verwahrloster Jungen", antwortete Alfred traurig. „Augenscheinlich hat sich schon lange kein Mensch um sie gekümmert, sonst hätten sie nicht so herunterkommen können. Esther, die eine innige Teilnahme für ihresgleichen empfand, meinte, es müsse Mittel und Wege geben, Einfluß auf sie zu gewinnen, und hatte ihre eigenen Pläne in der Sache. So jung ich damals war, teilte sie mir dieselben mit, und ich bin überzeugt, wenn ich jemanden fände, der sie ausführen könnte, würde viel Gutes damit erreicht. Wenn ich so darüber nachdenke, wieviel sie in den letzten Wochen ihres Lebens über solche Dinge mit mir sprach, habe ich den

Eindruck, als habe sie mich in die Arbeit einführen wollen, die sie so gern getan hätte; aber leider hat sie mich in dieser Beziehung überschätzt und hat gemeint, ich würde brauchbarer werden, als ich in Wirklichkeit bin. Jedenfalls bin ich der Mann nicht, der die Arbeit übernehmen könnte."

„Wissen Sie das so bestimmt, Herr Ried?" fragte die Dame ernst. „Sie sind noch jung und können gewiß mehr leisten, als Sie meinen. Übrigens, könnte ich Ihnen nicht vielleicht helfen? Was sollte für die jungen Leute geschehen, die Ihnen in diesem Augenblick so besonders am Herzen liegen?"

„Gar vielerlei . . . eigentlich alles, wenn ich so sagen darf", antwortete Alfred erregt. „Wenn Sie sie sehen könnten, würden Sie sich einigermaßen einen Begriff davon machen. Sie kommen ziemlich regelmäßig in die Sonntagsschule, obwohl ich nicht recht weiß, warum; jedenfalls nicht um des Guten willen, das sie dort lernen könnten; denn ihr Benehmen spottet aller Beschreibung."

„Wer gibt sich mit ihnen ab?" fragte Frau Roberts.

„Das ist schwer zu sagen", erwiderte der junge Mann. „Jeden Sonntag versucht es ein anderer. Kein Lehrer und keine Lehrerin gibt sich ein zweites Mal dazu her, die Klasse zu übernehmen, so daß wir im Augenblick wirklich in Verlegenheit sind und keine Ahnung haben, wem wir die Jungen nächsten Sonntag übertragen könnten."

„Haben Sie es schon mit ihnen versucht?" forschte Frau Roberts.

Alfred schüttelte den Kopf.

„Die meisten sind schon fast so alt wie ich, da könnte ich mich nicht in Respekt setzen", sagte er. „Nein, die besten Kräfte in unserer Sonntagsschule haben es der Reihe nach versucht und nichts auszurichten vermocht; ich fürchte also, wir müssen die Jungen nun laufen lassen."

„Wohin?“ gab Frau Roberts zu bedenken.

„Ja, das ist eben die furchtbar ernste Frage“, erwiderte der junge Mann nachdenklich. „Wohin werden sie gelangen, wenn wir sie uns jetzt entschlüpfen lassen?“

Aus seinen Mienen sprach tiefer Ernst. Offenbar hatte er die Frage bereits selbst nach allen Seiten hin erwogen und wußte, was auf dem Spiel stand.

„Wie wäre es, wenn ich es einmal mit den Jungen versuchte?“ schlug Frau Roberts vor. „Soll ich die Klasse nächsten Sonntag übernehmen?“

Die so einfache Frage brachte Alfred Ried sichtlich in Verlegenheit. Er blickte auf die kleine, ihm kaum bis an die Schultern reichende Frau nieder, der man auf den ersten Blick die reiche, vornehme Dame ansah, und mußte sich gestehen, daß niemand weniger dazu geeignet sein konnte, die rohen, zuchtlosen Jungen im Zaum zu halten als sie. Nicht, daß ihm ihr Reichtum oder ihre Bildung hinderlich erschienen wäre; sie aber war ein so zartes, liebliches Wesen und wußte offenbar wenig von der Verderbtheit der Welt im allgemeinen und den betreffenden Straßenjungen im besonderen. Was sollte er ihr antworten?

Seine Verlegenheit war deutlich in seinen Mienen zu lesen, so daß sich die kleine Frau des Lachens nicht erwehren konnte und schelmisch sagte:

„Sie scheinen es mir nicht zuzutrauen, wie?“

„Ich denke nur, Sie können sich keinen Begriff von der Roheit der betreffenden jungen Leute machen“, beeilte sich Alfred zu antworten. „Wie gesagt, ihr Benehmen spottet aller Beschreibung. Man könnte denken, man hätte wilde Tiere vor sich, anstatt Menschen.“

„Dennoch, versuchen könnte ich es immerhin; gelingt es mir nicht, so muß ich mich eben mit den vielen anderen trösten, die auch nichts erreicht haben. Wenn Sie mich dem Leiter Ihrer Sonntagsschule vorstellen wollen und er nichts dagegen hat, gedenke ich, es wenigstens zu probieren; für nächsten Sonntag sind Sie dann doch der schwierigen Frage enthoben, wem Sie die Klasse übertragen könnten!"

Der junge Ried mußte der Sache ihren Lauf lassen. Er hielt es geradezu für töricht, den Versuch zu wagen, und war überzeugt, daß er schlimm ausfallen werde; aber das konnte er der Frau seines Prinzipals doch nicht sagen.

In demselben Augenblick kam letzterer eilend auf Frau Roberts zu und sprach ihr sein Bedauern aus, daß er sie so lange aufgehalten hatte. „Ich fürchte, du wirst des Wartens müde sein", sagte er. „Aha, wie ich sehe, hast du mittlerweile Bekanntschaft mit Ried gemacht. Ist er wirklich der junge Mann, von dem du mir neulich erzähltest, Dora?"

„Ja, gewiß", lautete die fröhliche Antwort, „es ist der Bruder von Esther Ried. Er ahnt nicht, wie ich mich freue, ihn kennengelernt zu haben. Wenn wir später vertrauter miteinander sind, Herr Ried, erzähle ich Ihnen, wie es kommt, daß ich mich so sehr für Ihre Schwester interessiere. Für den Augenblick müssen wir vor allem die betreffende Angelegenheit ins reine bringen. Denke nur, lieber Mann, ich habe mich angeboten, morgen eine Klasse in der Sonntagsschule im Südwestend zu übernehmen."

„Wirklich?" sagte Herr Roberts, keineswegs verwundert oder gar entsetzt; „wie willst du aber hinkommen? Wie du weißt, habe ich ganz zur selben Stunde meine Bibelstunde im Gefängnis zu halten, kann dich also leider nicht begleiten."

„Das habe ich mir schon überlegt", antwortete Dora. „Offen gestanden, dachte ich Herrn Ried den Vorschlag zu machen, mich abzuholen und dem Leiter der Sonntagsschule meine Absicht schonend beizubringen, wenn wir an Ort und Stelle sind. Glaubst du, daß er darauf eingehen wird?"

Bei diesen Worten blickte sie lächelnd von ihrem Gatten auf den jungen Ried und wartete geduldig auf dessen Antwort.

„Ich stehe zu Ihren Diensten, Frau Roberts", sagte dieser mit einer ehrerbietigen Verbeugung. „Darf ich mir also erlauben, Sie morgen abzuholen?"

„Ich werde rechtzeitig bereit sein", erwiderte die junge Frau fröhlich. Beide Gatten schüttelten Alfred Ried herzlich die Hand und verließen hierauf das Lokal.

„Na, da habe ich etwas Schönes angerichtet!" rief der Zurückgebliebene, nicht wenig unangenehm berührt. „Mit dem kleinen, feinen Dämchen fangen die Jungen natürlich erst recht an, was sie wollen. Weil sie die Frau von Herrn Eduard Roberts ist, meinte sie, sie könnte überall hingehen, und alles müßte ihr glücken, sie brauchte sich nur zu zeigen, um den Leuten Respekt einzuflößen. Natürlich hat sie keine Ahnung, daß solche rohen Burschen nicht nach Stand und Würden fragen und nur um so unverschämter sind, je reicher und angesehener ihnen die Menschen scheinen. Ich werde mir geradezu verrückt vorkommen, wenn ich das niedliche Püppchen da morgen als Lehrerin für die schwierigste Klasse der ganzen Sonntagsschule vorstelle, und Herr Durant wird denken, ich habe das bißchen Verstand noch verloren, das ich besessen habe. Was fällt der Frau nur ein, den Versuch durchaus wagen zu wollen? Mich wundert nur, daß es Herr Roberts erlaubt!"

In ähnlicher Gemütsstimmung begleitete der junge Mann am nächsten Sonntagnachmittag die neue Lehrerin in das Sonntagsschullokal im Südwestend der Stadt. So einfach

Frau Roberts ihrer Meinung nach auch gekleidet war, sah sie doch nicht besser geeignet aus, den Kampf mit der schwierigen Klasse zu beginnen als tags zuvor.

Anstatt des strömenden Regens vom Samstag leuchtete heller Sonnenschein durch die Fenster, und die Strahlen fielen gerade auf das niedliche Gesichtchen der jungen Frau, die neben den anderen Lehrerinnen Platz genommen hatte.

Herr Durant sah die Neuangekommene scheu von der Seite an, während er die Schüler und Schülerinnen singen ließ. Er hatte Alfred Rieds umwölkte Stirn wohl bemerkt, als der junge Mann der Dame ihren Platz anwies, und hatte einen günstigen Augenblick benutzt, um rasch die Frage zu stellen. „Wer ist denn die Fremde?"

„Frau Eduard Roberts", hatte Alfred geantwortet. „Sie möchte einmal einen Versuch mit der Klasse machen, für die wir niemanden haben. Ich habe sie übrigens nicht dazu aufgefordert, Herr Durant, sondern sie hat sich selbst angeboten."

Herr Durant sah neugierig zu der jungen Frau hinüber und sagte lächelnd: „Sie sieht allerdings nicht aus, als wäre sie der Aufgabe gewachsen. Die Burschen werden sie aus der Fassung bringen, ehe sie recht mit ihnen angefangen hat; fürchten Sie das nicht auch?"

„Ja, freilich fürchte ich es", erwiderte der Gefragte kleinlaut. „Aber was sollte ich tun, als sie so bestimmt ihre Absicht erklärte? Ich konnte ihr doch nicht verbieten zu kommen."

„Natürlich nicht", antwortete Herr Durant. „Wie die Sache auch verlaufen mag, Ihnen kann keine Schuld beigemessen werden. Frau Roberts muß eben erst die Erfahrung machen, daß es Dinge gibt, die man nicht so ohne weiteres kann – vielleicht ist ihr das ganz gesund, denken Sie nicht? Jedenfalls will ich sie nicht hindern, ihr Heil zu versuchen."

Die Jungen der so verpönten Klasse studierten mittlerweile das fremde Gesicht. Frau Roberts war die einzige von den anwesenden Damen und Herren, die noch nicht vor einer Gruppe saß; daher dachten sie sich natürlich, daß sie ihr nächstes Opfer sein werde, und sahen bald sie an, bald betrachteten sie sich gegenseitig, nickten einander bedeutungsvoll zu, stießen sich mit den Ellbogen an, machten allerlei spöttische Bemerkungen und spuckten rücksichtslos nach allen Seiten hin aus.

Alfred Ried, der sie beobachtete, seufzte innerlich; denn er, der sie so genau kannte, las deutlich in ihren Mienen, daß sie sich auf eine besonders vergnügliche Stunde vorbereiteten und sich darauf freuten, eine so schöne junge Dame zum Opfer zu haben.

Aber Alfred war nicht der einzige, der das alles beobachtete. Auch Frau Roberts entging keine Bewegung der jungen Leute, obwohl sie gar nicht tat, als sähe sie dieselben. So schlimm hatte sie sich ihre zukünftigen Schüler allerdings nicht gedacht! Auch Herr Durants Gesicht war durchaus nicht ermutigend, als er sie ihrer selbsterwählten Klasse vorstellte; denn in seinen Mienen stand deutlich geschrieben, daß er eine peinliche Niederlage für sie sowohl als für sich selbst erwartete. Dennoch sagte er so freundlich wie möglich zu den erwartungsvollen Schülern: „So, ihr Jungen, da ist Frau Roberts, die heute die Güte haben will, eure Gruppe zu übernehmen. Ich hoffe, ihr zeigt ihr, daß ihr euch anständig benehmen könnt."

Frau Roberts hätte viel lieber gehabt, daß er ihr erlaubt hätte, sich selbst einzuführen, als daß er es auf diese Weise tat; doch galt es nun, gute Miene zum bösen Spiel zu machen und sich vor allen Dingen nicht von der mutwilligen Gesellschaft einschüchtern zu lassen.

2. Die Sonntagsschule

Endlich begann der Gruppenunterricht, und es trat Ruhe im Saal ein, soweit die Klasse der jungen Leute in der Ecke dieselbe nicht störte; denn deren Mutwillen kannte keine Schranken. Einige von ihnen brachen sogar in lautes Lachen aus, als Frau Roberts sich zu ihnen setzte. Dennoch zeigte sich keine Spur von Empfindlichkeit oder gar Ärger in ihrem Gesicht, und sie sagte ebenso höflich, als hätte sie gebildete junge Herren vor sich: „Guten Tag.“ Dann fuhr sie fort: „Wissen Sie auch, daß ich erst seit ganz kurzer Zeit hier in der Stadt bin, und daß Sie die ersten jungen Leute sind, die ich hier kennenlerne? Daher wäre es mir doppelt lieb, Sie alle zu Freunden zu gewinnen, damit ich mich bald heimisch fühle. Wie wäre es, wenn wir gleich zu Anfang unserer Bekanntschaft ein sogenanntes Schutz- und Trutzbündnis miteinander schließen würden?“

Was sollten die Jungen erwidern? Sie waren so verblüfft, daß sie die Dame ruhig ausreden ließen und auch dann keines Wortes fähig waren, sondern sich nur gegenseitig anstießen und einander fragende Blicke zuwarfen. Wollte die junge Frau sie zum besten haben? Was sollte das heißen? So hatten sie noch keinen Unterricht anfangen hören. Erklärungen und Ermahnungen, ja, sogar Drohungen hatten sie gar viele vernommen, seit sie die Sonntagsschule besuchten; aber eine solche Einleitung war ihnen etwas ganz Neues.

„Nun, sind Sie mit dem Bündnis einverstanden?“ fragte die Lehrerin nach einer Weile mit fröhlicher Miene.

„Das müssen wir uns erst überlegen“, antwortete endlich einer der Schüler, in dem Frau Roberts gar bald den Rädelsführer der Gruppe herausfand, „in der Regel sind wir gern vorsichtig in der Wahl unserer Freunde, damit wir nicht unversehens an jemanden geraten, der nicht zu unsereinem paßt. In einer großen Stadt, wie die hiesige, kann man nicht genug auf der Hut sein, wissen Sie."

Man macht sich keinen Begriff, wie unbeschreiblich komisch diese Antwort aus dem Mund des verwahrlosten Jungen klang, und mit welchem schallenden Gelächter seine Gefährten dieselbe begrüßten.

Frau Roberts hielt es für das Beste, die Worte vollkommen ernst zu nehmen, und sagte höflich: „Das verstehe ich recht gut; aber da Sie bisher nichts Schlimmes von mir wissen, hoffe ich doch, daß Sie einstweilen wenigstens bedingungsweise Freundschaft mit mir schließen; Sie können sich ja das Recht vorbehalten, den Bund wieder aufzulösen, sobald Sie mich Ihres Vertrauens nicht mehr würdig erachten. Dagegen können Sie gewiß nichts einzuwenden haben; wir wollen uns also nun näher miteinander bekannt machen und uns vor allem einander vorstellen. Ich bin Frau Eduard Roberts und wohne in der Promenadenstraße Nr. 27. Es wird mir eine Freude sein, wenn Sie mich dann und wann besuchen wollen. So, und nun hat einer von Ihnen vielleicht die Güte, mir die verschiedenen Namen seiner Kameraden zu nennen. Wollen Sie es tun?"

Mit diesen Worten wandte sich Dora direkt an den Rädelsführer, der bereitwilligst antwortete: „Gewiß, Madame, wird mir eine große Ehre sein. Der junge Herr zu meiner Linken ist Herr Rotfuchs, so genannt nach seinen roten Haaren. Zu meiner Rechten sitzt Herr Tabakheld, der seiner Unermüdlichkeit im Tabakkauen seinen Namen verdankt. Der Junge neben Ihnen ist ‚der schlüpfrige Jockel'. Ihm geben wir nicht den Titel ‚Herr', weil er nie lange genug an ein und derselben Stelle bleibt, daß wir ihm denselben anheften könnten. Ein Aal ist nichts im Vergleich zu ihm, was Schlüpfrigkeit betrifft."

Während dieser langen Rede des Rädelsführers der Gruppe bogen sich dessen Gefährten vor Lachen, und es entstand ein solcher Lärm, daß Herr Durant entrüstet näher trat und erregt sagte: „Schämt ihr euch denn nicht, ihr Jungen? Das ist ja rein nicht zum Aushalten. Ich weiß wirklich nicht, warum ihr Sonntag für Sonntag hierher kommt, nur um uns zu stören. Nun haben wir eure Ungezogenheit aber satt, und wenn ihr euch nicht sofort anständig benehmt, rufe ich einen Schutzmann zu Hilfe und lasse euch aus dem Saale weisen; hört ihr?"

Während dieser Worte stöhnten einige der jungen Burschen, als wolle ihnen das Herz brechen, einer pfiff eine Straßenmelodie vor sich hin, und wieder andere machten spöttische Randbemerkungen zu jedem Wort des Vorstehers.

„So, so, ein Schutzmann ist draußen", sagten sie lachend. „Wird wohl der alte Kunz sein; denn den haben wir vorhin vor dem Haus auf- und abgehen sehen. Eigentlich wäre es ganz lustig, wenn wir ihn eine Stunde lang Jagd auf uns machen ließen, nur damit er ein wenig Bewegung hätte heute am Sonntag!"

„Wie wäre es, wenn wir uns zur Abwechslung einmal alle aus dem Staube machten, Kameraden, die ganze Gesellschaft, wollt ihr? Wir springen mit einem Satz über die Bänke und nehmen die kleine Frau da auf den Rücken – einen angenehmeren Ritt hat sie gewiß in ihrem Leben nicht gemacht. Wer einverstanden ist, hebe die Hand in die Höhe!"

So sprach der „flinke Richard", der Rädelsführer; aber ein anderer schlug vor: „Laßt uns lieber heute einmal vernünftig sein und hören, was die neue Lehrerin zu sagen hat. Wir dürfen sie nicht so ohne weiteres im Stich lassen; denn wir haben ihr ja Freundschaft versprochen, wißt ihr es nicht mehr?"

„Ich fürchte, Sie müssen es aufgeben, Frau Roberts; die Burschen sind heute Nachmittag noch schlimmer als sonst", sagte Herr Durant im Flüsterton, aber doch laut genug, daß die Nächstsitzenden jedes Wort verstehen konnten. „Wir haben nur zu lange ruhig zugesehen, und ich muß gestehen, daß meine Geduld erschöpft ist. Wollen Sie sich vielleicht gütigst ans andere Ende des Saales setzen?"

„Wenn die jungen Leute es wünschen, ja", antwortete die Lehrerin mit mühsam behaupteter Selbstbeherrschung und einer Stimme, aus der Leute, die sie sehr genau kannten, ein leises Beben herausgehört haben würden.

„Soll ich fortgehen, junge Herren?"

Eine solche Sprache waren die wilden Gesellen nicht gewöhnt; sie sahen daher einander betroffen an, als wüßten sie nicht recht, was sie antworten wollten. Mit Schutzleuten hatten sie es nur allzu oft zu tun gehabt, mit einer so höflichen Dame wie Frau Roberts hingegen nie. Nach reiflicher Überlegung sagte also der „flinke Richard": „Fällt uns nicht ein, so unvernünftig zu sein, im Gegenteil, wir rechnen auf eine recht vergnügte Stunde. Gehen Sie jetzt nur wieder an Ihre Arbeit, Herr Pfarrer; wir möchten mit unserer neuen Lehrerin ordentlich Bekanntschaft machen, und Sie stören uns dabei die Gemütlichkeit. Wir versprechen Ihnen, so andächtig zu sein, als wären wir alle Leiter einer Gebetsstunde. Der Dame hier dürfen Sie aber nichts zu Leide tun, das merken Sie sich, Herr Pfarrer! Sie ist eine Freundin von uns, und als solche werden wir sie gegen jegliche Unbill schützen. Wir lassen ihr nicht so ohne weiteres ihren Platz vor unserer Gruppe nehmen, denn wir wollen, daß sie bei uns bleibt.“

Herr Durant sah aus, als hätte er am liebsten augenblicklich die Hilfe der Polizei in Anspruch genommen; aber Frau Roberts, die mittlerweile ihren Gleichmut wiedererlangt hatte, antwortete rasch: „Schönen Dank für das in mich gesetzte Vertrauen; natürlich bleibe ich nun. Aber es ist schon spät, und wir dürfen nicht mehr viel Zeit verlieren. Ich hätte Ihnen gern etwas erzählt. Vor einigen Tagen war ich nämlich in einer Abendgesellschaft, in der ich ganz merkwürdige Dinge sah. Ein Herr aus unserer Mitte ließ sich von zwei anderen Herren die Hände und Füße binden, und zwar so fest, daß an ein Aufgehen der Knoten gar nicht zu denken war; dennoch schüttelte er sich vor unser aller Augen einfach die Stricke ab und streckte uns frei die Hände entgegen. Können Sie sich denken, wie er das machte?“

„Die Stricke waren jedenfalls nur zum Schein gebunden“, antwortete einer der jungen Leute.

„Nein, gewiß nicht“, sagte Frau Roberts. „Mein Mann war einer von denen, die den Herrn banden, und er versicherte mir, er tat es so fest wie möglich. Übrigens habe ich noch weit merkwürdigere Dinge gesehen als das soeben Erwähnte. Ich machte eigenhändig mindestens ein Dutzend fester Knoten in mein Taschentuch und gab es dem betreffenden Herrn, worauf dieser dasselbe in ein Glas Wasser steckte, es dann ausschüttelte und mir ohne einen einzigen Knoten zurückgab. So vollbrachte er noch eine Menge anderer Kunststücke, von denen ich Ihnen später einmal erzählen will; für den Augenblick, denke ich, wüßten Sie wohl lieber, wie der Herr obige Kunststücke machte, nicht wahr?“

„Ja, wenn Sie uns das sagen könnten, Madame, das wäre

uns freilich recht. Heraus damit, wenn Sie es wissen, vielleicht können wir es dann einmal nachmachen", hieß es von allen Seiten.

Hatte die neue Lehrerin etwa den Verstand verloren in ihrer peinlichen Lage, oder was war ihr mit einem Male eingefallen, daß sie, mit der aufgeschlagenen Bibel in der Hand, wirklich dem Wunsch ihrer zuchtlosen Schüler nachgab und ihnen aufs genaueste erklärte, wie jene Taschenspielereien, die sie kürzlich mitangesehen hatte, gemacht worden waren? Hatte sie wohl einen Begriff von der Verantwortlichkeit einer Sonntagsschullehrerin und von dem heiligen Ernst der Gotteswahrheiten, die sie verkündigen sollte?

Die Jungen hörten allerdings mit gespanntester Aufmerksamkeit zu. Aber war das etwas so Wunderbares? Der Erzählung irgendeines schmutzigen Hintertreppenromans oder eines blutig verlaufenen Streites hätten sie wohl ebenso andächtig gelauscht und mit ebenso wenig Nutzen – meint ihr nicht auch, liebe Leser? Sie merkten nicht einmal, wie die Sprecherin von den Ereignissen der letzten Woche zu solchen vor über dreitausend Jahren geschehenen überging. Überhaupt wußten sie so wenig aus der Geschichte der Vergangenheit, daß sie nichts anderes dachten, als sei die kleine Frau am vorigen Mittwoch mit dem Herrn zusammen gewesen, der die Knoten aus dem Taschentuch schüttelte, und tags darauf mit anderen Leuten, die Stäbe auf die Erde warfen und Schlangen daraus machten. Eins schien ihnen jedoch gar zu wunderlich, als daß sie es glauben sollten. „Denken Sie nur, was dann geschah!" sagte die Lehrerin mit ihrem liebenswürdigen Gesichtchen. „Der Stab, den der erste Mann auf die Erde geworfen hatte, verschlang die anderen Stäbe, die zu Schlangen geworden waren, und behauptete siegreich das Feld."

„Dummes Zeug!" rief der „flinke Richard" verächtlich, „das machen Sie uns nicht weis, Madame. So grün sind wir denn doch nicht mehr, daß wir so etwas glaubten. Ich weiß wohl, solche Leute tun die seltsamsten Dinge, denn ich habe ihnen oft zugesehen; aber etwas Lebendiges haben sie noch nie zu schaffen vermocht, das gelingt ihnen trotz all ihrer Kunst nie und nimmermehr. Ich habe das wiederholt sagen hören."

„Das ist es ja gerade, worauf ich kommen wollte", antwortete Frau Roberts lebhaft. „Sie haben ganz recht; Lebendiges vermögen die Leute nicht hervorzubringen und gerade hierin unterscheiden sie sich von dem Mann, von dem ich Ihnen zuerst erzählte. Derselbe wirkte sein Wunder durch die Kraft Gottes, wie er ausdrücklich sagte, und Gott verwandelte tatsächlich seinen Stab in eine Schlange, die die übrigen Schlangen auffraß. Als Beweis seiner Allmacht ließ er danach die Schlange wieder zum Stab werden."

„Haben Sie das Ding mitangesehen?" fragte einer der jungen Ungläubigen mit spöttischem Gesicht. Mit einem Mal war ihm klar geworden, daß sie die neue Lehrerin mit einer biblischen Geschichte überrumpelt hatte. Frau Roberts aber antwortete lebhaft, ohne ihm viel Zeit zur Überlegung zu lassen: „Nein, gesehen habe ich es allerdings nicht, so wenig ich die Feuersbrunst mitangesehen habe, die vor einiger Zeit hier in der Stadt wütete. Dazumal war ich Tausende von Meilen weit von hier weg, und zufälligerweise habe ich nie Gelegenheit gehabt, jemanden zu sprechen, der bei dem großen Brand zugegen war; dennoch fällt mir nicht ein zu bezweifeln, daß derselbe stattgefunden hat, und daß nicht nur viele Gebäude zerstört, sondern auch viele Leute dabei umgekommen sind, ich hatte zu deutliche Beweise hierfür."

„Das glaube ich wohl", erwiderte ein anderer ungläubiger

Thomas, während der erste über Frau Roberts Antwort nachsann, „Feuersbrünste sind etwas so Gewöhnliches, daß niemand an ihrem Vorkommen zweifeln kann, aber einen Stab sich in eine Schlange verwandeln und andere Schlangen aufzehren sehen, ist etwas so Unerhörtes, daß es uns niemand übelnehmen wird, wenn wir es nicht so ohne weiteres glauben. Schlangen habe ich auch schon machen sehen, und zwar waren sie so deutlich nachgeahmt, daß ich darauf geschworen hätte, sie bewegten sich, aber fressen konnten sie nicht."

„Kurz, sie waren nicht wirklich lebendig", antwortete Frau Roberts. „Meinen Sie, es wäre darum auch für Gott nicht möglich, Leben zu schaffen? Wie kommt es dann, daß Sie hier sind und atmen, reden und denken können, wenn es auf dem ganzen Weltall keine Macht gibt, die Leben zu geben vermag?"

„Ich stamme von einer Kaulquappe ab", sagte der kühne Naturforscher mit weiser Miene. „Die Sache unterliegt für mich gar keinem Zweifel, seit ich meine Vorahnen gesehen habe."

War das nicht die Entwicklungslehre, wie sie im Buche steht, die Frau Roberts da von dem verwahrlosten Jungen ins Gesicht geschleudert wurde? Die vornehme Dame war ganz verblüfft, denn daß diese Lehre gerade in den niedersten Schichten der Bevölkerung in ihrer rohesten Form vertreten ist, war ihr etwas Neues. Sie suchte dem Jungen jedoch auf seinem eigenen Grund und Boden zu begegnen und sagte ihm, ohne ihn ihre Überraschung merken zu lassen: „Also gut, wenn Sie die Ansicht zu vertreten belieben, war die Kaulquappe, die Sie studiert haben, nicht lebendig? Woher aber hatte sie das Leben? Sie behaupten, meine Geschichte von den Schlangen müsse unwahr sein, weil Sie nie einen Taschenkünstler lebende Wesen hervorbringen sahen, und weil das kein Mensch zu tun vermag, sage ich Ihnen aber, daß Gott es tatsächlich getan hat, so wollen Sie es auch nicht glauben. Woher soll dann überhaupt Leben kommen, Ihrer Meinung nach? Wenn es Menschen nicht einmal in seinen niedersten Formen hervorbringen können, wie kommt es dann, daß wir ringsum von lebenden Wesen umgeben sind, es sei denn, ich habe recht, und es gibt eine lebenschaffende Macht."

Keiner der jungen Leute hatte wohl je den Ausdruck „Evolutionstheorie" vernommen oder wußte etwas von „Urgebilden" und „Lebenslehre", dennoch hatten sie samt und sonders den Sinn der betreffenden Worte erfaßt, wie er ihnen in der Sprache der New Yorker Gassenjugend entgegengetreten war, und es war nicht einer in der Gruppe, der nicht gemerkt hätte, daß ihr Wortführer auf seinem eigenen Boden bekämpft und besiegt worden war. Nicht etwa mit einem Ausbruch der Entrüstung, wie der „flinke Richard" gehofft hatte, ... es war ihm nicht die leiseste Bemerkung über seine frivolen Äußerungen gemacht worden, ... sondern die junge Frau hatte nur mit der ruhigsten Stimme von der Welt seine Ansicht widerlegt und ihn aufgefordert, seine Behauptung zu begründen. Die Freunde brachen in spöttisches Lachen aus, merkwürdigerweise aber diesmal auf Kosten ihres Gefährten.

„Na, so erzählen Sie weiter!" sagte schließlich der Jüngste und Ruhigste von der Gruppe. „Sagen Sie uns, was der Mann sonst noch mit der Schlange tat!"

Auf diese Aufforderung hin schilderte Frau Roberts in möglichst packender Weise die Schlußszenen der vor so langer Zeit in Ägypten stattgefundenen Begebenheit, ohne den Zeitpunkt derselben oder irgendwelchen Namen zu erwähnen. Plötzlich wurde sie jedoch durch die Frage unterbrochen: „Wann ist das alles geschehen? Und warum geschieht heute dergleichen nicht mehr?"

Ohne die erste Frage zu beachten, beantwortete Frau Roberts die zweite mit der Gegenfrage: „Warum macht es Ihnen kein Vergnügen mehr, auf dem Boden herumzurutschen und Ball zu spielen wie ein kleines Kind? Die Welt war in ihrer Kindheit, als Gott die Leute auf diese Weise unterrichtete. Manche Lehren, die er den Menschen seither gab, sind wohl ebenso wunderbarer Art gewesen, nur war sie mehr Erwachsenen angepaßt. Wir lassen uns alle nicht gern unser Leben lang als Kinder behandeln."

Ob die Jungen wirklich den Sinn dieser Worte erfaßten, lassen wir dahingestellt; jedenfalls hörten sie ruhig zu, und ehe sie eine neue Frage stellen konnten, läutete es zum Schluß der Sonntagsschule, und in jeden der wilden Burschen schienen plötzlich sieben andere Geister hineinzufahren, und zwar schlimmere als die vorher auf kurze Zeit gebannten. Sie stürzten wie besessen zur Tür hinaus, noch ehe der Vorsteher recht „Amen" gesagt hatte, nur der Rädelsführer blieb eine Sekunde vor Frau Roberts stehen und raunte ihr zu: „Kommen Sie ja nächsten Sonntag wieder, denn wir hören Ihre Geschichten gern."

Die neue Lehrerin aber ging mit hochgeröteten Wangen und tränenfeuchten Augen auf Herrn Durant zu und sagte ernst: „Wenn es mir auch heute mit meiner Gruppe nicht gelungen ist, wie ich gewünscht hätte, möchte ich Sie doch herzlich bitten, nicht sogleich den Mut zu verlieren, sondern mich nächsten Sonntag noch einmal mein Heil mit den Jungen versuchen zu lassen."

3. Bruder und Schwester

Obwohl die jungen Leute lärmender denn je aus dem Saal stürzten, waren sie sich doch samt und sonders bewußt, daß ihr zuchtloses Benehmen nur ein gewisses Gefühl der Beschämung verdecken sollte, das sie darüber empfanden, daß sie sich hatten verleiten lassen, ein paar Minuten lang ernsten Worten zu lauschen.

Sobald sie sich unbeachtet glaubten, wurden sie ruhiger, und der „flinke Richard" fragte nachdenklich: „Was sagt ihr dazu, Kameraden, ist die Frau wirklich so grün, oder ist sie von einer anderen Sorte?"

„Weiß nicht, was ich denken soll", antwortete einer der Jüngsten von der Gesellschaft. „Jedenfalls ist sie ganz anders als die Lehrer und Lehrerinnen, mit denen wir bisher in dem Saal dort Bekanntschaft gemacht haben. Offen gestanden, kenne ich mich noch nicht recht aus mit ihr."

„Was mag sie wohl damit gemeint haben, daß sie durchaus Freundschaft mit uns schließen wollte und uns ihre Wohnung angab und dergleichen mehr?" fragte ein anderer.

„Wie gesagt, ich weiß es selbst nicht", erwiderte der Junge, der das erste Mal geantwortet hatte. „Grün ist sie meiner Meinung nach aber nicht, darauf könnt ihr euch verlassen, Kameraden. Ich bin überzeugt, sie hat mit jedem Wort, das sie spricht, einen bestimmten Zweck im Auge."

Zu dieser weisen Rede nickten Joseph Hallers Gefährten bedeutsam und erwogen dieselbe schweigend. Seine Ansicht, daß Frau Roberts etwas damit erreichen wolle, daß sie so höflich und rücksichtsvoll mit ihnen umging, leuchtete ihnen offenbar ein, nur wußten sie nicht recht, was sie zu bezwecken wünschte.

Bis zur nächsten Straßenecke dachten sie hierüber nach, dann warf der „flinke Richard“ den Kopf zurück, als wolle er sich die Sache aus dem Sinn schlagen, und sagte ungeduldig: „Na, was wollen wir jetzt tun? Ich meine, für heute hätten wir genug von dem dummen Zeug. Wie wäre es, wenn wir in die nächste Schenke miteinander gingen und sähen, wie wir uns dort die Zeit vertreiben können?“

Alle stimmten dem Vorschlag lebhaft zu, mit Ausnahme eines einzigen, der ein etwas verdrießliches Schweigen behauptete.

„Na, wie ist es, Robert?“ fragte diesen der Rädelsführer. „Willst du in den ‚roten Ochsen‘ gehen?“

„Nein, ich habe keine Lust dazu“, antwortete der Junge. „Wenigstens nicht für den Augenblick.“

„So schlag etwas anderes vor. Wenn du etwas Besseres weißt, heraus damit! Wir sind durchaus nicht auf den ‚roten Ochsen‘ versessen.“

„Ich weiß nichts Besseres“, erwiderte der Angeredete, „nur habe ich, wie gesagt, keine Lust, dahin zu gehen.“

„Wohin hättest du denn Lust? So rück heraus mit der Sprache! Wir können es doch nicht erraten.“

„Nirgends hin“, lautete die verdrießliche Antwort.

„Ach was, nirgends hin ... das gilt nicht!“ hieß es von allen Seiten. „Auf der Straße ist es zu kalt, da können wir unmöglich bleiben. Im ‚roten Ochsen‘ können wir uns wenigstens wärmen. Sei nicht so brummig, Robert; das schickt sich nicht, wenn man soeben aus der Sonntagsschule kommt.“

Der Junge bestand jedoch darauf, er wolle nicht mit, und die Gefährten fingen nun an, ihn zu necken.

„Der Robert ist ins Herz getroffen“, sagte einer aus der wilden Horde. „Die Frau mit dem blonden Haar hat es ihm angetan. Hab' es mir gleich gedacht, wie sie ihn so fest angesehen hat, während sie die Schlangengeschichte erzählte. Robert bildet sich nun ein, er habe auch eine Schlange verschluckt und sie würge ihn im Hals. Kein Wunder, daß er so mürrisch dreinsieht!"

„Das ist's nicht", sagte ein anderer, „der Robert will fromm werden. Das ist seine neueste Laune; ich habe den Anfall schon einige Zeit kommen sehen. Habt ihr nicht bemerkt, wie sorgsam er neulich die Bibel aufgehoben und auf die Bank neben sich gelegt hat, als sie Joseph aus Versehen hinunterwarf? Seitdem ist es mir bange um den Jungen gewesen, und nun ist es bereits so weit mit ihm gekommen, daß er nicht einmal mehr in den ‚roten Ochsen' will! Das ist bedenklich, Kameraden! Sag's ehrlich, Robert, wird vielleicht im Saal dort unten eine Betstunde gehalten, und möchtest du, daß wir dich dorthin begleiten, wie?"

Die Gefährten meinten, er werde lachen; er machte hingegen ein immer finsteres Gesicht und sagte in bedeutsamem Ton: „Du tätest wohl daran, zu schweigen, Hans, wenn du nicht in die Gosse fliegen willst."

„Laß ihn in Ruhe!" fiel hier der „flinke Richard" den beiden ins Wort; „er ist schlechter Laune, und wenn er sich in dieser Stimmung befindet, kann man nie wissen, wie weit er geht. Ich will jetzt aber keinen Streit, es ist dazu noch zu früh am Tag, überdies habe ich mir soeben etwas Lustigeres ausgedacht. Kommt mit mir, ihr Jungen, und laßt ihn laufen!"

Während der Rädelsführer seine Gefährten auf diese Weise zu beschwichtigen suchte, schritt Robert bedächtig voran, und sobald er an die Ecke kam, bog er in die nächste Straße ein und eilte dieselbe hinab, ohne daß ihm jemand nachrief. Nun konnte er unbehelligt seine eigenen Wege gehen, und, ohne sich selbst Rechenschaft zu geben, weshalb, lief er heim, wenn man den elenden, dunklen Raum in einer der schmutzigsten Gassen der Vorstadt „Heim“ nennen kann. In einem der vier Winkel war ein alter Ofen, in dem jedoch trotz der grimmigen Kälte kein Feuer brannte. An Geräten war nichts vorhanden als ein alter, wackliger Tisch und zwei zerbrochene Stühle. Die Tür in das kellerartige anstoßende Gemach stand offen, und ein Blick auf den Stoß schmutziger Lumpen, die dort angehäuft waren, – das sogenannte Bettzeug der Familie –, gab einem wie nichts anderes einen Begriff von der Armut und Verkommenheit der Bewohner des traurigen Heims. Doch waren die Lumpen nicht nur in der elenden Kammer zu finden. In eine alte, zerrissene Steppdecke gehüllt, kauerte ein junges Mädchen wie ein Häufchen Unglück in dem vorhin beschriebenen vorderen Raum am Fenster und fragte bei Roberts Eintritt erstaunt, aber doch mit recht gleichgültiger Miene: „Was, du kommst schon heim? Was willst du?“

„Habe ich etwa nicht das Recht, heimzukommen, wann es mir beliebt? Muß ich erst um Erlaubnis fragen?“ lautete die trotzige Entgegnung.

„Nein, gewiß nicht, entschuldige nur!“ antwortete das Mädchen, mehr gleichgültig als spöttisch. „Unser Heim ist so lieblich, und du hängst so innig daran, daß man sich nicht wundern kann, wenn du es auch tagsüber fleißig aufsuchst.“

Robert hatte keine Antwort bereit, er starrte die Schwester nur überrascht an. Offenbar war ihm etwas an ihr aufgefallen. Was erinnerte ihn nur bei dem in die alte Steppdecke gehüllten Mädchen an die Dame in der Sonntagsschule, die ihm und seinen Gefährten heute so viel zu denken gegeben hatte? Konnte man sich einen schrofferen Gegensatz denken als diese beiden? Und doch, je länger Robert seine Schwester ansah, um so mehr fiel ihm eine gewisse Ähnlichkeit mit Frau Roberts auf.

„Was starrst du mich an?“ sagte das Mädchen ungeduldig. „Ist irgend etwas Ungewöhnliches an mir?“

Robert wandte den Blick von ihr und fragte statt einer Antwort: „Wo ist die Mutter?“

„In der Kammer drinnen, sie schläft“, erwiderte Martha. „Du brauchst nicht so laut zu sprechen, ein wenig Ruhe tut ihr auch gut, nachdem sie die ganze Nacht aufgeblieben ist und deinen alten Rock geflickt hat.“

Robert betrachtete nachdenklich seinen Kittel, der eine Menge schlecht eingesetzter Stücke von verschiedenster Gestalt und Farbe aufwies und, wenn auch nicht gerade von der Mutter Geschicklichkeit, so doch von deren Bemühungen, den Jungen ordentlich zu kleiden, Zeugnis gab.

„Warum hast du den Rock nicht bei Tage geflickt? Dann hätte es die Mutter nicht nachts zu tun brauchen“, erwiderte er mürrisch. „Wo ist der Vater?“

„Wie soll ich das wissen?“ entgegnete das Mädchen achselzuckend. „Wahrscheinlich, wo er immer ist. Übrigens meine ich, du müßtest es besser wissen als ich, da du den ganzen Tag auf der Straße zubringst.“

Zu Marthas Erstaunen antwortete Robert in weit freundlicherem Ton als gewöhnlich: „Sage, Martha, warum bist du nur immer so schlechter Laune? Das hat ja gar keinen Zweck.“

„Da du immer so guter Laune bist und alles so schön und angenehm bei uns ist, hätte ich allerdings alle Ursache, fröhlich und liebenswürdig zu sein“, erwiderte das Mädchen spöttisch. „Es ist nicht zu begreifen, daß ich so undankbar bin!“

„Die Anspielung auf mich hättest du dir sparen können", sagte Robert. „Ich habe mich dir mit keiner Silbe als Muster hingestellt oder behauptet, ich sei liebenswürdig, und wenn jemand weiß, wie greulich es bei uns zugeht, so bin ich es. Trotzdem sehe ich nicht ein, was es nützen soll, daß wir einander anschnauzen; wäre es nicht im Gegenteil besser, wir sagten dann und wann ein freundliches Wort zu einander wie andere Geschwister?"

„Gut, so fange einmal damit an!" versetzte Martha erstaunt. „Mir soll es recht sein. Ich habe unser Leben, wie es jetzt ist, herzlich satt, so daß mir eine Abwechslung nur lieb sein könnte. Übrigens kann ich mich darauf gefaßt machen, daß die gute Laune bei dir nicht lange anhalten wird, sie liegt nicht in deiner Natur."

Was war nur an dem brummigen Mädchen, das einen an Frau Roberts erinnern konnte? Und doch, während Martha den letzten unfreundlichen Satz sagte, wandte sie den Kopf ein wenig nach der Seite hin, so daß einer der so selten in das düstere Gemach fallenden Sonnenstrahlen gerade auf ihr Haar schien und diesem denselben goldenen Schimmer verlieh, den ihr Bruder an der neuen Sonntagsschullehrerin bewundert hatte. Dadurch stieg in dem Jungen unwillkürlich die Frage auf, ob Martha wirklich der vornehmen Dame ähnlich sehen würde, wenn sie ebenso gekleidet wäre wie jene. Er hatte seine Schwester nie ordentlich, wie andere Mädchen, angezogen gesehen; besonders in der letzten Zeit trug sie kaum je eine andere Hülle als eine alte Steppdecke. Martha konnte sich gar nicht denken, warum er sie mit einem Male so aufmerksam betrachtete und fragte rasch, um seine Blicke von sich abzulenken: „Hast du etwas zu Mittag gegessen?"

„Ich etwas gegessen?" entgegnete Robert, sichtlich überrascht von der Frage. „Wo sollte ich etwas her haben? Nicht einen Bissen habe ich noch über die Lippen gebracht."

„Wo bist du gewesen?" forschte die Schwester weiter.

„Ach, an verschiedenen Orten", antwortete der Junge ausweichend.

„Kann mir schon denken, wo du warst, wenn du es auch nicht eingestehen willst", sagte Martha mit strengem Blick; „du warst wieder im Südend in der Sonntagsschule; schämst du dich nicht? Ich weiß wohl, wie ihr es dort treibt, du und deine Kameraden. Sarah Collins hat es mir erzählt. Sie sagt, die Lehrer wüßten gar nicht mehr, was mit euch anzufangen ist, und demnächst würdet ihr wohl alle eingesperrt werden."

„Das sollen sie nur versuchen!" antwortete Robert mit finsterer Miene. „Mit ihrer Sonntagsschule wäre es dann aus; das wissen die Herren recht gut."

„Mag sein, wie es will", entgegnete die Schwester unerbittlich. „An deiner Stelle würde ich mich nicht noch mehr erniedrigen, als unbedingt nötig ist, Robert. Ich meine, es wäre schlimm genug, einen Trunkenbold zum Vater zu haben und an den Bettelstab geraten zu sein; da würde ich mich wenigstens anständig benehmen, wenn ich unter Leute ginge, die es gut mit mir meinen, oder ich würde von ihnen wegbleiben."

„Laß das Predigen, oder spare es für solche auf, die es gern hören, verstehst du?" erwiderte Robert grimmig. „Ich komme nicht ein einziges Mal heim, ohne daß irgend jemand Spektakel mit mir anfängt. Mich wundert nur, daß ich nicht schon längst fortgeblieben bin."

Der Junge war nun ernstlich böse, und seine Züge waren wutverzerrt; Martha hingegen behielt den merkwürdig ruhigen, gleichgültigen Ton bei, in dem sie die beißendsten Dinge gesagt hatte.

„Mich wundert auch, daß du immer wieder heimkommst“, antwortete sie. „Wahrscheinlich bist du hungrig und meinst, du findest vielleicht noch etwas zu essen hier. Übrigens habe ich dir was aufgehoben, wenn du es willst, verzehre es rasch, und suche dir dann einen Aufenthaltsort, der dir besser behagt.“

Mit diesen Worten riß sie die Tür eines kleinen Wandschranks auf und nahm einen gesprungenen, rund herum abgestoßenen Teller heraus, auf dem eine gebratene Kartoffel, ein Stückchen verbrannten Brotes und ein halber Bratapfel lagen.

So karg die Mahlzeit für einen hungrigen Jungen war, war sie doch besser, als dieser erwartet hatte, und die Art und Weise, wie ihm die Schwester die seltenen Leckerbissen zurechtgelegt hatte, besänftigte seinen Zorn.

„Woher kommt das alles?“ fragte er, indem er mit zwei Bissen den halben Apfel verschlang. „Das war gut, sage ich dir.“

„Sarah hat ihn mir gestern Abend geschenkt“, antwortete Martha. „Sie hat ihn selbst von jemandem bekommen.“

Erst jetzt fiel Robert ein, daß seine Schwester gewiß ihren ganzen Anteil vom Apfel für ihn aufgehoben hatte; es wäre nicht das erste Mal gewesen, daß sie sich etwas vom Munde absparte, um es ihm zu geben. Hätte er früher daran gedacht, so hätte er ihr auch ein Stückchen übrig gelassen, aber es kam ihm nicht in den Sinn, ihr das zu sagen, so wenig ihr einfiel, ihm zu erzählen, wie sorgfältig sie den Apfel bei Sarah am Kohlenfeuer gebraten, auf einem Stück Papier nach Hause getragen und den ganzen Tag für ihn aufbewahrt hatte. Auch teilte sie ihm nicht mit, wie sie ein Stückchen von der Kartoffel abgebissen hatte, ehe ihr der Gedanke gekommen war, diese für den Bruder aufzuheben, und wie sie dann das Stücklein wieder an die Kartoffel angefügt hatte, ohne davon zu essen. Nicht um alles in der Welt hätte sie ihn merken lassen mögen, daß sie ihn lieb genug hatte, um ihm ein Opfer zu bringen.

Nachdem Kartoffel und Brotkruste verzehrt waren, fühlte Robert erst recht, wie hungrig er war, und es entschlüpfte ihm unwillkürlich die Frage: „Sonst ist wohl nichts zu essen da?"

„Was denkst du?" lautete die scharfe Entgegnung der Schwester. „Nur für die Mutter habe ich ein kleines Stück Brot zurückbehalten, und das soll sie auch haben!"

„Na, so beiß mich nur nicht gleich! Es fällt mir ja nicht ein, es ihr nehmen zu wollen", erwiderte Robert in beschwichtigendem Ton. „Zum Feuermachen ist wohl auch nichts im Haus, wie?"

„Nur ein wenig Reisig, das ich aufheben will, bis die Mutter ausgeschlafen hat", antwortete das Mädchen.

„Dann geh lieber auch zu Bett; denn es ist hier grimmig kalt", sagte Robert gutmütig.

Sein Rat fand jedoch keinen Anklang, sondern Martha erwiderte barsch: „Sollte mir einfallen, am hellen, lichten Tag ins Bett zu gehen! Solange die Sonne ins Zimmer scheint, rühre ich mich nicht von der Stelle. Es kommt selten genug vor, daß sich einmal ein Strahl zu uns herein verliert, da will ich die gute Gelegenheit, mich von ihm anscheinen zu lassen, wenigstens nicht versäumen."

Robert betrachtete das Mädchen nachdenklich, schließlich sagte er freundlich: „Wie wäre es, Martha, wenn wir ein wenig draußen in der Sonne auf- und abgingen? Jedenfalls ist es dort wärmer als hier."

„In der Steppdecke da?" erwiderte Martha mit einem bedeutsamen Blick auf ihre zerrissene Umhüllung.

„Ist dein Shawl denn noch immer nicht ausgelöst?“

Auf der Schwester verneinende Antwort sprang der Junge zornig vom Stuhl auf, nahm seine zerlumpte Kappe vom Tisch und stürzte zur Tür hinaus ... Martha aber vergaß, den Sonnenstrahl zu genießen, barg ihr Gesicht in den Händen und weinte bitterlich.

4. Alfred Rieds Enttäuschung

Wie mochte das arme Mädchen nur zu dem schönen Namen gekommen sein? Martha selbst hätte es wohl kaum sagen können, aber ihre Mutter, die Frau mit den tiefen Schatten unter den Augen, den eingesunkenen Wangen und dem tieftraurigen Ausdruck im Gesicht könnte uns von der lieben, alten Heimat ihrer Kindertage, wo sie alles in Hülle und Fülle hatte und die Freuden und Annehmlichkeiten des Landlebens in reichem Maße genießen durfte, erzählen. Wie heute erinnerte sie sich noch jenes herrlichen Sommerabends, als sie vor der Haustür saß und, mit einem träumerischen Blick auf die liebliche Umgebung, die herrlichen Worte für die Sonntagsschule lernte: „Jesus aber hatte Martha lieb und ihre Schwester und Lazarus“. Wahrscheinlich hatten sie das Andenken an jene Stelle im Worte Gottes und ein unbestimmtes Sehnen, daß sich diese an ihrem Kind erfüllen möge, veranlaßt, ihr zwei Tage altes Töchterchen „Martha“ zu nennen. Die liebliche Heimat war längst ein Ding der Vergangenheit, der frühere Wohlstand längst entschwunden, Vater, Mutter und Bruder schlummerten seit Jahren auf dem Kirchhof, ... sie aber hatte einen Trunkenbold zum Mann! Seit vollen drei Wochen war der Vater ihrer Kinder nicht mehr nüchtern geworden! Martha hatte ihren Vater kaum je anders als betrunken gekannt und höchst selten einmal ein freundliches Wort aus dem Mund ihrer schwergeprüften Mutter gehört, die die Liebe zu der einzigen Tochter sorgfältig in ihrem Inneren verschloß, als koste es zuviel, sie an den Tag zu heben. Robert aber, der einzige Bruder, war beinahe von klein auf ein mißratener Junge, wie es unter diesen Verhältnissen kaum zu verwundern war.

Und doch wunderte sich Martha darüber, und es war ihr eine Quelle bitteren Schmerzes. Warum konnte er nicht sein wie Sarahs Bruder, der Tag und Nacht arbeitete und bald einen Hering, bald einen Apfel, bald irgend etwas anderes für die Seinen heimbrachte? Martha hatte eine scharfe Zunge, und anstatt den Bruder mit Freundlichkeit zu gewinnen, gab sie ihm harte Worte, so daß es in der letzten Zeit immer gehässiger zwischen ihnen zuging, ... und doch hatte sie Robert innig lieb, obwohl sie ihre Gefühle für ihn wie ein tiefes Geheimnis in ihrem Innersten verschloß und sich nach außen hin hart und lieblos stellte.

So hatte sie es auch an jenem Nachmittag gemacht, anstatt Roberts Versuchen zu einer Annäherung freundlich entgegenzukommen; kein Wunder, daß der Junge daher wieder Zuflucht zu der Straße nahm. Kaum war jedoch sein Zorn ein wenig abgekühlt, so erhob sich die wichtige Frage, wohin er seine Schritte lenken solle. Reuig fragte er sich, warum er auch so dumm gewesen war, sich von seinen Gefährten zu trennen. Gewiß hatte sich der eine oder andere auf diese oder jene Weise eine gute Mahlzeit zu verschaffen gewußt! Wenn er nur nicht heimgegangen wäre! Nun war er doch wieder auf der Straße und wußte sich keinen Rat. Um etwas zu essen, war es ihm augenblicklich, dank seiner Schwester Leckerbissen, viel weniger zu tun, als um eine Gelegenheit, sich zu wärmen. Wo sollte er diese finden? Was war ihm und seinesgleichen in dieser Hinsicht geboten? Allerdings wäre er alt genug gewesen, um sich längst sein Brot zu verdienen, und er hätte sich nicht in einer so traurigen Lage befunden, wenn er seine Pflicht getan hätte, aber leider hatte er das versäumt und war zum Taugenichts geworden, der seiner Mutter das Herz gebrochen haben würde, wenn es nicht schon geschehen gewesen wäre, ehe er auf die Welt kam. Nach einigem Umherirren bog er in eins der angeseheneren Stadtviertel ein, in dem anständige Leute wohnten, die allsonntäglich in die Kirche gingen, das Wort Gottes lasen und den Tag des Herrn heilig hielten. Aber aus keinem einzigen der freundlichen Häuser in diesem Stadtteil erging die Aufforderung an ihn, auf dem Weg des Verderbens inne zu halten und hereinzukommen. Satan hingegen war auf seinem Posten. An der Ecke der Hauptstraße lauerte er schon auf Robert und lockte ihn in seine Falle. Auch in diesem feineren Stadtteil gab es neben den Gotteshäusern Stätten des Lasters. Beinahe jedes dritte Haus war eine Schenke, und der Junge kannte die angenehme Wärme, die gewöhnlich dort herrschte, zu gut, um den Einflüsterungen des Feindes widerstehen zu können und daran vorüberzugehen. Daß er den Stammgästen willkommen war, wußte er wohl. Allerdings, Geld hatte er keins, dafür aber ein merkwürdiges Talent, die Eigentümlichkeiten aller, die er zu beobachten Gelegenheit hatte, nachzuahmen, und das unterhielt die Leute dermaßen, daß sie sich vor Lachen bogen und ihm dann und wann ein Glas Bier oder eine Zigarre zur Belohnung gaben, ... jedenfalls aber konnte er sich wärmen. Das war tatsächlich Roberts einziger Erwerbszweig. Dennoch schrak er merkwürdigerweise heute davon zurück, sich auf diese Weise ein warmes Plätzchen zu verdienen, er hätte selbst nicht sagen können, weshalb. Entschlossen ging er an zwei oder drei Wirtshäusern vorüber, wo er einen freundlichen Empfang erwarten konnte, und überlegte, ob er nicht anderswo Schutz vor der Kälte finden würde. In der großen Stadt hätte es der Orte wohl genug gegeben, in denen einem verwahrlosten Jungen, wie ihm, freundliche Aufnahme zuteil geworden wäre; aber von diesen wußte Robert nichts, während er die Schenken kannte.

Plötzlich fiel ihm Frau Roberts Aufforderung, sie zu besuchen, ein.

Wie, wenn er an ihrem Haus läutete und sich melden ließe? Bei dem Gedanken mußte er laut auflachen, so komisch kam er ihm vor. Er und einen Besuch machen und noch dazu in einem der vornehmen Häuser der Stadt? Nein, davon konnte keine Rede sein!

Mittlerweile war es dunkel geworden, und der kalte Nordwind blies recht empfindlich durch des Jungen fadenscheinigen Anzug, da besann er sich nicht länger, sondern trat in eine der Schenken ein, und zwar in die allergemeinste.

Ein junger Mann, der ihn wohl hineingehen sah, aber nichts von dem vorhergehenden Kampf in seiner Seele ahnte, blickte ihm enttäuscht nach. Das also war die Frucht des Sonntagsschulbesuchs! Im Grunde hatte Alfred Ried ja nichts Besseres erwartet; aber er ging doch entmutigt heim und sann düster über die Erfolglosigkeit der Bemühungen der Sonntagsschullehrer und -lehrerinnen nach.

Am Montag in aller Frühe kam Frau Eduard Roberts ins Geschäft. Das Einkaufen schien ihr für den Augenblick jedoch Nebensache zu sein, denn sie ging geradewegs auf den jungen Ried zu und fragte, als habe ihr letztes Gespräch mit ihm gar keine Unterbrechung erlitten: „Herr Ried, was könnten wir beide, Sie und ich, wohl für die armen Jungen tun?"

„Ich weiß nicht, was wir tun könnten, Frau Roberts" antwortete der Angeredete finster. „Was ist eine Stunde des Sonntags im Vergleich zu der ganzen übrigen Zeit? Von der Sonntagsschule aus gehen sie in die Schenke und verbringen dort den Rest des Tages. Erst gestern sah ich den jungen Colsen in eins der gemeinsten Wirtshäuser der Stadt gehen, – und im Grunde kann man es ihnen gar nicht übelnehmen", fuhr er entrüstet fort, „wohin sollten sie sonst gehen? Ein gemütliches Heim haben sie nicht, und auf der Straße ist es kalt, in den Schenken hingegen warm."

Wenn er dachte, die kleine Frau werde ihm widersprechen, so täuschte er sich. Im Gegenteil, sie antwortete ruhig, aber im Ton tiefinnerster Überzeugung: „Ja, leider ist es so, und wir dürfen uns gar nicht darüber wundern, aber um so mehr drängt sich uns die Frage auf: Was ist unter diesen Umständen zu tun? Wie kann dem Übel abgeholfen werden? Herr Ried, Sie haben schon länger hierüber nachgedacht als ich, zu welchem Schluß sind Sie gekommen?"

Der junge Mann geriet bei dieser Frage nicht wenig in Verlegenheit. Allerdings hatte er die Sache hin und her erwogen; aber je mehr er darüber nachgedacht hatte, um so ungeduldiger war er über die Jungen und um so unzufriedener mit den Ergebnissen der Sonntagsschule geworden.

„Ich weiß keinen Rat", sagte er endlich, dunkelrot werdend, „bei meiner Mittellosigkeit, scheint mir, kann ich gar nichts in der Sache tun. Meine Schwester hatte ja eine Menge Pläne, die mir kleinem Jungen schon vorzüglich vorkamen und jetzt noch weit mehr einleuchten; aber mir sind, wie gesagt, die Hände gebunden."

„Ihre Schwester Esther?" entgegnete Frau Roberts rasch. „Lassen Sie uns gemeinsam versuchen, die betreffenden Pläne zur Ausführung zu bringen, Sie und ich, Herr Ried, und wen wir sonst dafür gewinnen können. Ihre Schwester wirkt noch heute fort, merken Sie es nicht? Wahrlich, es gelten ihr die Worte der Offenbarung: ‚*Und ich hörte eine Stimme zu mir sagen: Selig sind die Toten, die in dem Herrn sterben von nun an; denn der Geist spricht, daß sie ruhen von ihrer Arbeit, und ihre Werke folgen ihnen nach*'."

Wie seltsam die Worte in Frau Roberts leiser, klarer

Stimme klangen! Alfred Ried fühlte sich bis ins Innerste von ihnen ergriffen. Er war schon als Kind leicht erregbar, dazu war er der Schwester beständiger Gefährte in deren letzten Lebenswochen gewesen. Während Julia und Helene der Mutter in ihrer Freizeit im Haushalt halfen, war es sein Amt, bei Esther zu bleiben, damit die Kranke doch jemanden bei der Hand habe, wenn sie etwas brauchte, und diese Zeit hatte die Schwester treu ausgekauft. Lebhaft stand ihr Bild noch heute vor Alfred, wie sie ihm mit hochgeröteten Wangen und glänzenden Augen auseinandersetzte, was sie und Doktor Douglaß für arme, verwahrloste Jungen zu tun gedacht hatten. Was hatten sie nicht alles ersonnen, um diese verlassenen, so schwer zu gewinnenden Menschenkinder zu erreichen! Er wußte noch wohl, wie ihm zumute war, wenn sie so herzbeweglich mit ihm sprach und zu ihm sagte: „Mich braucht der Herr nun anderswo, aber wenn du erwachsen bist, Alfred, wirst du meine Arbeit aufnehmen und unsere Pläne zur Ausführung bringen, nicht wahr? Gott wird dir dazu die nötigen Mitarbeiter schicken." Wenn er damals auch nichts darauf geantwortet hatte, hatte er sich doch wieder und immer wieder vorgenommen, das Werk zu unternehmen, von dem Esther abgerufen worden war, noch ehe sie es recht eigentlich begonnen hatte. Und doch, wie bald hatte er sich entmutigen lassen! Ein Gefühl tiefer Beschämung bemächtigte sich seiner, als ihm plötzlich klar wurde, wie wenig er die Erwartungen erfüllte, welche die Heimgegangene in ihn gesetzt hatte, und es war ihm, als ruhe wieder Esthers Auge auf ihm und flöße ihm neuen Mut ein, während die Worte in seinem Herzen nachklangen: *„Sie ruhen von ihrer Arbeit, und ihre Werke folgen ihnen nach."* Sollte etwa Frau Roberts zu den Mitarbeitern gehören, von denen Esther gesagt hatte, Gott werde sie ihm zuschicken, um ihre Pläne für das Heil der verwahrlosten Jungen zur Ausführung zu bringen? Und doch, wie verschieden war die Frau von seiner tatkräftigen, zielbewußten Schwester! Was konnte die kleine, vornehm gekleidete Weltdame mit den wilden Burschen ausrichten? Hatte die gestrige Probe in der Sonntagsschule nicht deutlich bewiesen, wie wenig sie sich für die Arbeit eignete?

Während Alfred noch hierüber nachdachte, kamen verschiedene Kunden ins Geschäft, und er hatte eine Weile alle Hände voll zu tun, um deren Wünsche zu befriedigen. Dabei fand er jedoch Zeit, die Frau seines Prinzipals zu beobachten, und es zuckte verächtlich um seinen Mund, als er hörte, wie sie mit einer Bekannten eingehend die Vorzüge einer gewissen Art Kragen besprach. Offenbar hatte sie schon jetzt jeden ernsten Gegenstand vergessen und hatte nur noch Auge und Ohr für die Nichtigkeiten dieser Welt. Sein erster Eindruck von ihr war augenscheinlich der richtige gewesen: Sie war eine ganz oberflächliche Person, von der die armen Jungen keine andere Hilfe zu erwarten hatten, als höchstens zu Weihnachten oder an irgendeinem anderen Festtag eine gute Mahlzeit in einer der Wohltätigkeitsanstalten der Stadt. Damit war den Seelen aber nicht gedient, und zu bloßer Spielerei würde er, Alfred Ried, sich gewiß nicht hergeben. Wenn sie nur endlich fortginge und ihn nicht länger aufhielte! Mit ihrem Vorschlag von vorhin konnte es ihr doch unmöglich ernst gewesen sein.

Mit finsterer Miene räumte der junge Mann die vorgezeigten Waren wieder beiseite; da verabschiedete sich die Bekannte, und Frau Roberts wandte sich ihm mit der Frage wieder zu: „Welches waren Ihrer Schwester Pläne, Herr Ried?“

5. Ein christliches Heim

„Auf Einzelheiten werden Sie allerdings jetzt nicht eingehen können“, fuhr die Dame fort, als sie sah, daß der junge Ried zögerte und errötete, „ich meinte nur, Sie könnten mir vielleicht einstweilen einen Wink geben, wie den Jungen beizukommen wäre.“

„Ach, wie gesagt, sie hatte der Pläne gar viele und zweifelte auch nicht an der Möglichkeit, sie ausführen zu können, aber ich komme mehr und mehr zu der Ansicht: sie kannte eben die Welt nicht“, antwortete der junge Ried. „Sie beurteilte jedermann nach ihrer eigenen Selbstlosigkeit. Suppenanstalten gründen, Brot- und Holzzettel unter die Leute verteilen, genügte ihr nicht; sie meinte, das seien nicht die richtigen Mittel, besonders die verwahrloste Jugend der Stadt in sittlicher und geistlicher Beziehung zu heben. Und eben das war ihre Absicht, Frau Roberts, sie zu heben. Sie sann auf Mittel und Wege, die jungen Leute dahinzubringen, daß sie sich selbst nach etwas Besserem sehnten, und sie hoffte ihnen mit der Zeit Eingang in christliche Familien zu verschaffen, wo ein bildender, veredelnder Einfluß auf sie ausgeübt werden könnte, kurz, sie war der Ansicht: anstatt sich zu den armen Jungen hinabzulassen, sollte man lieber versuchen, dieselben emporzuziehen, so daß sie sich ihres hohen Berufes bewußt würden und sich bemühten, ihre Stellung als verantwortliche Glieder der Gesellschaft auszufüllen. Ich weiß, ich gebe ihre Gedanken recht unvollkommen wieder, aber jedenfalls sind es herrliche Pläne gewesen, ich fürchte nur, die Welt muß völlig umgestaltet sein, ehe daran gedacht werden kann, sie durchzuführen.“

„Vielleicht“, antwortete die junge Frau nachdenklich.

„Gottlob aber, daß wir wissen, der Herr ist selbst an der Arbeit, diese Umgestaltung zu bewirken."

Sie hatte Alfred unverwandten Auges zugehört und sah keineswegs aus, als finde sie Esthers Ansichten töricht oder überspannt. „Es ist mir einigermaßen klar geworden, was für herrliche Ziele mit der Verwirklichung dieser Pläne erreicht werden könnten", sagte sie ernst, „nun muß ich aber doch auf Einzelheiten zu sprechen kommen, Herr Ried. Welches wären die nächsten Schritte, die wir beide tun könnten, um Ihrer Schwester Gedanken auszuführen? Eben während ich die Frage stelle, ist es mir, als antworte mir eine Stimme im tiefsten Innern, man sollte den Jungen Eingang in christliche Familien verschaffen. Gläubige sollten ihnen ihre Häuser und Herzen öffnen. Der Gedanke ist mir neu, und ich sehe auch nicht, wie er sich im Großen verwirklichen ließe, wenigstens für den Augenblick; aber ihnen ein christliches Heim aufzutun, das hätte ich in der Hand. Einer muß den Anfang machen, Herr Ried, anders geht es nicht. Vielleicht haben Sie es schon versucht? Der verwahrlosten Jungen gibt es viele in der Stadt; aber da wir sie nicht alle auf einmal erreichen können, müssen wir es wenigstens mit unseren sieben Sonntagsschülern versuchen, und wenn es mit den sieben nicht gelingt, fürs erste mit einem, meinen sie nicht? Mit welchem haben Sie es bisher insbesondere probiert? Welcher liegt Ihnen augenblicklich am meisten am Herzen? Hoffentlich einer von meinen Schülern, denn natürlich nehme ich gegenwärtig den wärmsten Anteil an diesen."

Frau Roberts hielt inne und sah dem jungen Mann forschend ins Auge. Derselbe geriet in immer größere Verlegenheit; in seinem Leben war ihm niemand vorgekommen, der dieser Dame ähnlich gewesen wäre. Es war unmöglich, sich in Allgemeinheiten mit ihr zu ergehen. Nicht, daß er bei Alltäglichem hätte stehen bleiben wollen, im Gegenteil, er fühlte mit einem Mal, daß nur durch Bemühungen des Einzelnen das Ziel erreicht werden konnte, und bekam Lust, selbst etwas zu unternehmen. Wie kam es nur, daß er nicht früher daran gedacht hatte, sich eines einzelnen Jungen anzunehmen, anstatt sich durch die Aussichtslosigkeit, deren Hunderte zu gewinnen, entmutigen zu lassen und infolgedessen gar nichts zu tun? Mit dem Gefühl tiefer Beschämung bekannte er nun: „Offen gestanden, habe ich bisher mehr an die Hunderte von verwahrlosten Jungen gedacht, die in der Stadt herumlaufen, als an einen einzelnen, Frau Roberts, es sei denn, daß mir die sieben wilden Burschen in unserer Sonntagsschule etwas mehr auf dem Herzen gelegen hätten als andere; aber selbst für diese habe ich nichts Besonderes getan. Übrigens finde ich eine gewisse Entschuldigung für mich in dem Umstand, daß ich in dem Sinne, wie Sie es meinen, gar nicht in der Lage wäre, mich der jungen Leute anzunehmen, da ich kein Heim zu meiner Verfügung habe."

„Wenn Sie auch kein ganzes Haus besitzen, das Sie den Jungen öffnen könnten, haben Sie doch gewiß einen kleinen Winkel, den Sie Ihr Eigen nennen, Herr Ried? Wäre in Ihrem Zimmerchen nicht zuweilen Platz für jemand anderes außer Ihnen?" fragte die junge Frau.

Lächelnd erwiderte Alfred: „Ach, Frau Roberts, offenbar haben Sie keinen Begriff von dem Winkelchen, mit dem sich ein junger Kaufmann in einer Stadt wie New York begnügen muß. Ich teile ein kleines Zimmer im vierten Stock eines Logierhauses vierten Ranges mit einem mir höchst unsympathischen jungen Mann, und obwohl der Raum so klein ist, daß wir kaum Platz haben, uns umzudrehen, steht das Thermometer dort oft auf dem Gefrierpunkt. Nennen Sie das ein ‚Heim', Frau Roberts, und finden Sie, es sei das eine Stätte, in der ich etwas für andere tun könnte?"

„Viel nicht, das glaube ich wohl", antwortete die Gefragte lächelnd, „es sei denn für den Ihnen so unsympathischen Zimmergenossen. Nach dieser Richtung hin wäre vielleicht etwas zu tun."

„Aber der Betreffende ist ein gläubiger junger Mann, er bedarf meiner nicht", erklärte Alfred.

Ein seltsames Lächeln spielte um die Lippen der Dame, aber anstatt einer direkten Erwiderung sagte sie nur wie beiläufig: „Wenn Sie ein andermal mehr Zeit zum Plaudern haben, müssen Sie mir erzählen, ob Sie noch weitere Erfahrungen mit Ihrem Stubengenossen gemacht haben. Für den Augenblick", fügte sie ernst hinzu, „liegt mir jedoch die Frage mehr am Herzen, für welchen der Jungen Sie insbesondere beten, da Sie kein Heim zur Verfügung haben, das Sie ihm gelegentlich öffnen könnten, und ob Sie nach einer Begegnung mit ihm ausschauen, um ein Wort mit ihm zu sprechen oder ihm etwas zuliebe zu tun, um Einfluß auf ihn zu gewinnen? Glauben Sie nicht auch, daß sich auf diese Weise am ehesten etwas erreichen ließe? Mir liegen zum Beispiel selten zwei Personen gleichzeitig so sehr auf der Seele, und ich fühle immer, es kommt mehr dabei heraus, wenn ich für einen einzelnen besonders im Gebet einstehe, ohne darum die anderen zu vergessen. So habe ich wohl gestern und heute früh für meine Gruppe insgesamt gebetet, für einen aber in ganz besonderer Weise, und ich frage mich fortwährend: ‚Was kann ich für die Klasse im allgemeinen tun, besonders aber für diesen einen Jungen?' Ich glaube, so geht es den meisten Kindern Gottes, die für den Herrn arbeiten, und wahrscheinlich lenkt der Heilige Geist aus diesem

Grund unsere Gedanken so besonders auf eine einzelne Seele, damit wir unsere ganze Kraft auf die Arbeit an einem einzelnen konzentrieren können. Sind Sie nicht auch dieser Ansicht?"

Der junge Ried antwortete nicht gleich; er wußte nicht recht, was er erwidern sollte. Selbstvorwürfe und tiefe Beschämung stritten sich augenblicklich um die Oberhand in seinem Gewissen. Wie hatte er auf die liebliche junge Frau herabgesehen, und wie war ihm gerade ihre Schönheit als größtes Hindernis für tüchtige Reichsgottesarbeit erschienen! Wie hatte er sich erlaubt, in Gedanken darüber loszuziehen, daß sie die betreffende Gruppe der Sonntagsschule übernehmen wollte! Wie hatte er sich beinahe ärgerlich gefragt, warum sich keine passendere Lehrkraft für die wilden Jungen fand, nachdem er so ernstlich um eine solche gebetet hatte, während die richtige offenbar die war, von deren Bemühungen er so geringschätzig gedacht, und die gleich von Anfang an die einzelnen aufs Herz genommen und in treuer Fürbitte vor den Herrn gebracht hatte, was ihm trotz allen Sorgens nie eingefallen war. Endlich sagte er leise und tiefbewegt: „Alle meine Gebete gingen bisher darauf hinaus, eine passende Lehrkraft für die Jungen vom Herrn zu erflehen, und ich glaube, meine Bitten haben Erhörung gefunden."

Aber Frau Roberts war durchaus nicht zugänglich für Lobeserhebungen irgendwelcher Art. Ohne auf Alfreds letzte Worte einzugehen, fuhr sie lebhaft fort: „Wie heißen eigentlich die Jungen, Herr Ried? Ich versuchte ihre Namen schon gestern herauszufinden, aber es wollte mir nicht gelingen. Ich glaube, die Schelme haben mir nicht einen einzigen richtig genannt. Können Sie mir vielleicht eine Liste derselben verschaffen? Oder soll ich Herrn Durant darum bitten?“ fügte sie hinzu, als sie sah, daß Alfred ob der einfachen Frage nicht wenig in Verlegenheit geriet. „Wo werde ich ihn wohl am besten treffen?“

Hierüber konnte ihr der junge Mann Bescheid geben, aber er war überzeugt, Frau Roberts werde ihren Zweck bei dem Leiter der Sonntagsschule auch nicht erreichen, denn dieser hatte nicht einmal gewußt, wie der Rädelsführer der Gruppe hieß.

Nicht ein Schatten von Entmutigung zeigte sich in Frau Roberts ruhigen Zügen; sie sagte nur unerschrocken, sie müsse dann eben mit seiner Hilfe die Namen herauszubringen suchen.

„Da ist gleich Arbeit für Sie“, fuhr sie fort. „Welcher von den Jungen ist zum Beispiel der Robert Colsen, von dem Sie vorhin sprachen?“

Nachdem ihn Alfred so gut als möglich zu beschreiben versucht hatte, fiel die junge Frau wieder lebhaft ein: „Ach so, den kleinen Schwarzen meinten Sie? Ich erinnere mich, der ist mir aufgefallen. Wo wohnt er?“

Auf diese Frage wußte Herr Ried aber wieder keine Antwort zu geben, und ohne sich irre machen zu lassen, fuhr die Dame fort: „Wie verdient sich Robert sein Brot?“ erhielt jedoch auch diesmal keinen anderen Bescheid als, der Junge habe schwerlich eine regelmäßige Beschäftigung, sondern tue wohl nur da und dort einmal etwas, was ihm zufällig in den Weg komme.

Eine Menge ähnlicher Fragen wurden in ähnlicher ungenügender Weise beantwortet, so daß Alfred, als die junge Frau endlich das Geschäft verließ, zu der Überzeugung gekommen war, daß er viel weniger von den sieben Sonntagsschülern wußte, als er für möglich gehalten hätte, und daß er trotz des lebhaften Wunsches, es möge etwas für sie geschehen, die Gelegenheiten, ihnen zu dienen, völlig außer acht gelassen hatte.

Übrigens nicht nur dem jungen Ried, sondern auch Frau Roberts war ein Licht aufgegangen im Laufe ihres Zwiegesprächs, und sie bewegte den neu entstandenen Gedanken auf dem Heimweg in ihrem Herzen. „Ein christliches Heim!“ sagte sie sich. „Verdient das meinige wohl diesen Namen? Darunter kann nicht nur ein Haus gemeint sein, in dem Christus verehrt und angebetet wird, sondern eins, in dem alles, auch das Allergeringste, seiner Sache auf Erden dient, kann diesen Titel beanspruchen. Die Möbel sogar, ja alles, was zur Bequemlichkeit oder zur Verschönerung des Hauses da ist, muß für ihn benützt werden können, sonst taugt es nicht in ein christliches Heim, und ich, die ich den Namen Christi führe, habe kein Recht daran. Halten alle die schönen Dinge in meinen Zimmern wohl die Probe aus, wenn dieser Maßstab an sie gelegt wird? Ich sehe gar manches, was ich hätte tun können und bisher nicht getan habe. In welcher Weise kann ich in Zukunft mein Heim den armen Jungen dienstbar machen? Wie kann ich sie hineinbringen? Wenn ich nur erst wüßte, wie ich mir ihre Namen und Adressen verschaffen könnte!“

In demselben Augenblick kam, wie gerufen, Polizeidiener Kunz des Weges. Sie erkannte ihn sofort als den Schutzmann, der tags zuvor vor dem Sonntagsschulgebäude im Südwestend der Stadt Wache gestanden hatte. Wenn ihr jemand Auskunft über ihre neuen Schüler geben konnte, so war er es. Die kleine Frau nahm sich ein Herz, ging auf den Mann zu und fragte ihn freundlich, ob er nicht der Polizeidiener Kunz sei. Nachdem er dies bejaht hatte, begann sie ohne Umschweife, ein genaues Verhör mit ihm anzustellen, und erkundigte sich eingehend nach Namen, Wohnort und sonstigen Verhältnissen der sieben Jungen in ihrer Gruppe. Allerdings wurden die beiden oft unterbrochen, denn der Schutzmann mußte bald diesem, bald jenem Rede und Antwort stehen, aber schließlich hatte die Dame ihren Zweck erreicht und in dieser einen Viertelstunde mehr über die Betreffenden erfahren, als sie kurz zuvor für möglich gehalten hätte. Die Angaben des Polizeidieners Kunz standen genau in ihrem Notizbuch verzeichnet.

6. Frau Roberts erster Versuch

„Der Schlimmste von der ganzen Gesellschaft ist meiner Ansicht nach Robert Colsen“, sagte Kunz unter anderem. „Er ist ein trotziger Geselle, dem gar nicht beizukommen ist. Wenn er irgendwie gereizt wird, ist er zu allem fähig, und wer einigermaßen Erfahrung mit seinesgleichen hat, kann sein Ende so ziemlich voraussehen.“

Der arme Robert! Und gerade er lag Frau Roberts am meisten auf der Seele. So oft sie gestern und heute für ihre Jungen gebetet hatte, hatte sie gerade ihn ihrem Heiland besonders ans Herz gelegt. Übrigens entmutigten sie des Schutzmanns Worte keineswegs. „Wahrscheinlich ist der arme Junge am meisten in Gefahr, verlorenzugehen“, sagte sie sich nachdenklich. „Aber der Herr Jesus weiß das und wird bereits Mittel und Wege ausersehen haben, ihm beizukommen. Deshalb erinnert er mich gewiß so oft an ihn.“

„Womit verdient er sich seinen Unterhalt?“ fragte sie weiter.

„Wird wohl nicht immer ganz einwandfrei zugehen mit dem Broterwerb“, antwortete Polizeidiener Kunz. „Er hat einen Trunkenbold zum Vater, und zwar einen der schlimmsten Sorte, der den Seinigen das Leben zur Hölle macht, wenn er daheim ist. Der Mann ist manchmal mit Aufgebot aller Kraft nicht im Zaume zu halten, und es wäre ein Glück für seine Familie, wenn er einmal überfahren würde oder sonstwie im Rausch verunglückte. Solchen Leuten widerfährt so etwas jedoch verhältnismäßig selten, viel eher denen, die es nicht verdienen. Da ist zum Beispiel soeben erst ein Junge vorbeigetragen worden, der das Bein gebrochen hat, ein braver, ordentlicher Bursche, an dem seine Schwester eine wirkliche Stütze hat. Nun muß er wahrscheinlich den ganzen Winter über daheim bleiben und kann nichts verdienen, und das ist nur einer von vielen. Wie soll man sich das zurechtlegen? Natürlich hat er auch einen Trunkenbold zum Vater wie die meisten Kinder, die in jener Straße wohnen; aber an Ihrer Stelle, Madame, würde ich viel lieber dem jungen Calkins unter die Arme greifen als einem der anderen Burschen, denn diese sind es wahrlich nicht wert, daß jemand einen Finger für sie rührt. Wenigstens ist das meine Überzeugung."

„Und doch", sagte Frau Roberts sanft, aber mit tief bewegter Stimme, „dürfen wir nie vergessen, was wohl aus uns würde, wenn der Herr Jesus so von uns gedacht hätte und droben in seiner Herrlichkeit geblieben wäre, anstatt sich unseres Elends anzunehmen. Wir wären samt und sonders rettungslos verloren."

Der Schutzmann sah die Dame erstaunt an. Er hatte schon mit Frauen der verschiedensten Stände zu tun gehabt, hatte auch schon dann und wann ein Traktat von der einen oder anderen geschenkt bekommen; keine aber hatte ihm noch den Namen Jesu so ernst und unverblümt entgegengehalten, so, als sei an einen Widerspruch überhaupt nicht zu denken. Dennoch geriet der Mann keineswegs in Verlegenheit, sondern antwortete mit überlegenem Achselzucken: „Darüber kann ich nicht viel sagen, Madame; denn, offen gestanden, glaube ich nicht recht an diesen Jesus."

„Kennen Sie ihn denn?"

Dabei heftete die Fragestellerin den Blick forschend auf den Polizeidiener und wartete geduldig auf die Antwort.

„Ob ich ihn kenne?" erwiderte dieser nun doch etwas betreten. „Ja, woher sollte ich ihn kennen, da er doch, wie allgemein angenommen wird, so weit von uns entfernt ist, daß kein Mensch etwas von ihm sieht oder hört?"

„Das ist ja eben die irrige Ansicht", sagte Frau Roberts mutig. „Wie könnte ich ihn so genau kennen, wenn er wirklich unerreichbar wäre? Übrigens, was ich eigentlich fragen wollte, war dies: ‚Haben Sie sein Leben betrachtet, und können Sie es also richtig beurteilen, ob er wert ist, daß man an ihn glaubt oder nicht?'"

„Ich betrachte die Leute, die vorgeben, an ihn zu glauben, Madame, und daran habe ich gerade genug."

Die Antwort war von einem spöttischen Lachen begleitet und in einem Ton gegeben, als sei sie unwiderleglich; doch Frau Roberts erwiderte mit dem gleichen forschenden Blick ihrer klaren, ernsten Augen und der gleichen sanften Stimme: „Finden Sie es vernünftig, fehlerhafte Abschriften oder Abdrücke zu studieren und darüber das vollkommene Vorbild außer acht zu lassen? Sie werden es sich doch gewiß nicht einfallen lassen, Ihr Urteil über die Tüchtigkeit des Lehrers von der Stümperarbeit des Schülers abhängig zu machen, wie? Und nun danke ich Ihnen schön für Ihre freundliche Auskunft. Ich wollte, Sie nähmen sich meiner Jungen zuweilen ein wenig an; vor allem aber hätte ich gern, daß Sie meinen Herrn und Meister erkennen lernten. Guten Morgen, Herr Kunz!"

„Eine sonderbare Frau!" rief dieser und sah der Dame verwundert nach. „Wenn ich nur eine Ahnung hätte, wer sie ist –, jedenfalls ist mir ihresgleichen noch nicht begegnet. Ihre Jungen, sagt sie! Ihre Bären sollte sie sie lieber nennen. Was bildet sie sich denn ein, in einer einzigen kurzen Stunde am Sonntag etwas mit ihnen ausrichten zu können? Die ganze Woche über hat der Teufel die Burschen am Bändel und tut mit ihnen, was er will, und am Sonntag nehmen sich die frommen Leute ihrer ein Stündchen an und meinen, damit sei dann alles wieder gut gemacht. Das zeigt, wieviel sie von der Sache verstehen. Die Frau da aber scheint ein bißchen mehr Grütze im Kopf zu haben. Jedenfalls will ich die Augen offen halten und sehen, daß die Jungen ihr nicht zu arg mitspielen!"

Ohne des Schutzmanns gute Absichten zu ahnen, schritt Frau Roberts mittlerweile die belebte Straße entlang, verschwand plötzlich um die Ecke und bog entschlossen in eine der Seitengassen ein. Mit einem Male war ihr nämlich der kühne Gedanke gekommen, sie wolle wenigstens die Wohnung eines ihrer neuen Sonntagsschüler aufsuchen, damit sei doch ein Anfang gemacht, und schlimmer als die Häuser, in die sie daheim in ihrer Vaterstadt zu gehen pflegte, werde es da ja wohl auch nicht sein. Wenn sie genau den Weisungen des Polizeidieners folgte, mußte sie sicherlich den Ort finden, und vielleicht konnte sie dann auch dem Jungen, der das Bein gebrochen hatte, etwas zuliebe tun; jedenfalls aber wollte sie erfahren, wie und wo ihre Schüler lebten. Aber es gibt eben Straßen und Straßen, wie die mutige kleine Frau zu ihrem Nachteil herausfinden sollte. Die Gasse, in die sie hineingeraten war, übertraf ihre schlimmsten Befürchtungen und war geradezu gefährlich für eine Dame ohne männlichen Schutz. Endlich blieb sie entsetzt stehen; denn sie war zu der Überzeugung gekommen: das Klügste, was sie tun konnte, war, wieder umzukehren und nach Hause zu gehen. Aber wie sollte sie den Heimweg finden? Führte die Gasse, in der sie sich befand, nicht etwa gerade nach der entgegengesetzten Richtung? Vergebens sah sie sich nach allen Seiten um in der Hoffnung, sich irgendwie zurechtzufinden, es wurde ihr mit jedem Augenblick banger ums Herz; denn sie bemerkte zu ihrem nicht geringen Schrecken, daß ihr unschlüssiges Benehmen mehr und mehr Aufsehen um sie her erregte. Als Mädchen war sie als Hasenfuß bekannt gewesen, und an dem Herzklopfen, das ihr nahezu den Atem nahm, fühlte sie deutlich, daß sie als Frau die leidige Furchtsamkeit nicht abgelegt hatte. Wie dankbar war sie in ihrer peinlichen Lage, als sie plötzlich Robert Colsen auf sich zukommen sah!

„Das nenne ich aber Glück!" sagte sie, indem sie vertrauensvoll die Hand auf des Jungen Schulter legte. „Sie sind mir ein rechter Freund in der Not. Ich habe mich verirrt und finde den Weg in die Promenadenstraße nicht zurück. Wollen Sie mir freundlichst helfen?"

Wann hatte Robert Colsen je eine Gelegenheit, sich auf Kosten anderer lustig zu machen, unbenutzt vorübergehen lassen? Und eine so günstige Gelegenheit bot sich so leicht nicht wieder. Eine Frau, welcher der Anblick der Wolfsgasse einen solchen Schrecken eingejagt hatte, daß sie an allen Gliedern zitterte! Was für einen Eindruck würde sie erst von der Habergasse bekommen! Wie wäre es, wenn er sie dorthin schickte? Da würde sie erst die Augen aufmachen!

„Ja freilich", sagte er nach kurzem Überlegen, „ich kann Ihnen den Weg ganz genau zeigen. Gehen Sie nur die Straße entlang bis an das große Eckhaus mit den zerbrochenen Fensterscheiben; dann biegen Sie um und gehen bis an das dritte Seitengäßchen links; hierauf wenden Sie sich wieder nach rechts, das ist der kürzeste Weg in die Promenadenstraße."

Hätte Frau Roberts dem Jungen ins Auge geschaut, so hätte sie gewiß den Ausdruck hämischer Schadenfreude in dessen Blick bemerkt, als er ihr so einen Weg durch das allerschlimmste Stadtviertel vorschrieb, der sie mit jedem Schritt weiter von der Promenadenstraße entfernte, anstatt sie in dieselbe zurückzuführen. „Schlangen wie die, von denen sie uns in der Sonntagsschule erzählte, wird sie allerdings keine finden", dachte er vergnüglich bei sich, „aber ich müßte mich sehr irren, wenn sie nicht manches unterwegs sieht, was ihr einen weit größeren Schrecken einjagen wird als solche Schlangen."

Frau Roberts war es jedoch schon so bange zumute bei dem bloßen Gedanken, allein und unbeschützt durch die bezeichneten Gassen und Gäßlein wandern zu sollen, daß ihr das Herz immer lauter klopfte. Endlich legte sie ihre kleine, zarte Hand auf Roberts Schulter und sagte mit leise bebender Stimme: „Sie werden mich wohl für recht kindisch halten, aber ich fürchte mich, allein durch diese Straßen zu gehen. Würden Sie mir nicht den Gefallen tun, mich zu begleiten? Sie wissen ja, Frauen sind nicht so mutig wie Männer."

Ein seltsames Gefühl beschlich den wilden Robert Colsen, und er sah sich nach allen Seiten um, ob ihn keiner seiner Kameraden beobachtete. Nur ungern gab er sein geplantes Vergnügen auf; aber die kleine, zitternde Hand lag noch immer vertrauensvoll auf seinem Arm, und es war das erste Mal, daß ihn jemand um Schutz angefleht hatte. Würde sie sich wirklich nicht fürchten, wenn er sie begleitete? Forschend blickte er Frau Roberts ins Gesicht, um zu sehen, ob es ihr ernst mit der Bitte gewesen sei, oder ob sie ihn vielleicht auch nur zum besten halten wolle; aber wiederum begegnete er einem angstvollen Blick der schönen, klaren Augen, die bittend auf ihn gerichtet waren. Da war sein Entschluß gefaßt, so sehr er sich dessen auch insgeheim schämte. „Na, so kommen Sie!" sagte er kurz und drehte sich auf dem Absatz um, „ich will Ihnen noch einen kürzeren Weg zeigen."

„Ach, ich bin Ihnen so dankbar!" sagte sie sichtlich

erleichtert, „es ist mir ein großer Trost, wenn Sie mich begleiten; denn ich kenne mich hier in der Gegend gar nicht aus. Ich hätte gern einen jungen Mann besucht, von dem ich hörte, daß er das Bein gebrochen habe. Wissen Sie vielleicht etwas von ihm?"

„Der wohnt weiter oben", antwortete Robert Colsen. „Er gehört zu den Vornehmen in unserem Stadtviertel und wohnt im anderen Teil der Straße, in jenem Haus dort. Es heißt, er sei stark verletzt, aber ich denke, er wird bald wieder hergestellt sein. Einer der besten Ärzte von ganz New York behandelt ihn, dessen können sich sonst Leute in unserem Viertel nicht rühmen. Soviel ich weiß, ging der Doktor gerade vorüber, als Markus heimgebracht wurde, folgte den Leuten, die ihn trugen, und kam gestern Abend und heute früh wieder, um sich nach ihm umzusehen. Wenn ich nur wüßte, weshalb er das tut! Markus Calkins kann ihn nicht bezahlen, soviel steht fest, wenn er auch zehnmal regelmäßige Arbeit gehabt hat und mehr Miete zahlen konnte als unsereins."

Robert Colsen sagte das in einem halb höhnischen, halb prahlerischen Ton, und die kleine, kluge Frau schloß daraus ganz richtig, daß Markus Calkins etwas Besseres war als seine Nachbarn, die ihm deshalb feindselig gesinnt waren, aber es dennoch als eine Ehre betrachteten, daß einer der Ihrigen von einem Arzt besucht wurde, der sonst nur vornehme und reiche Leute behandelte. Bot ihr dieser Umstand vielleicht Gelegenheit, auf die eine oder andere Weise Einfluß auf ihre Jungen zu gewinnen? Durfte sie hierin nicht etwa eine Antwort auf ihr Gebet erblicken? „Wie heißt der Doktor?" fragte sie ihren Führer. „Kennen Sie ihn?"

Robert wußte natürlich genauen Bescheid über den Mann zu geben, wie überhaupt niemand das Stadtviertel betrat, über den der Junge nicht sofort Erkundigungen eingezogen hätte.

„Es ist Doktor Everett“, sagte er in dem prahlerischen Ton von vorhin, „wie gesagt, sonst geht er nur zu den Reichen, und ich habe keine Ahnung, was ihn bewogen hat, Markus Calkins in Behandlung zu nehmen.“

Frau Roberts kannte den Namen des Doktors nicht, aber sie hütete sich wohl, das einzugestehen, um dem berühmten Mann in des Jungen Augen nichts von seinem Glorienschein zu nehmen, indem sie sich anmerken ließ, daß Doktor Everett nicht so weltbekannt war, wie Robert meinte.

„Wissen Sie, wo der eine oder andere der jungen Leute, die in meiner Gruppe in der Sonntagsschule sind, wohnt?“ fragte sie nach einer Weile.

„Na, ich denke, wo ich selbst wohne, könnte ich am Ende wissen, wenigstens zuweilen“, antwortete Robert Colsen mit schlauem Augenblinzeln.

„Allerdings“, erwiderte seine Begleiterin lachend. „Ich habe mich nicht ganz richtig ausgedrückt und hätte fragen sollen, ob Sie wissen, wo der eine oder andere Ihrer Kameraden wohnt. Übrigens bin ich dankbar, wenn Sie mir Ihre Adresse geben wollen, ehe wir uns trennen.“

Robert war einen Augenblick stumm vor Überraschung, daß ihn jemand um seine Adresse bat, das war ihm in seinem Leben nicht vorgekommen. Er faßte sich indes rasch und sagte schlau: „Das dort ist Robert Colsens Wohnung, er ist einer der Jungen, welche die Sonntagsschule besuchen.“

Frau Roberts unterdrückte den Ausruf des Entsetzens, der sich ihr auf die Lippen drängte. Das Haus, auf das ihr Führer deutete, war eins der heruntergekommensten in der ganzen Nachbarschaft.

„Bewohnt er mit den Seinen den ganzen unteren Stock?“

fragte Frau Roberts schüchtern, denn sie wußte nicht viel über die Wohnungsverhältnisse der Armen in einer Stadt wie New York.

„Den ganzen unteren Stock?“ wiederholte der Junge und wollte gar nicht aufhören zu lachen. „Was fällt Ihnen ein, Madame? In dem Haus wohnen etwa fünfunddreißig Familien! Sind Sie aber noch grün! Man sollte denken, Sie wären soeben erst aus dem Ei geschlüpft!“ Dabei lachte er immer unbändiger.

Frau Roberts lachte trotz ihres Entsetzens mit. Fünf- oder sechsunddreißig Familien in einem Haus! Konnte man sich wundern, wenn es da greulich zuging?

„Ich weiß nicht viel von dem Leben in einer Großstadt“, antwortete sie im Ton der Entschuldigung, „meine Vaterstadt ist sehr klein im Vergleich zu New York.“

Die beiden waren bisher rasch nebeneinander hergegangen, nun aber fanden sie plötzlich den Weg versperrt.

7. Ein neuer Plan

Ein trauriger Anblick bot sich der jungen Frau: eine Schlägerei unter Kindern. Die ganze Jugend der Nachbarschaft schien in der engen Gasse versammelt zu sein und schrie und fluchte bunt durcheinander, so daß man sein eigenes Wort nicht mehr verstand, dabei flog dem einen der Kämpfenden dies, dem anderen das an den Kopf. Frau Roberts blickte wie hilfesuchend auf ihren Führer; aber es war nicht nur Schrekken, der ihr Herz erfüllte, sondern auch tiefes Mitleid.

Das mochte auch der Junge trotz aller Roheit herausfühlen, als sie mit bebender Stimme sagte: „Ach, wie furchtbar ist das! Lauter kleine Kinder, von denen keins über sieben Jahre alt sein mag. O, was könnte ich für die armen Geschöpfe tun?"

„Sie brauchen keine Angst zu haben, Madame", erwiderte Robert in beschwichtigendem Ton. Mit dem Bewußtsein, daß sie ihn gewissermaßen als ihren Beschützer betrachtete, war ein ganz neues Gefühl in seiner Seele erwacht, wenn er sich auch wohl keine Rechenschaft davon gab.

„Eine Balgerei hier auf der Gasse ist nichts Ungewöhnliches und hat nicht viel zu bedeuten. Wahrscheinlich zanken sie sich um einen Knochen oder dergleichen, etwas Wichtigeres wird es schwerlich sein."

Mittlerweile war für einige Augenblicke Stillstand im Kampf eingetreten. Die Kinder hatten die vornehm gekleidete Dame auf sich zukommen sehen, und eine solche Erscheinung war etwas so Seltenes in dem verkommenen Stadtviertel, daß es sich wohl der Mühe lohnte, sie genau zu betrachten und die Fehde auf sie zu übertragen. Einer der Jungen eröffnete die Feindseligkeiten, indem er die Fremde mit einer Handvoll Schmutz bewarf. Das ließ Robert jedoch nicht ungerügt vorübergehen, sondern rief mit wahrer Stentorstimme: „Platz da, ihr Taugenichtse! Laß dir das nicht noch einmal einfallen, Thomas; sonst bekommst du es mit mir zu tun! Und du, Lene, wirf das Zeug da augenblicklich fort, wenn du nicht meine Faust zu fühlen bekommen willst, hörst du?"

Letztere Drohung war an ein kleines Mädchen gerichtet, das die Hände mit allem möglichen Unrat gefüllt hatte und soeben im Begriff stand, denselben nach Frau Roberts zu werfen.

Die kleinen Leutchen hielten es offenbar für geraten, den so viel stärkeren Jungen nicht zu reizen, denn obwohl ihm der eine oder andere einen herausfordernden Blick zuwarf, wichen sie alle gehorsam beiseite und ließen ihn mit seiner Begleiterin durch. Dennoch hielt Robert die Augen offen und ließ es an wiederholten Warnungen nicht fehlen.

Endlich waren sie aus dem Gedränge, wenn auch noch nicht außer Gefahr, denn in der schmalen Gasse vor ihnen schwankte ein Betrunkener hin und her, und Frau Roberts, die an einen derartigen Anblick nicht gewöhnt war, fuhr erschrocken zusammen.

„Das ist nur der alte Jörg, Madame, der tut Ihnen nichts", tröstete sie der Junge in beruhigendem Ton. „Mit anderen Leuten fängt er ja oft Händel an", fuhr er fort, „aber mit mir wagt er es nicht, er weiß wohl, daß er im nächsten Augenblick in der Gosse läge. Der Mann ist des ‚flinken Richards' Vater, Madame, nicht wahr, der gefällt Ihnen?"

Der Dame entschlüpfte ein Ausruf des Entsetzens und innigen Bedauerns. Was konnte von dem Sohn verlangt werden, der einen solchen Trunkenbold zum Vater hatte!

Die lange Gasse war endlich durchwandert, und sobald

die beiden ein anständigeres Stadtviertel betraten, Frau Roberts also ihres Begleiters Schutz nicht mehr bedurfte, war der Junge wieder der alte.

„So, nun sind Sie in Sicherheit, Madame“, sagte er mit schlauem Augenblinzeln und fuhr dann in frechem Ton fort: „Können Sie Ihren Weg von hier aus heimfinden, oder soll ich einen Schubkarren borgen und Sie heimfahren?“

So sehr Frau Roberts noch von den verschiedenen Gemütsbewegungen, die sie durchgemacht hatte, erschüttert war, zwang sie sich doch zu lachen. Sie wollte dem Jungen den ungebührlichen Scherz nicht übelnehmen, da derselbe weder böse gemeint noch sündhaft war und Robert sich seines unehrerbietigen Benehmens offenbar gar nicht bewußt war.

„Nein, ich danke Ihnen“, antwortete sie herzlich, „mit Hilfe der Trambahn werde ich mich jetzt schon zurechtfinden. Ihre freundliche Fürsorge für mich werde ich indes nicht leicht vergessen, das dürfen Sie mir glauben.“ Bei diesen Worten griff die kleine Frau nach ihrem Geldbeutel. Gern hätte sie dem Jungen zum Lohn für den geleisteten Dienst eine Mark gegeben, denn er hatte ihr gewiß manche Unannehmlichkeit erspart und war so ärmlich gekleidet, daß ihm eine kleine Unterstützung wohl zu gönnen gewesen wäre. Doch sie besann sich anders und ließ den Geldbeutel in der Tasche stecken. Diesmal sollte er nur ein warmes Dankeswort haben. Betrachtete er das auch keinesfalls als gangbare Münze, so hatte er doch wenigstens seine erste Unterweisung in der so notwendigen Tugend der Höflichkeit empfangen, und diese war von größerem Wert für die Hebung seines Charakters als Geld.

Zu Hause angelangt, schrieb Frau Roberts an den jungen Ried:

„Lieber Herr Ried!
Anbei lege ich Ihnen ein Namenverzeichnis der Jungen meiner Gruppe bei, da Sie vielleicht mit jemandem zusammentreffen, der Ihnen nähere Auskunft über die Knaben geben könnte. Teilen Sie mir gefälligst mit, wenn Sie etwas über dieselben erfahren, und vergessen Sie nicht, daß wir von nun an Verbündete sind. In der Liebe unseres Herrn und Meisters

Ihre D. Roberts.“

Alfred Ried blickte erstaunt auf das Briefchen in seiner Hand. So lange er auch gewünscht hatte, etwas zur Förderung des Reiches Gottes tun zu dürfen, sah er doch keinen Weg, auf dem er hoffen konnte, den betreffenden Jungen beizukommen. Allerdings hatte sich Frau Roberts dasselbe sagen müssen, und doch! ... was hat sie nicht an diesem einen Vormittag zustande gebracht! Jedenfalls wollte er von ihr lernen, die Augen offen zu halten, falls sich da und dort Gelegenheit fände, etwas auszurichten.

In dem geschmackvoll eingerichteten Wohnzimmer des Hauses Nr. 75 in der Promenadenstraße saßen Herr und Frau Roberts nach dem Abendessen gemütlich beieinander. Ersterer hatte versprochen, vorzulesen, hatte aber vorher noch einige notwendige Briefe zu erledigen.

„Es handelt sich um nichts Wichtiges“, erklärte er seiner Frau, „du kannst also getrost plaudern, während ich schreibe.“

Sie lachte über die zarte Andeutung betreffs ihrer Redelust, und es dauerte nicht lange, so machte sie von der Erlaubnis ihres Herrn und Gebieters Gebrauch.

„Was hältst du von dem jungen Ried, Eduard?“ fragte sie nach einer kurzen Pause.

„Von dem jungen Ried? Wer ist das?“ entgegnete Herr

Roberts überrascht. „Ach so, meinen Buchhalter meinst du? Meiner Ansicht nach ist er ein ausgezeichneter junger Mann, einer unter Tausenden. Apropos, hast du ihm schon erzählt, warum du dich so sehr für seine verstorbene Schwester interessierst?"

„Noch nicht", antwortete Frau Roberts nachdenklich. „Ich möchte zuerst näher mit ihm bekannt werden. Weißt du, wo er wohnt, Eduard?"

„Nicht genau", lautete die unbestimmte Antwort. „Wenn ich nicht irre, in der Bäckergasse. Ich kann übrigens im Geschäft im Wohnungsverzeichnis nachsehen lassen, wenn du die Adresse brauchst."

„Danke, die Adresse kenne ich wohl, ich hätte nur gern gewußt, welcher Art seine Wohnung ist", entgegnete Dora.

„Jedenfalls ist es ein Logierhaus dritten oder vierten Ranges", antwortete ihr Mann, „und damit ist alles gesagt, wenn man einigermaßen Erfahrung in derlei Unterkunftsorten hat. Dürftige Kost und kleine, düstere Räume sind selbst in den anständigsten solcher Häuser die Regel."

„Wo bringt Herr Ried seine Sonntage zu?" lautete die nächste Frage.

„Morgens und abends geht er wahrscheinlich in die Kirche und zwischenhinein in die Sonntagsschule", erwiderte Herr Roberts. „Was er mit seiner übrigen Zeit anfängt, weiß ich nicht. Offen gestanden, hatte ich bisher nicht hierüber nachgedacht, obwohl es eigentlich meine Pflicht wäre zu wissen, wo meine Angestellten ihre freie Zeit zubringen."

„Was Herrn Ried betrifft, so bin ich in der Lage, dich hierüber aufzuklären", antwortete die junge Frau mutig. „Er bewohnt mit einem anderen Angestellten ein nach rückwärts gelegenes Stübchen im vierten Stock und kann sich nicht einmal Feuer machen, wenn es kalt ist. Wo soll er da seine Bibel lesen oder beten?"

Herr Roberts legte die Feder weg, sah seine Frau eine Weile nachdenklich an und sagte dann ernst: „Dora, es ist mir bei deinen Fragen eine schwere Last auf die Seele gefallen. Lange habe ich meine Augen der traurigen Wirklichkeit zu verschließen gesucht, weil ich keine Abhilfe zu schaffen wußte. In unserem Geschäft allein sind dreihundert junge Leute angestellt, und obwohl wir den Ruf haben, sie gut zu bezahlen und darum von Stellesuchenden überlaufen werden, steht ihr Einkommen doch kaum im Verhältnis zu ihren Ausgaben, und sie müssen sich aufs äußerste einschränken, um in einer Stadt wie New York nur spärlich leben zu können. Als jüngster Teilhaber am Geschäft kann ich mit dem besten Willen nicht durchsetzen, daß die Gehälter unserer Leute aufgebessert werden, darum habe ich schließlich die Sachen gehen lassen, wie sie gehen, und mir die Frage, wie gesagt, lieber aus dem Sinn geschlagen."

Da seine Frau keine Antwort bereit zu halten schien, sondern nur ernst vor sich hinblickte, nahm Herr Roberts nach einer Weile seine Arbeit wieder auf. Plötzlich klärte sich das liebliche Gesichtchen seiner Frau auf, und sie sagte eifrig: „Wenn ich auch augenblicklich nicht Rat weiß, wie den Hunderten geholfen werden könnte, so möchte ich doch wenigstens tun, was in meinen Kräften steht. Laß uns mit dem jungen Ried einen Anfang machen, Männchen; wer weiß, ob sich uns nicht dann auch ein Weg für die anderen öffnet. Könnten wir nicht irgendwo ein Plätzchen für ihn ausfindig machen, das ihm in Wahrheit ein Heim werden könnte, wo er behaglich seine Bibel studieren, und wohin er dann und wann einmal einen jungen Mann mitnehmen und mit ihm beten oder ihm in irgend einer Weise behilflich sein könnte, auf den rechten Weg zu gelangen? Das kann doch so schwer nicht sein, meinst du nicht auch?"

Herr Roberts lächelte. Noch ein paar Zeilen, dann war sein Brief fertig, und er hatte Zeit, näher auf den Gedanken einzugehen. „Nun, setze mir deinen Plan einmal ordentlich auseinander, Dora", sagte er mit ernster Geschäftsmiene.

„Ich möchte, daß du Herrn Ried zu einer passenden Wohnung verhilfst", antwortete die tatkräftige junge Frau, „so daß er gelegentlich den einen oder anderen meiner Sonntagsschüler zu sich einladen und freundschaftlich mit ihnen verkehren könnte, wie es nur ein junger Mann zu tun vermag. Das weitere wird sich dann finden, hoffe ich. Obwohl ich jedem unserer Angestellten ein gemütliches Heim wünschte, so weiß ich für den Augenblick jedoch nicht, wie das zu erreichen wäre, und möchte darum, wie gesagt, mit diesem einen, dem du ein so gutes Zeugnis gibst, den Anfang machen."

„Wenn du mir sagst, wie wir die Sache bewerkstelligen können, bin ich von Herzen gern bereit, dir dazu die Hand zu bieten. Wie hast du sie dir gedacht, Dora? Meinst du, wir sollten Herrn Ried ein Zimmer in unserem Haus abtreten?"

Sie schüttelte den Kopf. „Nein, damit wäre meinen Jungen nicht gedient", antwortete sie. „So gern ich ihn bei uns aufnehmen würde, glaube ich bestimmt, er könnte mehr mit den Jungen ausrichten, wenn er in einem anderen Stadtviertel für sich allein lebte. Überhaupt habe ich mit unseren Zimmern etwas anderes vor, und zwar mancherlei, das du am Ende ein wenig sonderbar finden wirst, Eduard."

„Was für eine gefährliche kleine Person ich doch zur Frau habe", antwortete Herr Roberts mit einem Lächeln, das nichts weniger als Furcht vor den Plänen, seiner lieblichen Frau verriet. „Wer hätte gedacht, daß sie solche Ränke gegen mich schmiedet und noch dazu so ganz in aller Stille, nachdem ich sie für das offenherzigste Geschöpf von der Welt gehalten hatte.“

8. Eins im Herrn

Sie lachte mit, aber auf dem lieblichen Gesichtchen lag ein sinnender Ausdruck, und nach einer Weile sagte sie weich: „Nein, Eduard, Ränke schmieden will ich nicht, auch nicht herrschsüchtig sein, denn beides ziemt sich nicht für ein Kind Gottes, ich möchte mich nur an die Arbeit machen, zu der ich berufen bin. Ich will dir sagen, wie ich auf den Gedanken gekommen bin. Als ich heute früh wie gewöhnlich in meiner Bibel las und bald diese, bald jene Stelle aufsuchte, kam ich an den Vers: ‚*Er ist mir ein auserwähltes Rüstzeug*'... nämlich der Apostel Paulus. Da ergriff mich plötzlich ein Gefühl heiliger Scheu und tiefer Ehrfurcht bei dem Gedanken, wie herrlich es sein müsse, von dem Herrn für ein großes Werk ausersehen zu sein, und was für ein wunderbarer Augenblick es gewiß für den Apostel war, als er sich dessen bewußt wurde. Unwillkürlich bedauerte ich, nicht zu jener Zeit gelebt und nicht auch Gelegenheit gehabt zu haben, zu so Großem berufen zu werden. Mitten in diesen törichten Gedanken hielt ich aber inne, denn plötzlich fiel mir ein: Ich sei doch nicht von selbst zum Heiland gekommen, folglich sei ich ebensowohl von Gott erwählt wie Paulus, und ich fragte mich, ob nicht jeder Christ gerade so gut wie der Apostel eine bestimmte Arbeit für den Herrn zu tun habe, wenn auch nur in ganz bescheidener Weise, ein Werk, das keinem anderen aufgetragen werde, es sei denn, daß der hierzu Erwählte versäume, es zu vollbringen, oder sich dessen weigere. Mir graute vor dem Gedanken, zu diesen letzteren zu gehören, und ich bat den Herrn inbrünstig, mich davor zu bewahren. Natürlich stieg dann unwillkürlich die Frage in mir auf, welches wohl die mir bestimmte

Arbeit oder mein Anteil an eines anderen Werk sein könnte. Das war gerade am Morgen, nachdem du mir von Esther Ried erzählt hattest, und die Sache hatte mir einen so tiefen Eindruck gemacht, daß ich die Frage gar nicht wieder los werden konnte, wie Esthers Arbeit wohl gedeihe, und ob genug Leute dazu erwählt worden seien, sie fortzusetzen, oder ob sich vielleicht noch ein Plätzchen für mich unter ihnen fände. Da ich mir hierüber nicht klar werden konnte, bat ich den Herrn um Weisung seines Weges. Und denke nur, Eduard, das erste Wort, auf das ich stieß, war dieses: ‚*Der Gott unserer Väter hat dich verordnet, daß du seinen Willen erkennen solltest.*' Dazu hat er mich jedenfalls in ähnlicher Weise verordnet wie Paulus, sagte ich mir und las weiter: ‚*Und zu sehen den Gerechten.*' War ich dazu nicht etwa auch berufen? Heißt es nicht: ‚*Deine Augen werden den König sehen in seiner Schöne?*' Gilt die Verheißung nicht auch mir? Nachdem ich mir dieselbe wieder und immer wieder vorgesagt hatte, um mich so recht davon zu durchdringen, fuhr ich fort zu lesen: ‚*Und zu hören die Stimme aus seinem Munde.*' Gilt das nicht wiederum mir, Eduard? Werde nicht auch ich ihn reden hören, wenn ich dereinst daheim sein werde bei ihm, wie ich dich reden höre, meinen geliebten Mann? Schnell suchte ich eine andere Stelle auf, und fand folgende – ich will sie dir vorlesen." Frau Dora legte die Näherei beiseite, nahm eine vielbenutzte Taschenbibel aus dem Arbeitskörbchen, schlug die Apostelgeschichte auf und las den sechzehnten Vers des sechsundzwanzigsten Kapitels: „*Denn dazu bin ich dir erschienen, daß ich dich ordne zum Diener und Zeugen des, das du gesehen hast, und das ich dir noch will erscheinen lassen.*"

„Das mußt du doch zugeben, Eduard, daß das kleinste Kind Zeugnis ablegen kann, wenn es den Tatbestand kennt;

also darf auch ich von den wunderbaren Dingen zeugen, die ich von Jesu weiß, um so mehr ich mit Bestimmtheit erwarte, daß er mich deren täglich neue sehen lassen wird, von denen ich berichten kann. – Weiter las ich, daß Paulus unter die Heiden gesandt wurde, und wozu? ‚*Um aufzutun ihre Augen, daß sie sich bekehren von der Finsternis zu dem Licht und von der Gewalt des Satans zu Gott, zu empfangen Vergebung der Sünden und das Erbe samt denen, die geheiligt werden durch den Glauben an mich.*'

Gibt es ein herrlicheres Werk auf Erden als dieses? Und kannst du dich wundern, Eduard, wenn sofort die Frage in mir aufstieg: ‚Was für Heiden könnte ich wohl erreichen? Wessen Augen könnte ich zu öffnen versuchen?' Als ich dann an dem gleichen Nachmittag Herrn Ried traf und von den armen, verwahrlosten Jungen hörte, fielen mir letztere sofort aufs Herz, und ich lauschte mit doppelter Teilnahme der Schilderung von Esthers beabsichtigten Plänen für sie. Und wie wuchs erst mein Verlangen, als ich die Knaben sah! O, Eduard, wenn junge Leute je in der Gewalt des Teufels sind, so sind sie es, und doch haben auch sie ein Erbe samt denen, die geheiligt sind! Als ich heute morgen sah, wo einige von ihnen wohnen, und mir danach einen Begriff zu machen suchte, was für ein Leben sie führen, war ich einen Augenblick wie vernichtet. Eine schreckliche Mutlosigkeit kam über mich, denn ich sagte mir: Wie sollen wir Mittel und Wege finden, diese armen Jungen für ihr Erbe tüchtig zu machen? Da fiel mir, gottlob, der Schluß des betreffenden Verses ein: ‚*Durch den Glauben an mich!*' Gott selbst hat hiermit das Mittel angegeben. Er selbst will sie erretten, mir aber will er die Gnade erweisen, Handlangerin bei dem Werk zu sein. Ist das nicht wunderbar, Eduard?"

„Amen!" sagte Herr Roberts mit bewegter Stimme. Wenn

sein Frauchen so begeistert von derlei Dingen sprach, konnte er sich eines gewissen Gefühls der Ehrfurcht nicht erwehren.

Herr Roberts war seit Jahren ein treuer Arbeiter im Weinberg des Herrn, und zwar hatte er nicht in geschäftsmäßiger Weise zu wirken gesucht, sondern sich dazu tagtäglich auf den Knien den Beistand von oben erfleht, aber Doras einfaches, kindliches Vertrauen rührte ihn tief, so oft es zum Ausdruck kam, und machte ihn, den erfahrenen Christen, immer aufs neue zuschanden. Er fühlte, daß es sich bei Reichsgottesarbeit nicht um die Lösung mathematischer Rätsel handelt, sondern um den Glauben, der Berge versetzt.

Während er noch über die Worte seiner Frau nachdachte, klopfte es, und der Diener brachte die eingelaufenen Briefschaften.

„Hoffentlich bekomme ich diesmal auch etwas", sagte Dora erwartungsvoll. „Es ist schon über eine Woche her, seit ich nichts mehr von zu Hause gehört habe."

„Es wäre auch recht gut für mich, wenn du ein Weilchen auf so angenehme Weise beschäftigt wärest", meinte Herr Roberts lächelnd. „Während du lesen würdest, könnte ich dann vielleicht meine Geschäftsbriefe erledigen, sonst bin ich immer versucht, mit dir zu plaudern, Kind."

Ein einziger Brief war für Dora, aber dieser war von gehöriger Länge.

„Von Marianne!" rief sie erfreut und war gleich darauf ganz in den Inhalt des Schreibens vertieft, so daß Herr Roberts fürs erste keine Störung mehr zu befürchten brauchte.

Marianne Dennis hatte nicht vergessen, daß ihre Freundin Dora trotz ihrer Jugend eine Weisheit besaß, die weit über ihre Jahre ging, und die sie nur an der Quelle aller wahren Weisheit geschöpft haben konnte. Wie so manchen anderen war es ihr zur zweiten Natur geworden, sich an die so viel jüngere Frau um Rat zu wenden, wenn sie irgendwie in Verlegenheit war.

Der Brief lautete folgendermaßen:

„Liebe kleine Dora!

Du nimmst mir die Anrede doch nicht übel, wie? Ich glaube, selbst wenn Du einmal eine weißhaarige Großmama sein wirst, wirst Du für mich immer noch ‚die kleine Dora' sein, und wird es mir ebenso komisch vorkommen wie heute, daß ich den Leuten gegenüber von Dir als von ‚Frau Roberts' sprechen soll. O, wie schön war es doch, als wir Dich noch unter uns hatten, und wie vieles hat sich seither verändert! Wir vier Freundinnen, Ruth, Martha, Du und ich, sind nun schon keine neuverheirateten Frauen mehr, und nach außen hin sind unsere Verhältnisse vielleicht verschiedenartiger denn je. Mit der Frauenwürde haben Ruth und ich ernste Pflichten und Verantwortlichkeiten auf uns genommen, und wenn mein Mann, wie heute abend, abwesend ist, ist es mir oft recht einsam zumute, so daß ich gern eine von Euch dreien herzaubern würde, daß sie mir Gesellschaft leiste. Nicht, daß ich nicht glücklich wäre, Dora, o nein, Du darfst mich nicht mißverstehen. Damit, daß mir der Herr Herrn Dennis zum Manne gab, ist mir das Los gefallen aufs lieblichste, aber Du weißt ja, meine Liebe, Dornen gibt es überall am Weg, und das ist gut und heilsam für uns, nur meine ich immer, sie stechen weniger, wenn ich Dir davon erzählt habe. So laß Dir nun, wie in alter Zeit, sagen, was mich drückt. Unser Röschen, ... das Herz blutet mir, indem ich es niederschreibe, ... unser Röschen fühlt sich immer unzufriede-

ner und trübt natürlich dadurch auch uns das Glück. Professor Ellis sucht ihr immer noch Mißtrauen gegen die Stiefmutter einzuflößen und ihr einzureden, wenn ich nicht wäre, würde ihr Vater nichts gegen seine Besuche einzuwenden haben, sondern ihr gern erlauben, seine Aufmerksamkeiten anzunehmen. Kein Wunder, daß das arme kleine Ding dadurch immer mehr von mir abspenstig gemacht wird, besonders da es in der Gemeinde der guten Freunde genug gibt, die dem Mädchen unverhohlen ihr Mitleid zeigen, daß ihr Vater noch einmal geheiratet und ihr eine Stiefmutter gegeben hat. Wenn ich nur wüßte, was für Beweggründe den Professor Ellis bei seiner Handlungsweise leiten, und was er eigentlich damit bezweckt! Ich kann mir nicht denken, daß er das Kind wirklich lieb hat, denn meiner Ansicht nach ist er nicht der Mann, der Wohlgefallen an einem reinen, unverdorbenen Mädchen finden könnte, am allerwenigsten an einem, das ein so ernstes Streben hat, wie unser Röschen bisher an den Tag legte. ‚Wie kommt es, daß er ihr gefällt?' wirst Du fragen. Das ist es ja eben: Er gefällt ihr gar nicht, sie bildet es sich nur ein, weil es ihr schmeichelt, daß ein Mann, der fünfzehn Jahre älter ist als sie, eine so glänzende Rednergabe besitzt und für den besten Tonkünstler der Stadt gilt, ihr den Hof macht, und für ein siebzehnjähriges Mädchen ist ein solcher Wahn sehr gefährlich. Wenn ich nur mehr über den Mann wüßte, damit ich Röschen die Augen öffnen könnte! Gegenwärtig ist er auf sechs Wochen verreist, aber wir wissen nicht, wohin. Röschen weiß es, doch will sie es uns nicht sagen. Kannst Du mir nicht irgendeinen guten Rat geben, Dora? Mir kommt zuweilen der Gedanke, daß ich der übernommenen Aufgabe nicht gewachsen bin. Und doch, wie hatte ich mich darauf gefreut, dem Kind eine recht gute Stiefmutter zu sein, und wie schien sich Röschen über ihres Vaters Wahl zu freuen! Du weißt ja, wie lieb ich das Kind habe, und wie lieb mich die

Kleine zu haben schien, so daß ich mit Recht hoffen durfte, wir würden glücklich miteinander werden. Und wie so ganz anders ist es nun gekommen ! Röschen hüllt sich in ein würdevolles Schweigen und antwortet nur, wenn sie angesprochen wird. Den Leuten gegenüber nennt sie mich nie anders als ‚Frau Dennis'–, und um nicht ‚Mama' zu mir sagen zu müssen, redet sie mich persönlich überhaupt nur an, wenn sie es durchaus nicht vermeiden kann. Sie ist auffallend bleich und hat oft verweinte Augen, und so bald es irgend geht, zieht sie sich in ihr Zimmer zurück. Ihr Vater hat dem Musikunterricht ein Ende gemacht, da sie die Stunden lieber aufgab, als sie von einem anderen Lehrer zu nehmen als von Professor Ellis, und obwohl sie Deutsch und Französisch weiter studiert, tut sie es mit einer solchen Duldermiene, daß ich nicht weiß, soll ich sie bemitleiden oder ihr ein paar tüchtige Ohrfeigen wünschen. – Gewöhnlich behält jedoch das Mitleid die Oberhand, denn ich bin auch einmal siebzehn Jahre alt gewesen, habe früh die Mutter verloren und hatte allerlei törichte Einfälle, die mir hätten verderblich werden müssen, wenn der Herr nicht Erbarmen mit mir gehabt hätte. Was würdest Du tun, Dora, wenn Du Marianne Dennis wärest, und hättest Röschen zur Stieftochter? Ich suche ihr so viel als möglich zuliebe zu tun und freundlich zu bleiben, wenn sie sich noch so ablehnend verhält, aber es hilft alles nichts. Mein Mann ist wirklich der geduldigste Mensch, den man sich denken kann, Röschen gegenüber wird es ihm jedoch oft recht schwer, sich nicht dann und wann zur Ungeduld hinreißen zu lassen, weil ihm ihr Benehmen mir gegenüber fortwährend ein Stich ins Herz ist.

Warum schreibe ich Dir nur das alles? Ich weiß es eigentlich selbst nicht, es sei denn, weil ich mich erinnere, daß Du die Gewohnheit hast, mit dem Herrn Jesus über Deine Freunde und deren Angelegenheiten zu verhandeln, und weil es mir ein solcher Trost ist, mir ins Gedächtnis zurückzurufen, daß ich Deine Freundin bin. Nur denke nicht, daß ich unglücklich bin, Dora; das kann ich niemals werden, solange mir der Heiland der Helfer in der Not ist, der er mir von klein auf gewesen, aber Du verstehst gewiß, wie sehnlich mich danach verlangt, meinem lieblichen Röschen bei ihren reichen Gaben und ihrer so gefährlichen Schönheit eine treue, liebevolle Mutter zu werden. Ich möchte nicht nur meine Pflicht ihr gegenüber erfüllen, sondern sie recht von Herzen lieb haben, und mir ihre Liebe erwerben. Wäre Professor Ellis nicht, der mich von jeher gehaßt hat und meiner Überzeugung nach dem Kind nur den Hof macht, um mich zu ärgern, würde ich dieses Ziel auch gewiß erreichen.“

Hier wurde die Schreiberin augenscheinlich unterbrochen, und der Brief war einige Tage später in einer ganz anderen Tonart vollendet worden, aber Dora kehrte wieder und immer wieder zu dem ersteren Teil zurück, bis Herr Roberts endlich die Feder niederlegte und sie ihm ihr Herz über die Mitteilungen der Freundin ausschütten konnte.

9. Neue Bekanntschaften

Nachdem Frau Roberts Röschens Angelegenheit gründlich mit ihrem Mann besprochen hatte, fragte sie plötzlich: „Kennst du Doktor Everett, Eduard?“ „Everett?“ entgegnete dieser. „Laß mich einmal nachdenken! Ja freilich, ich habe von ihm gehört; es ist ein noch verhältnismäßig junger Arzt, der erst seit kurzem hier ist, aber allem Anschein nach bereits eine gewisse Berühmtheit in der Stadt erlangt hat.“

„Inwiefern?“ lautete Doras nächste Frage.

„Vielleicht in mehrfacher Beziehung“, antwortete Herr Roberts, „zunächst meinte ich jedoch als Arzt. Durch eine Verkettung von Umständen wurde er zu einer jungen Dame gerufen, deren Eltern zu den angesehensten Leuten der Stadt zählen. Die Tochter war von verschiedenen anderen Ärzten bereits aufgegeben, aber Doktor Everett erkannte die Ursache der Krankheit richtiger, wandte die geeigneten Mittel an und hatte glänzenden Erfolg. Das Mädchen ist heute völlig genesen und der Ruf des Doktor dadurch begründet; die besten Familien der Stadt haben ihn seither zum Arzt. Wie bist du auf ihn aufmerksam geworden, Dora?“

„Mein Beschützer von heute vormittag erzählte mir, ein Arzt, der sonst nur zu den Vornehmen gerufen werde, behandle den jungen Calkins. Da hätte ich gern gewußt, ob er es um Christi willen tut: Denn wenn das der Fall ist, könnten wir ihn vielleicht für unsere Pläne gewinnen. Jedenfalls will ich, wenn möglich, den kranken Knaben morgen besuchen, doch werde ich wohl nicht gut allein gehen können, wie?“

„Wenn du mich mitnehmen willst, stehe ich dir gern zur Verfügung“, antwortete Herr Roberts lächelnd. So sehr das

Amt eines Beschützers auch zu Robert Colsens sittlicher Hebung beitragen mochte, meinte er offenbar, seine Frau habe an dem einen Vormittag in dieser Beziehung genug geleistet.

Dora kam daher am nächsten Morgen in Begleitung ihres Mannes in das verrufene Stadtviertel.

In gewisser Hinsicht war es ein Fehlgriff, daß ihr erster Besuch in demselben der Familie Calkins galt, da sie dadurch keinen richtigen Einblick in die Lebensweise der dort wohnenden Armen gewann. Das Stübchen sah allerdings über die Maßen dürftig aus, aber es war peinlich sauber. Boden, Fenster und Schranktüren waren aufs sorgfältigste gescheuert, und so hart und unbequem das Bett auch Frau Roberts erschien, hatte es doch den Vorzug, reinlich zu sein. Der Strohsack war mit dunkelfarbigem Kattun bedeckt, und über den Kranken war eine alte, aber gewissenhaft ausgebesserte Steppdecke gebreitet. Herr Roberts und Doktor Everett, die Erfahrung in dieser Beziehung hatten, wußten, wieviel das sagen wollte. Als ersterer mit seiner Frau in die Stube trat, stand der Arzt über seinen Patienten gebeugt und verwandte kein Auge von diesem, während das dunkelhaarige, dunkeläugige, ärmlich gekleidete Mädchen Frau Roberts den einzigen im Zimmer befindlichen Stuhl anbot und deren Mann einen niedrigen hölzernen Schemel hinstellte.

Sarah Calkins war sichtlich erregt über den unerwarteten Besuch. Sie hielt Herrn und Frau Roberts für die Besitzer der Druckerei, in der ihr Bruder angestellt war, und fürchtete sie seien gekommen, Markus die Arbeit zu kündigen, ein Gedanke, der den Kranken schon die ganze vorige Nacht nicht hatte zur Ruhe kommen lassen, daher beeilte sie sich, mit bebender Stimme zu sagen:

„Der Doktor denkt, er wird bald wieder gesund sein. Er

meint, es sei kein schlimmer Beinbruch, und Markus möchte so gern seine Arbeit behalten. Dürfte nicht vielleicht einer der Jungen in der Nachbarschaft einstweilen für ihn eintreten?"

Herr Roberts bemerkte sogleich, daß Sarah ihn für den Arbeitgeber ihres Bruders hielt, und klärte sie über diesen Irrtum auf, indem er fragte, wo der Junge in Stellung sei, und wie sich der Unfall zugetragen habe.

„Die Kette am Aufzug riß", antwortete das Mädchen, „und Markus ist in den Flur gestürzt, er weiß selbst nicht, wie. Ich habe ihn bisher auch nicht viel fragen können, denn er hat die ganze Nacht irre gesprochen und sich wegen seiner Stelle geängstigt."

„Sind Sie die Nacht über allein bei ihm gewesen?" fragte Frau Roberts verwundert. „Wo ist die Mutter?"

„Unsere Mutter ist längst tot, wir sind allein, Markus und ich ... und der Vater", fügte Sarah zögernd hinzu. „Vorige Nacht ist der Vater aber nicht daheim gewesen, und ich habe auch niemanden zur Hilfe gebraucht, ich hätte Markus doch keinem anderen überlassen."

„Gewiß hat er Sie auch am liebsten um sich", sagte Frau Roberts in ihrer herzgewinnenden Weise. „Was geben Sie ihm zu essen? Ich bin überzeugt, eine Hauptsache ist, daß er gut ernährt wird. Ich habe eine Menge guter Sachen kochen gelernt, die Kranke gern essen. Darf ich Ihnen zeigen, wie dies oder jenes gemacht wird?"

Ehe das Mädchen antworten konnte, wandte der Doktor zum ersten Mal den Blick von seinem Patienten auf die fremden Besucher. Offen gestanden, hatte der Mann schon so viele unangenehme Erfahrungen mit sogenannten Distriktsarmenpflegern gemacht, daß er ein gewisses Vorurteil gegen diese Leute besaß. „Gewöhnlich fehlt es ihnen an gesundem Menschenverstand und am einfachsten Taktgefühl, wenn ich auch zugebe, daß es dann und wann einmal eine Ausnahme gibt", hatte er erst kürzlich zu einer Bekannten gesagt, die ihn zur Rede stellte. „In der Regel bieten sie ein Traktat an, wo ein Laib Brot oder ein Teller Suppe richtiger am Platz wäre, und jede, auch die allergeringste Handleistung begleiten sie mit einer Anzahl guter Ratschläge und Ermahnungen, die dem Kranken wie ebensoviele Dosen bittere Arznei schmecken, die er aber geduldig anhören muß, weil er auf die Hilfespender angewiesen ist. Die meisten meinen es ja recht gut, aber der Fehler liegt darin, daß vielfach solche Leute als Distriktsbesucher und Armenpfleger wirken wollen, die sonst nichts zu tun haben, die es aber noch nicht gelernt haben, in den Armen ihre Brüder und Schwestern zu sehen."

„Gehört diese Straße in Ihr Revier?" wandte sich Doktor Everett an Frau Roberts in der Meinung, er habe eine sogenannte Distriktsbesucherin vor sich.

Die Dame sah ihn einen Augenblick erstaunt an; dann aber antwortete sie unbefangen: „Nein, sonst würde ich wahrscheinlich manches anders eingerichtet haben."

Doktor Everett lachte, und Herr Roberts säumte nun nicht länger, sich vorzustellen. „Meine Frau hat Ihre Frage eigentlich nur zur Hälfte beantwortet", fügte er lächelnd hinzu; „einen Teil der Straße scheint sie jedenfalls zum Gegenstand ihrer besonderen Fürsorge machen zu wollen, wenigstens höre ich sie seit dem vorigen Sonnabendnachmittag von nichts anderem reden. Sie befindet sich auf der Suche nach ein paar verirrten Schafen, die ihrer Obhut anvertraut sind!"

„Demnach sind Sie wohl Sonntagsschullehrerin", erwiderte Doktor Everett, sich abermals an die junge Frau wendend. „Ist etwa der Junge hier ein Schüler von Ihnen?" „Das nicht", antwortete sie und erklärte nun, wie sie von dem Unfall gehört habe und gekommen sei, um sich umzusehen, ob sie nicht etwas helfen könne, aber der Junge, den sie eigentlich suche, solle hier in der Nähe wohnen und heiße Robert Colsen.

Bei diesen Worten leuchtete es verständnisinnig in Sarahs Augen auf.

„Der wohnt in der nächsten Häuserreihe", sagte sie. „O, wie froh bin ich, wenn Sie sich des Jungen ein wenig annehmen wollen, Madame!"

„Er ist wohl ein Freund von Ihnen?" warf der Doktor ein und blickte dabei fragend auf Sarah. Die Sache war ihm offenbar sehr interessant.

„Nein, im Gegenteil, ich kann ihn nicht leiden", antwortete das Mädchen aufrichtig. „Er ist ein abscheulicher Junge, aber seine Schwester dauert mich, weil sie sich so viel Sorge um ihn macht und doch so gar nichts bei ihm ausrichtet, da dachte ich, wer weiß, ob ihm eine Lehrerin wie Sie nicht helfen könnte, besser zu werden."

Es lag eine so unverhohlene Bewunderung für die liebliche Fremde in dem Ton, in dem Sarah die letzten Worte sagte, daß sich Doktor Everett des Lächelns nicht erwehren konnte und verständnisvoll erwiderte:

„Das mag wohl sein. Wer ist eigentlich dieser Robert Colsen?"

„Einer der schlimmsten Jungen in unserer Straße, Herr Doktor", antwortete das Mädchen, „offen gestanden, halte ich ihn für den allerschlimmsten, denn er ist bei aller Ungezogenheit obendrein trotzig und mürrisch, aber Martha meint, man dürfe ihm das nicht so schlimm anrechnen, weil er einen so gottlosen Vater hat. Seine Schwester ist eine gute

Freundin von mir; darum ist es mir leid, daß sie solchen Kummer mit dem ungeratenen Jungen hat, der so ganz anders ist als mein Markus."

Da der Kranke Sarah in diesem Augenblick zu sich winkte, wandte sich der Doktor wieder an die Dame und fragte:

„Haben Sie die betreffende Gruppe erst kürzlich übernommen, Frau Roberts, und erfreuen sich Ihre neuen Schüler alle eines so ausgezeichneten Rufes wie der Schlingel, von dem wir soeben gehört haben?"

Die Worte taten der jungen Lehrerin beinahe weh. Sie hatte in den letzten Tagen so viel für jeden einzelnen ihrer Gruppe gebetet, daß ihr alle sieben schon sehr ans Herz gewachsen waren und sie das Gefühl hatte, als müsse sie ihre Fehler vor den Blicken Unberufener mit dem Mantel der Liebe zudekken. Vor allem wollte sie daher nun ins klare darüber kommen, ob Doktor Everett zu den Menschen gehörte, denen die Seelen ihrer Mitmenschen wenig oder nichts gelten, oder ob er den Heiland lieb hatte, darum sagte sie ernst:

„Für den Augenblick ist ja nicht viel Ermutigendes an ihnen zu sehen; aber sie sind doch auch nach dem Ebenbild Gottes geschaffen und sollen nach dem Willen des Herrn von der Finsternis zum Licht und von der Gewalt des Satans zu Gott bekehrt werden und das Erbe empfangen samt denen, die geheiligt werden."

Ein Blick tiefen Verständnisses traf die junge Frau aus den klaren, schönen Augen, die seit einigen Minuten forschend auf ihr geruht hatten. „Eine Tatsache, die wir nie vergessen dürfen", sagte der Arzt ebenso ernst. „Und Gott sei Dank, daß wir wissen, bei dem Herrn ist kein Ding unmöglich. Ich freue mich, Sie als wahre Christen begrüßen zu dürfen, denn auch ich habe ein Anrecht an dasselbe Erbe."

Mit diesen Worten streckte er den Gatten beide Hände entgegen, die mit großer Herzlichkeit ergriffen wurden. Hierauf ging er zu dem Geschäftlichen über.

„Es gibt hier viel zu tun", sagte er, „denn es fehlt trotz der peinlichen Sauberkeit und der zärtlichen Geschwisterliebe sozusagen an allem. Was als Arzt in meinen Kräften steht, will ich ja von Herzen gern tun, aber es bedarf hier vor allem weiblicher Hilfe, und das junge Mädchen, das mir sonst in ähnlichen Fällen an die Hand geht, kann sich nicht gut ohne männlichen Schutz in diesen Stadtteil wagen."

„Hat sie das bereits einsehen gelernt?" fragte Herr Roberts lächelnd, und da er wohl fühlen mochte, daß hier eine nähere Erklärung am Platz sei, fügte er hinzu: „Meine Frau hat sich nämlich gestern allein hierher gewagt, hat dabei den Weg verloren und ist in den Eingang der Habergasse geraten."

„Und was ist ihr geschehen?" Der besorgten Frage des Doktors merkte man deutlich an, daß in der betreffenden Gasse recht unangenehme Dinge vorkommen konnten.

„Sie begegnete zum Glück einem ihrer neuen Schützlinge, einem der schlimmsten Burschen im ganzen Stadtviertel, wie mir der Polizeidiener sagte, der die Leute hier kennt; von dem hat sie sich in eine zivilisiertere Gegend zurückführen lassen, und merkwürdigerweise hat der Junge es getan, ohne sich einen ungebührlichen Scherz mit ihr zu erlauben."

Der Doktor betrachtete die Dame einen Augenblick aufmerksam, dann sagte er herzlich:

„Sie werden sogar mit Robert Colsen zurechtkommen."

„Kennen Sie ihn?" fragte Frau Roberts so begierig, daß Doktor Everett nicht umhin konnte zu lachen.

„Nicht einmal dem Namen nach", antwortete er, „ich dachte nur soeben an die Beschreibung, die uns von dem Jungen gemacht worden ist. – Wer kommt denn da?"

Es war nämlich plötzlich die Tür aufgegangen, und aus einem von einer blonden Mähne umrahmten Gesicht hatten zwei große, blaue Augen hereingestarrt. Die hagere Mädchengestalt war in solche Lumpen gehüllt, daß es einen wundern mußte, wie dieselben überhaupt am Leib festhielten. Im Vergleich zu diesem Kind war Sarah trotz all ihrer Dürftigkeit augenscheinlich fast wohlhabend zu nennen. Einen Augenblick blieb das Mädchen wie festgebannt auf der Schwelle stehen, als es der Fremden ansichtig wurde, dann wandte es sich rasch um und lief leise, wie es gekommen war, davon.

„Das war Roberts Schwester", sagte Sarah und wurde dunkelrot. „Sie ist kein schlechtes Mädchen, wenigstens will sie es nicht sein, aber sie hat es schwer daheim. Ihre Mutter ist kränklich, geht jedoch zum Waschen aus, wenn sie sich kaum aufrecht halten kann; aber zeitweise kann sie gar nichts tun, und der Vater verdient nicht nur nichts, sondern vertrinkt jeden Pfennig, den er erwischen kann; dabei hat er alles verkauft, was irgendwie zu verkaufen war, sogar Marthas Kamm, so daß sie sich nicht einmal mehr die Haare machen kann, und Robert ist, wie gesagt, ein schrecklicher Junge."

Es war merkwürdig, und Frau Roberts konnte es sich selbst kaum erklären, aber mit jedem Wort, das den armen Robert in den Augen anderer tiefer herabsetzen mußte, wuchs die Zuversicht in ihrem Herzen und strahlte deutlicher aus ihren Augen. Des Doktors Blick ruhte forschend auf ihr, und sie sagte leise: „Ein Erbe samt denen, die geheiligt werden."

„Amen!" erwiderte Doktor Everett ebenfalls leise, und dieses zum zweiten Mal ausgesprochene ernste „Amen" seitens zweier Männer, die in Gebetsumgang mit Gott standen, war Dora wie ein Unterpfand der Erhörung von ihrem Herrn und Meister.

Bewegt wandte sie sich von den beiden Herren ab, um ihre Selbstbeherrschung wieder zu gewinnen, und es dauerte nicht lange, so hörte sie der Doktor mit Sarah ruhig über „Bettücher, Fleischbrühe, ein weiches Kopfkissen“ und andere nützliche Dinge verhandeln.

„Nun wird es meinem Patienten bald besser gehen“, sagte er sichtlich befriedigt zu Herrn Roberts.

„Ist kein Vater mehr da?“ fragte letzterer.

Der Doktor schüttelte den Kopf. „Das traurigste Bild von einem Vater, das ich je gesehen habe, eine bloße Ruine von einem Mann“, antwortete er, „verbringt seine Zeit mit Trinken und Jammern, dabei hält er sich für den bedauernswertesten Menschen der Welt, der ohne alle eigene Schuld ins Elend geraten ist. Ohne je wirklich betrunken zu sein, ist er eigentlich nie ganz nüchtern. Die Ordnung der Dinge ist hier umgekehrt, Sohn und Tochter machen sich zum Beschützer ihres Vaters. Sie vertreten sozusagen Elternstelle an dem armen, schwachen Mann und gehen ihm nach wie einem irrenden, sündigen Kind. Die Treue, mit der dieser Knabe und dieses Mädchen gearbeitet haben, um ihren elenden Vater vor dem Verhungern und Erfrieren zu schützen, muß die Engel im Himmel in Verwunderung setzen. Sie verteidigen ihn gegen jedermann, und wer ihr Vertrauen gewinnen will, darf sich nicht einfallen lassen, ihn zu tadeln. Überhaupt sind die Kinder so verschieden von den anderen Bewohnern dieses Stadtviertels wie Tag und Nacht, und doch ist die Religion keineswegs die Triebfeder bei ihrem Tun, denn sie sind von geradezu heidnischer Unwissenheit.“

„Wie erklären Sie sich dann aber ihre Handlungsweise?“ fragte Herr Roberts.

„Das wüßte ich selbst kaum zu sagen“, antwortete der Doktor. „Es sollte mich nicht wundern, wenn sie auf die Mutter zurückzuführen wäre. Leider konnte ich nichts Genaues über die Frau erfahren, denn sie starb, als das Mädchen noch ganz klein war, aber ich nehme mit Bestimmtheit an, daß sie eine Jüngerin Jesu war, und daß etwas von der erbarmenden Liebe, die sie von ihrem Heiland erfahren hatte, auf ihre Kinder übergegangen ist. Das klingt nach Schwärmerei, nicht wahr?“ fügte der Doktor lächelnd hinzu. „Ich spreche mich selten in dieser Weise aus, ich glaube, Ihre Frau hat mich heute aus meiner Zurückhaltung herausgelockt. Ist sie schon lange zum Herrn bekehrt?“

„Es sind noch keine zwei Jahre her, seit sie anfing, an ernstere Dinge zu denken“, antwortete Herr Roberts.

„Dachte ich es mir doch!“ erwiderte der Doktor. „Sie macht mir ganz den Eindruck eines Menschen, der sich führen läßt und keinen Schritt allein zu gehen wagt, sie hat noch nicht Zeit gehabt, das zu lernen. Es gibt leider wenige Christen, die es nicht früher oder später lernen; solche aber kann der Herr in ganz besonderer Weise brauchen. Doch ich muß gehen, Herr Roberts; es freut mich sehr, Ihre Bekanntschaft gemacht zu haben. Guten Morgen!“

10. Unermüdlich im Werk des Herrn

Frau Roberts hatte an dem betreffenden Morgen noch anderes getan, was nicht ohne Erfolg bleiben sollte. Sie hatte die Gewohnheit, wenn ihr eine Angelegenheit besonders am Herzen lag, bei der ersten besten Person, mit der sie zusammenkam, Erkundigungen einzuziehen.

Wo sich andere, vielleicht weit erfahrenere Leute gesagt haben würden: „Ach, wie sollte der oder die etwas von der Sache wissen!“ sagte sie sich: „Es könnte doch sein, daß mir hier gerade die Auskunft gegeben würde, die ich brauche, jedenfalls kann es nichts schaden, wenn ich frage“, und dann versuchte sie es, ohne sich durch irgendwelche Bedenken irre machen zu lassen.

Derselbe Grundsatz veranlaßte sie auch, als sich Doktor Everett von ihr verabschiedete, noch schnell die Frage an ihn zu richten: „Kennen Sie Kosthäuser für junge Leute, Herr Doktor?“

Unwillkürlich traten Doktor Everett bei diesen Worten die vielen derartigen Unterkunftsorte vor Augen, die es in New York für junge Männer gab, und er erwiderte belustigt und zugleich nicht wenig begierig zu erfahren, worauf sie hinaus wollte: „Über wie viele Kosthäuser wünschen Sie Auskunft zu erhalten, Frau Roberts?“

„O, fürs erste nur über ein einziges, wenn dasselbe nämlich zweckentsprechend ist“, antwortete Dora munter. „Was ich suche, ist ein kleines, heizbares Stübchen in einem ruhigen, gemütlichen Heim und in dem Stübchen ein gutes Bett, das ganze zu einem vernünftigen Mietpreis. Das sind doch wohl keine übertriebenen Ansprüche?“

„Unerfüllbare Ansprüche, sollte ich denken!“ erwiderte

der Doktor lachend. „Ein Kosthaus, das den Namen ‚Heim' auch nur einigermaßen verdient! Ein heizbares Zimmer für einen jungen Mann! Und gar ein gutes Bett! Das letzte ist das unbilligste Ansinnen von allen!"

„Ist das Ihr Ernst?" fragte Frau Roberts und sah den Doktor forschend an. „Sollte es wirklich in der ganzen, großen Stadt kein ruhiges, behagliches Stübchen für einen gläubigen jungen Mann geben, in dem er dann und wann einmal einer Seele, die ihm besonders am Herzen liegt, ein Stündchen widmen könnte, um ihr den Weg von der Finsternis zum Licht leichter zu machen? Und wenn es so ist, müßten da nicht alle Hebel in Bewegung gesetzt werden, damit es anders werde?"

Der Doktor lachte längst nicht mehr, ein Ausdruck tiefer Teilnahme und wahrer Ehrerbietung lag in seinen sprechenden Zügen.

„Für wie viele junge Männer suchen Sie Unterkunft?" fragte er freundlich. „Es gibt der gläubigen jungen Leute hier, gottlob, nicht wenige, und so oft ich auch schon darüber nachgedacht habe, wie ihnen ihre Lage hier in der Stadt erleichtert werden könnte, habe ich bis jetzt noch keine Möglichkeit gesehen, die Frage zufriedenstellend zu lösen. Also für wie viele junge Christen möchten Sie Kost und Wohnung in einem gemütlichen Heim finden, wenn ich fragen darf?"

„Wenn ich könnte, würde ich am liebsten allen dazu verhelfen", antwortete Frau Roberts, nun ihrerseits lachend, „aber im Augenblick hatte ich besonders einen im Sinn. Gelingt es mir auch nicht, für viele etwas zu tun, so doch vielleicht für diesen einen."

„Ganz richtig!" stimmte der Doktor zu. „Wenn sich jedes Kind Gottes in der Stadt eines dieser jungen Leute annähme, wäre das Rätsel bald gelöst. Ein Kosthaus, das den Namen ‚Heim' verdient, kenne ich wohl, und gerade gestern ist dort ein Stübchen im dritten Stock leer geworden. Ob unser Herr und Meister das wohl für Ihren jungen Mann bestimmt haben mag? Was wir gerade jetzt in dem Haus am meisten nötig hätten, wäre ein entschieden gläubiger junger Christ. Ist das der Betreffende? Wird er einem lustigen jungen Gesellen, den der Teufel auf alle Weise in sein Netz zu locken sucht, hinderlich oder förderlich sein? Was glauben Sie, Frau Roberts?"

„Er wird tun, was in seinen Kräften steht, ihm ein Wegweiser zum Herrn zu werden", sagten die Gatten wie aus einem Mund, so daß sich der Doktor nicht länger besann, sondern sich Herrn Rieds Adresse aufschrieb und die Sache in Ordnung zu bringen versprach.

„Der Plan wird nach zwei Seiten hin Gutes wirken", sagte Dora auf dem Heimweg fröhlich zu ihrem Mann. „Herr Ried wird auf diese Weise unter einem Dach mit diesem prächtigen Mann leben und einigermaßen unter seinem Einfluß stehen. Wie gut es doch war, daß ich dem Doktor die Frage wegen des Kosthauses vorlegte!"

* * *

Auf dem Weg in die Stadt hatte Frau Roberts ein Briefchen folgenden Inhalts in den Schalter geworfen:

„Liebe Marianne!
Da ich wünsche, daß diese Zeilen so bald wie möglich in Deine Hände gelangen, kann ich mich nur kurz fassen. Wie wäre es, wenn Du Röschen auf ein paar Tage zu mir kommen ließest? Du weißt, sie hat mich immer gern gehabt, und mein Mann und ich würden tun, was in unseren Kräften steht, ihr den Aufenthalt in unserem Haus angenehm zu machen. Ich werde sie so sehr für sieben junge Leute, die mir zur Zeit besonders am Herzen liegen, zu interessieren suchen, daß sie Professor Ellis ganz darüber vergessen wird. Herr Barnwell, der erste Buchhalter meines Mannes, ein alter Familienvater mit grauen Haaren, geht morgen in Geschäftsangelegenheiten zu Papa und kommt Samstag zurück. Wenn Du und Dein lieber Mann nichts dagegen haben, daß uns Röschen besucht, könnte Dein Töchterchen vielleicht unter Herrn Barnwells Obhut reisen, und wir würden sie auf dem Bahnhof abholen. Liebe Marianne, es wäre uns eine große Freude, Röschen eine Zeitlang bei uns zu haben, und ich habe den Eindruck, der Herr Jesus ist mit dem Plan einverstanden, jedenfalls habe ich ihn den ganzen Morgen im Gebet erwogen. In inniger Liebe

Deine Dora.“

Am nächsten Sonntag kam Frau Roberts in Begleitung von Röschen Dennis in die Sonntagsschule im Südwestend. Es war ein reizendes Geschöpf, dieses Röschen, das fanden gewiß alle im Saal. Die großen, hellen Kinderaugen hatten nichts von ihrem Glanz eingebüßt, obwohl sie in der letzten Zeit so manche Träne vergossen hatten, und heute strahlten sie förmlich vor Vergnügen, denn Röschen war zum ersten Mal in der großen Stadt, und diese dünkte ihr ein wahres Feenreich zu sein, so wenig feenhaft es auch in dem betreffenden Sonntagsschulsaal zuging, denn so schlimm wie heute hatten sich die sieben Jungen der verpönten Gruppe noch nie benommen.

Der „flinke Richard" stellte seine schmutzigen Füße auf die Bank ihm gegenüber, so daß sie beinahe der Lehrerin Schultern streiften, kaute unaufhörlich Tabak und sprach ganz laut mit seinen Kameraden. Robert Colsen gab ihm an Ungezogenheiten nichts nach und äffte nicht nur Herrn Durants etwas näselnde Stimme zur Belustigung seiner Gefährten in höchst übertriebener Weise nach, sondern auch die Eigentümlichkeiten der verschiedenen anderen Lehrer und Lehrerinnen, ja sogar Frau Roberts leise, sanfte Stimme.

So sehr sie sich auch bemühte, die Aufmerksamkeit der wilden Bande zu fesseln, alles war vergeblich. Auf einen Stoß hin, den sein Nachbar ihm versetzte, tat Robert, als fiele er von der Bank, und wälzte sich wie in heftigen Schmerzen zu ihren Füßen; zwei andere balgten sich miteinander, und die übrigen brachen in ein unbändiges Gelächter aus. Was sollte die arme, kleine Frau mit dieser Gesellschaft anfangen? Röschen Dennis sah mit weitgeöffneten Augen zu, und in ihren Mienen waren nicht nur Abscheu und sittliche Entrüstung, sondern auch wirkliche Angst zu lesen. Endlich kam Herr Durant den Damen zu Hilfe und sagte mit mühsam bewahrter Selbstbeherrschung:

„So kann es nicht weiter gehen, Frau Roberts; es hat alles seine Grenzen. Ich habe mir schon gedacht, wie es heute gehen werde, denn es sind mir in vergangener Woche allerlei schlimme Gerüchte zu Ohren gekommen, so daß ich meine Maßregeln getroffen habe. Im anstoßenden Zimmer steht eine Abteilung Polizeidiener bereit und wartet nur auf einen Wink von mir, um die ganze Bande in Gewahrsam zu nehmen. Im Gefängnis haben die Jungen dann Zeit, über ihre Ungezogenheit nachzudenken."

Obwohl Herr Durant im Flüsterton sprach, hatten die Missetäter doch jedes Wort vernommen und waren vor Bestürzung wie auf den Mund geschlagen. Das hatten sie sich denn doch nicht träumen lassen, daß die Sache so ein Ende nehmen würde! Vor dem alten Kunz wäre ihnen nicht bange gewesen, dem hätten sie mit Leichtigkeit entrinnen können, es hätte im Gegenteil noch einen Hauptspaß gegeben, wenn er ihnen eine Zeitlang nachgejagt wäre, aber eine ganze Abteilung von Polizeidienern, die schon im nächsten Zimmer bereit standen, um sie in Gewahrsam zu nehmen, das war bedenklich! Verdutzt sahen sie einander an und überlegten, was unter den Umständen wohl am besten zu tun wäre, denn sie hatten samt und sonders ihre Gründe, warum sie nicht gern etwas mit der Polizei zu tun haben wollten.

Da legte sich Frau Roberts ins Mittel. Begütigend berührte sie Herrn Durants Arm und sagte sanft:

„Tun Sie das nicht, Herr Durant! An Ihrer Stelle würde ich den Schutzleuten ein kleines Trinkgeld geben und sie wieder fortschicken. Ich bin überzeugt, die Jungen werden nun die übrige Zeit um so ruhiger sein, nicht weil sie sich etwa vor der Polizei fürchten, sondern weil sie mir keinen Kummer machen wollen."

Es wäre schwer zu sagen, wer überraschter war, der Leiter der Sonntagsschule oder die sieben Jungen. Ersterer kehrte an seinen Platz zurück; die Jungen aber sahen einander erstaunt an und wußten offenbar nicht, was sie sagen sollten.

Frau Roberts wandte sich wieder zu ihnen und sagte in der ihr eigenen herzgewinnenden Weise:

„Sie haben mich in meiner Erzählung irre gemacht, nun

kann ich leider den Faden nicht mehr finden, wir wollen also für heute nicht darauf zurückkommen, aber ich habe Ihnen etwas anderes zu sagen. Wollen Sie morgen von acht bis zehn zu mir kommen, Promenadenstraße 75? Ich habe für jeden von Ihnen eine Einladungskarte mitgebracht und meine Adresse darauf geschrieben, damit Sie die Hausnummer nicht vergessen."

„Was haben Sie mit uns vor, Madame?" fragte Stephan Halter und sah sie lauernd an, als wittere er eine Falle.

Frau Roberts lächelte. „Das fragt man in der Regel nicht, wenn man eingeladen wird", sagte sie schelmisch, „übrigens will ich es Ihnen sagen. Zuerst, dachte ich, könnten wir einen Kalbsbraten miteinander verspeisen und vielleicht Kartoffelsalat dazu essen, danach noch eine Tasse guten Kaffees trinken. Später wird meine Freundin uns etwas vorspielen, falls der eine oder andere gern Musik hört, auch habe ich einige schöne Bilder, die Sie vielleicht gern sehen, und, ich weiß zwar nicht, ob Sie Blumenliebhaber sind, aber Sie haben gewiß Mütter oder Schwestern daheim, die sich freuen würden, wenn Sie ihnen eine schöne Rose mitbrächten, und unser Gewächshaus ist gerade jetzt in schönster Blüte. Was ich sonst tun werde, um meine Gäste zu unterhalten, kann ich nicht so genau im voraus bestimmen; jedenfalls aber werde ich versuchen, Ihnen einige vergnügte Stunden zu bereiten. So mache ich es wenigstens gewöhnlich, wenn ich mir Freunde einlade. Darf ich Sie also erwarten?"

Die Jungen blickten verdutzt drein. So etwas war ihnen in ihrem Leben noch nicht vorgekommen. Was wollte die Frau eigentlich? Ihnen irgendeinen Possen spielen? Das war doch nicht gut möglich. Warum hätte sie sie dann aus den Klauen der Polizei errettet, obwohl sie so schmählich mit ihr umgegangen waren? Peter Haas, der wenigst Unbändige von der wilden Horde und wohl auch der Aufrichtigste, brachte ungeschminkt die Frage zum Ausdruck, die er in der Kameraden Mienen las: „Weshalb laden Sie uns ein?"

„Ja, ehe wir zusagen, müssen wir genau wissen, was Sie eigentlich von uns wollen", ergänzte der „flinke Richard" im Namen der anderen.

„Ich habe es Ihnen ja schon gesagt", antwortete Frau Roberts freundlich, „weil ich wünsche, daß wir gute Freunde werden. Ich hätte gern, daß Sie mich mit der Zeit lieb gewännen, und dazu müssen wir vor allen Dingen nähere Bekanntschaft machen. Sie sollen sehen, wir werden einen recht vergnügten Abend verleben, wenn Sie kommen."

11. Die Liebe läßt sich nicht erbittern

„So vergnüglich und angenehm, wie die Sonntagsschule heute gewesen ist?“ fragte der „flinke Richard“ mit lauerndem Blick; wenn er übrigens meinte, Frau Roberts aus der Fassung zu bringen, irrte er sich gewaltig.

„Nein, viel angenehmer, hoffe ich“, antwortete sie, ohne sich zu besinnen, „denn heute hat es mir gar nicht gefallen, und ich habe gar keine Freude an Ihnen gehabt. Wenn ich dächte, Sie würden mich öfter so behandeln, so müßte ich fürchten, meine Bemühungen seien umsonst, und würde die Gruppe aufgeben; aber ich traue Ihnen nicht zu, daß sie jemanden, der Ihnen von Herzen freundlich gesinnt ist, kränken möchten, am wenigsten eine Dame. Das hätte ja gar keinen Zweck.“

Die Jungen mochten wohl fühlen, daß die kleine Frau recht hatte, und die ungeschminkten Worte machten einigermaßen Eindruck auf sie, so daß sie nicht zu widersprechen versuchten. Es war keine lange Strafpredigt, die ihnen die neue Lehrerin gehalten hatte, sondern sie hatte ihnen nur in ganz vernünftigen Worten die Wahrheit gesagt, und wenn es auch keiner von den Jungen eingestanden hätte, hofften sie doch samt und sonders insgeheim, sie würde die Gruppe nicht aufgeben. Dem offenen Peter Haas lag übrigens noch eine Frage am Herzen: „Warum haben Sie uns eigentlich nicht einsperren lassen?“ fragte er.

Frau Roberts zögerte einen Augenblick mit der Antwort und überlegte. War es in diesem Fall wohl angezeigt, die ganze Wahrheit zu sagen? Würden die Jungen imstande sein zu verstehen, daß sie in einem, wenn auch kurzen, Aufenthalt im Gefängnis eine noch tiefere moralische Erniedrigung für sie erblickte, und daß es ihr bange war, allen Einfluß auf sie für immer zu verlieren, wenn sie sich in ihren Augen noch tiefer herabgesetzt glaubten? Nein, das behielt sie besser für sich. Nur einen ganz kleinen Teil der Wahrheit wollte sie ihnen auftischen. Die Jungen sahen, wie es plötzlich schelmisch in den seelenvollen Augen aufblitzte, ehe sie antwortete: „Ich fürchtete, Sie könnten nicht rechtzeitig freigelassen werden, um morgen abend meiner Einladung zu folgen."

Alle lachten, aber nicht unbändig wie gewöhnlich, sondern ganz manierlich. Wie die meisten Jungen, die auf der Straße aufwachsen und auf sich selbst angewiesen sind, waren sie durchaus nicht auf den Kopf gefallen, daher fühlten sie das Witzige der Antwort heraus und fanden Wohlgefallen daran.

Kaum läutete jedoch Herr Durant zum Gesang und Schlußgebet, so war der Zauber gebrochen, mit dem Frau Roberts die wilde Bande ein paar kurze Augenblicke gefangen gehalten hatte, und die Jungen erinnerten sich wieder der Beleidigung, die ihnen ihrer Meinung nach widerfahren war. Frau Roberts schloß das aus den Worten „Falle", „Verrat", „zum letztenmal hier gewesen" und dergleichen, die bald von dem einen, bald von dem anderen ihrer Schützlinge an ihr Ohr drangen, und das Herz wurde ihr schwer.

Wie zornig sie aussahen! Sogar des „flinken Richard" sonst so lustiges Gesicht war finster. Wie merkwürdig, daß selbst diese verkommenen Jungen ihre bestimmten Ansichten über Ehrenhaftigkeit hatten und sich beleidigt fühlten, wenn sie diese verletzt glaubten! Sollte das ein Beweis sein, daß doch ein leises Bewußtsein von Manneswürde in den Knaben vorhanden war und nur des Weckens bedurfte? Würde der eine oder andere von ihnen vielleicht doch noch zum wahren Christen heranreifen und in der Schule des Heilands die allein echte Bildung, die Herzensbildung, lernen? Sogar Frau Roberts hatte Mühe, daran zu glauben. Während sie sich zum Singen erhob, fiel ihr feines Batisttaschentuch zu Boden. Von den jungen Leuten, mit denen sie sonst in Berührung kam, war sie natürlich gewohnt, daß sie sich sofort bückten, wenn sie etwas fallen ließ, und es aufhoben; aber selbstverständlich kam das keinem ihrer rohen Schüler in den Sinn. Sie hatte es auch nicht erwartet, dennoch fragte sie sich, ob nicht doch ein Gefühl für Anstand und gute Sitte in ihnen schlummerte und nur der Anregung bedürfe, um aufzuwachen. Ein seltsamer Gedanke, der ihrer würdig war und wohl aus ihrer eigenen Treue im Kleinen entsprang, die sie auch nicht das Geringste übersehen ließ, was das Leben ihrer Mitmenschen glücklicher gestalten konnte. Sie kannte keine sogenannten Geringfügigkeiten, denn alles hatte Ewigkeitsgehalt für sie. So fragte sie sich auch jetzt, ob es sich nicht der Mühe lohnen könnte, diese Gassenjungen zu lehren, einer Dame das Taschentuch aufzuheben.

Es war gerade eine Pause im Singen, so daß Frau Roberts ihren Versuch wagen konnte, ohne zu stören. Prüfend streifte ihr Blick die Jungen und blieb am „flinken Richard" haften. Dieser schien ihr der zugänglichste von den sieben.

„Herr Bolton", sagte sie mit herzgewinnender Freundlichkeit, „ich habe mein Taschentuch fallen lassen; wollen Sie so gut sein und es mir aufheben?"

„Heben Sie es doch selber auf, Madame! Sie haben ebenso weit hin wie ich, und Sie sehen nicht aus, als seien Sie zu schwach, um sich zu bücken", lautete die unhöfliche Antwort, die der jungen Lehrerin das Blut in die Wangen trieb. Dennoch ließ sie den Mut nicht sinken.

„Alle Achtung vor Ihnen, Frau Roberts!“ sagte Herr Durant nach Schluß der Sonntagsschule und schüttelte ihr herzlich die Hand. „Heute waren die Jungen mehr denn je außer Rand und Band, und ich bewundere Sie wirklich, daß Sie es länger mit ihnen versuchen wollen. Übrigens freue ich mich von Herzen über Ihren Entschluß, denn es würde mir sehr schwer, sie aufzugeben. Gott segne Ihre Bemühungen an diesen Ärmsten der Armen!“

Trotzdem sah man dem Mann an, daß er fürchtete, die Arbeit an den rohen Burschen sei umsonst. Er sprach das sogar wenige Augenblicke später dem jungen Ried gegenüber aus.

„Es ist der Frau heiliger Ernst“, sagte er, „und sie hat eine gute Art, mit den Jungen umzugehen; aber gewinnen wird Sie sie darum doch nicht, weil sie sich einfach nicht gewinnen lassen wollen. Sie kommen nur hierher, um Unfug zu treiben, sonst wollen sie nichts. Bedenken Sie nur, wie sie sich heute aufgeführt haben, schlimmer denn je, und doch haben sie nie eine bessere Lehrerin gehabt. Ich habe die Dame genau beobachtet und bin zu der Überzeugung gekommen: Sie versteht ihre Sache gründlich. Wissen Sie was, Ried, wir müssen versuchen, sie festzuhalten, und ihr die Gruppe junger Mädchen dort an der Tür geben, wenn es ihr mit den Buben nicht gelingt.“

Sobald sich die Sonntagsschüler zerstreut hatten, rief Röschen Dennis entsetzt: „Was ist das für eine wilde Bande! Warum gibst du dich nur mit solchem Gesindel ab, und wie magst du dir so viel von den rohen Burschen gefallen lassen? So etwas von Ungezogenheit ist mir in meinem Leben noch nicht vorgekommen, und ich habe doch schon genug verwahrloste Jungen gesehen. Du siehst ganz erschöpft aus. Mich wundert nur, daß dein Mann dir erlaubt, diese Gruppe zu behalten. Was kannst du bei solcher Zuchtlosigkeit erreichen, Dora?“

„Ist nicht der Herr Jesus auch zu ihrer Rettung in den Tod gegangen, Röschen?“ erwiderte Frau Roberts sanft.

Das junge Mädchen blieb ihr die Antwort schuldig, und Dora fuhr fort:

„Glaubst du nicht, daß er sie also zu retten wünscht und gnädig auf meine schwachen Bemühungen herabsehen wird, da er weiß, wie sehnlichst mich danach verlangt, diese Seelen für ihn zu gewinnen?“

„Ich meine nur, du kannst unmöglich etwas an ihnen ausrichten, so lange sie sich so schmählich benehmen wie heute“, entgegnete Röschen. „Sie haben ja gar nicht zugehört, während du mit ihnen gesprochen hast, wie sollen sie da aus deinen Worten Nutzen ziehen?“

„Das können wir nicht ermessen, Röschen, weder du noch ich. Weißt du nicht, daß der Heilige Geist zuweilen dieses oder jenes Wort Leuten ins Herz dringen läßt, die gar nicht darauf acht zu geben scheinen? Jedenfalls ist das nicht meine Sache. Ich habe getan, was in meinen Kräften stand, und wenn mein Versuch mißlungen ist, so muß ich es auf andere Weise probieren. Es ist nicht, als ob ein anderer bereit wäre, die Gruppe zu übernehmen; niemand will es noch einmal mit den Jungen wagen, und eins kann ich jedenfalls tun: Ich kann es immer aufs neue versuchen. Wer weiß, ob durch des Herrn Gnade nicht schließlich doch etwas dabei herauskommt? Übrigens rechne ich dabei sehr auf deine Hilfe, Röschen.“

„Auf meine Hilfe?“ erwiderte das Mädchen erstaunt. „Ich kann keinem helfen, denn ich bin selbst nicht, wie ich sein sollte“, und ihr Gesicht umwölkte sich bei der Erinnerung an ihr Benehmen zu Hause. Im nächsten Augenblick fügte sie jedoch in milderem Ton hinzu: „Allen Ernstes, auf mich darfst du nicht rechnen, Dora, wenigstens nicht in bezug auf diese Jungen. Ich möchte nur wissen, was ... Papa zu ihnen gesagt haben würde."

Vor dem Wort „Papa" hatte sie einen Augenblick inne gehalten. Frau Roberts erriet, daß sie eigentlich hätte wissen mögen, was ihre Stiefmutter, die schon viel mit verwahrlosten jungen Leuten zu tun gehabt hatte, von ihren neuen Schülern gedacht haben würde, aber Röschen hatte seit ihrer Ankunft sorgfältig jede Erwähnung ihrer Stiefmutter vermieden, und Dora ließ sie gewähren.

„Wenn dir erst klar geworden ist, daß du etwas für sie tun kannst," antwortete sie sanft, „so wirst du deine Furcht vor ihnen bald überwunden haben."

„Meinst du wirklich, daß einer der Jungen morgen kommen wird?" fragte Röschen neugierig. „Was in aller Welt würdest du mit ihnen anfangen?"

„Das kommt großenteils auf dich an, Kind", erwiderte Frau Roberts. „Wie gesagt, ich möchte, daß sie einen recht vergnügten Abend verleben, und dazu bedarf ich deiner Hilfe."

„Die kann ich dir nicht versprechen", sagte Röschen abermals; die Sache schien sie jedoch lebhaft zu interessieren, denn sie kam immer wieder darauf zurück und stellte alle möglichen Fragen, so daß sich Frau Roberts der frohen Hoffnung hingab, daß die sieben Jungen ihr Werk an Röschen begonnen hätten.

Die eben erwähnte Unterhaltung fand in einem der anstoßenden Räume des Sonntagsschulsaales statt, während die Damen auf den jungen Ried warteten.

„Wer ist dieser Herr Ried, in dessen Obhut wir zu stehen scheinen?" fragte Röschen nach einer Weile.

„Einer der jungen Herren in unserem Geschäft“, antwortete Frau Roberts, „das wird dir erklären, wie es kommt, daß wir unter seinem Schutz hierher gegangen sind, und daß er uns wieder heimgeleitet. Übrigens habe ich noch andere Gründe, weshalb ich lebhaften Anteil an ihm nehme. Er hatte eine prächtige Christin zur Schwester; sie starb ganz jung, war aber reif für den Himmel, und hatte schon viel für ihren Herrn und Meister gewirkt. Ihr Leben, oder vielmehr ihr Tod, war durch Gottes Vorsehung das Mittel zur Bekehrung meines Mannes. Wie er mir erzählte, war er noch ein ganz junger Mensch und völlig gleichgültig gegen Gott und göttliche Dinge, als er Esther Ried kennenlernte und von ihr die erste Anregung zu einem entschiedenen Christentum empfing. Wie mir scheint, muß sie eine besondere Gabe gehabt haben, junge Leute für den Herrn zu gewinnen. Eduard besuchte sie wiederholt, und ihr glühender Eifer, Seelen zu retten, übte einen unauslöschlichen Eindruck auf ihn aus, der durch ihren Heimgang noch vertieft wurde. Bei der Einsegnung ihrer irdischen Hülle waren die Wände mit schönen, von der Verstorbenen selbstgewählten, Bibelsprüchen behangen, alles wunderbar treffende Stellen über die Notwendigkeit, eifrig zu sein im Werk des Herrn, weil die Zeit kurz sei. Bei dieser Gelegenheit dämmerte zum ersten Mal in meinem Mann die Erkenntnis auf, daß dem Herrn zu dienen eigentlich des Menschen wichtigste und köstlichste Aufgabe ist. War es nicht merkwürdig, daß ihn die göttliche Vorsehung so kurz vor Esther Rieds Heimgang unter deren Einfluß brachte? Bedenke, daß er seither in gewissem Sinn in ihre Arbeit eingetreten ist, und zwar in einer Weise, wie sie es wahrscheinlich nie für möglich gehalten hätte. Dies ist einer der Gründe, warum mich jene armen Jungen so sehr interessieren, es ist mir immer, als seien sie ein Vermächtnis von Esther, der gerade die Verwahrlosesten am meisten am Herzen lagen. Ich hörte zuerst durch ihren Bruder Alfred von meinen Sonntagsschülern, wie auch von Esthers Plänen, solchen schwierig zu behandelnden Menschen beizukommen. Der Gedanke, sie ins Haus einzuladen, stammt zum Beispiel auch von ihr. Du siehst also, wie sie noch auf Erden fortwirkt, obwohl sie längst in die obere Heimat eingegangen ist!"

„Glaubst du, daß alle Gläubigen die Arbeit für den Herrn als ihre wichtigste, erste Aufgabe betrachten sollten, Dora?" fragte Röschen Dennis nachdenklich. „Ich dachte, einige seien dazu besonders von Gott ausersehen."

„Meiner Ansicht nach sind wir alle dazu berufen", antwortete Frau Roberts sanft. „Sind wir nicht alle sein Eigentum, von ihm erkauft zu seinem Dienst, damit er uns gebrauchen könne, wie er will? Leider benutzen wir nur zu oft die Gaben, die er uns verliehen hat, zu eigenen Zwecken, wenden zum Beispiel unsere Zeit nicht für ihn an, oder gebrauchen unsere Zunge, als sei sie unser Eigentum und nicht das seine."

„Unsere Zunge?" wiederholte Röschen erstaunt.

„Ja, freilich, unsere Zunge", erwiderte Frau Roberts. „Oder hast du ihm etwa deine Zunge nicht übergeben, als du dich ihm zum Eigentum gabst? Hast du das aber getan, dann wohl dir, wenn du ihn seither niemals mit Zungensünden verunehrt hast!"

In diesem Augenblick kam Alfred Ried, die Damen abzuholen, und das Gespräch wurde unterbrochen. Röschen Dennis beobachtete ihn genau und lauschte auf jedes seiner Worte, um herauszufinden, ob der junge Mann den Dienst des Herrn wohl auch als die wichtigste heiligste Aufgabe des Christen betrachtete und seine Zunge dem Herrn übergeben hatte. Alfred bestand die Prüfung gut. Er nahm im übrigen wenig Notiz von Fräulein Dennis, denn er war augenblicklich von anderem hingenommen. Seine Ansicht über Frau Roberts stand nun fest und war so leicht nicht mehr zu erschüttern. Er hatte sie in der Woche häufig gesehen und hatte bereits viele wertvolle Aufschlüsse über die Jungen, die ihm schon den ganzen Winter über auf der Seele gelegen hatten, und die sie erst seit acht Tagen kannte, von ihr erhalten. Auch hatte er erfahren, wieviel sie in dieser kurzen Zeit für die Geschwister Calkins getan hatte. Einmal hatte sie ihn sogar zum Boten ihrer Liebestätigkeit benutzt, und er hatte Sarah Calkins mit eignen Augen die schneeweißen Bettücher für den kranken Bruder aus dem Körbchen nehmen sehen und ihren dankbaren Ausruf hören dürfen: „Ich würde am hellen Tag auf den Knien durch die Gasse zu ihr hinrutschen, wenn es gälte, ihr einen Gefallen zu tun."

„Bettücher hätte jede weit unbemitteltere Frau dem Mädchen schenken können", dachte der junge Mann bei sich, „die Gabe ist es also nicht, der Unterschied liegt darin, daß sie an solche Dinge denkt, andere hingegen nicht."

Ganz hatte Alfred das Geheimnis übrigens hiermit nicht ergründet. Der Hauptunterschied zwischen Frau Roberts und anderen Leuten lag in dem Umstand, daß sie sich sofort ans Werk machte, die Dinge zu tun, die andere für praktisch erkannten.

Jedenfalls teilte der junge Ried jetzt vollkommen Herrn Durants Ansicht, daß die Sonntagsschule in Frau Roberts eine Perle gewonnen hatte, wenn er auch wenig Hoffnung hegte, daß die neue Lehrerin etwas an den Jungen ausrichten könnte.

„Sie sind schlimmer, als ich gedacht hatte, Frau Roberts",

sagte er, nachdem er sich über sein langes Ausbleiben entschuldigt hatte. „Ich fürchte, Ihre Geduld ist erschöpft."

Anstatt hierauf zu antworten, entgegnete die Dame: „Ich möchte Sie bitten, den morgigen Abend mit uns zu verbringen, Herr Ried. Ich habe nämlich die Jungen eingeladen und bedarf Ihrer und meiner Freundin Hilfe, um sie gut zu unterhalten."

Forschend blickte der junge Mann in Frau Roberts Gesicht, ihr rasches Vorgehen nahm ihm förmlich den Atem. Nachdem er sich gefaßt hatte, sagte er tiefbewegt: „Ich bin zu jeder Hilfe bereit, wenn Sie mich unterweisen wollen, Frau Roberts. Gestern abend bin ich in mein neues Kosthaus übergesiedelt; mein Stübchen ist allerliebst, und ich habe soeben einen Ihrer Sonntagsschüler aufgefordert, mich heute darin zu besuchen."

12. Frau Roberts Gäste

„Diese zwei Leutchen denken an nichts und reden von nichts anderem mehr als von diesen abscheulichen Jungen“, sagte sich Röschen ein wenig ärgerlich, aber mit immer lebhafterem Anteil an der Sache; auch sah sie, ohne daß sie Frau Roberts daran erinnert hätte, noch an demselben Abend in ihrem Notenheft nach, was sie wohl spielen oder singen könnte, falls einer der Eingeladenen käme.

Kehren wir nun aber zu den Jungen selbst zurück, und hören wir, wie sie über die Ereignisse in der Sonntagsschule dachten.

„Meiner Meinung nach hat sich der ‚flinke Richard‘, der immer der Klügste sein will, heute recht dumm benommen“, sagte Stephan Halter auf dem Heimweg zu Robert Colsen.

„Nicht nur dumm, sondern gemeiner als gemein hat er gehandelt“, fiel Robert wütend ein. „So hätte er sie nicht abfahren zu lassen brauchen, nachdem sie uns eben erst aus den Klauen der Polizei errettet hatte. Warum hat er ihr den Lumpen nicht aufheben können, wenn sie so höflich darum bat? Ich hätte mich keinen Augenblick besonnen, wenn sie sich an mich gewandt hätte.“

„Der Richard Bolton scheut vor keiner Gemeinheit zurück, wenn er einmal anfängt“, erwiderte Stephan mit überlegener Miene. „So etwas könnte ich zum Beispiel nicht tun. Wir sind alle miteinander keine Tugendspiegel; aber der Richard treibt es doch zu toll! Übrigens, was hältst du eigentlich von der Einladung, Robert? Meinst du, daß wir hingehen sollten? Richard behauptet, es sollte uns da irgend eine Falle gestellt werden, und will darum nichts damit zu tun haben.“

Wenn Stephan beabsichtigt hätte, Robert Colsen für die Annahme der Einladung zu stimmen, so hätte er dazu kein besseres Mittel wählen können.

Der Junge warf trotzig seine schwarze Mähne zurück und antwortete in herausforderndem Ton: „Meinetwegen! Ich werde ihn schwerlich vermissen. Wenn er meint, wir müßten alle nach seiner Pfeife tanzen, so irrt er sich. Jedenfalls gehe ich hin, einerlei, was daraus entstehen mag. Sie hat uns heute einen Gefallen getan; darum will ich ihr auch zutrauen, daß sie morgen nichts Böses im Schilde führt. Einmal will ich ihr wenigstens den Willen tun, es wird mir wohl nicht gleich an den Hals gehen."

„Wenn du gehst, gehe ich mit", erklärte Stephan entschlossen. „Der Richard meint, wir dürften nur tun, was er tut, da will ich ihm doch zeigen, daß wir uns nicht von ihm am Bändel herumführen lassen."

Hatte Robert Colsen überhaupt noch nötig, in seinem Entschluß bestärkt zu werden, so waren diese Worte wohl dazu angetan. Die Herrschaft, die sich Richard Bolton über ihn und seine Kameraden anmaßte, war ihm längst ein Dorn im Auge, und er begrüßte daher mit Freuden die Gelegenheit, dieselbe abzuschütteln; es tauchte sogar für einen Augenblick die Frage in ihm auf, ob es nicht geraten wäre, eine Gegenpartei zu gründen.

Wie wäre es, wenn er die Jungen alle veranlaßte, hinzugehen, und Richard, der bisherige Rädelsführer der Gruppe, wäre der einzige, der fortbliebe? Bei diesem Gedanken klärte sich sogar des „schwarzen Robert" sonst so finsteres Gesicht auf, und so kam es, daß gerade Robert Colsen der Hauptförderer für Frau Roberts Pläne wurde, wenigstens in bezug auf das Kommen der Gäste.

Am nächsten Tag fanden in Herrn Roberts vornehm eingerichtetem Haus die weitgehendsten Vorbereitungen für die beabsichtigte Festlichkeit statt, so daß Röschen in maßloses Erstaunen geriet.

„Willst du sie wirklich hier hereinlassen?" fragte sie, während sie mit Frau Roberts durch die blumengeschmückten Räume schritt.

„Natürlich, warum nicht?" entgegnete die junge Frau lächelnd. „Führt ihr eure Freunde nicht in die Gesellschaftszimmer, wenn ihr sie einladet?"

„Ach, das ist doch ein Unterschied!" erwiderte Röschen. „Solche Freunde, wie du sie hast, stehen bis jetzt nicht auf unseren Einladungslisten verzeichnet. Doch allen Ernstes, Dora, sie werden dir deine wertvollen Möbel verderben."

Die absonderliche kleine Hausfrau wandte sich mit einem feinen Lächeln auf dem lieblichen Gesichtchen nach dem jungen Mädchen um und sagte heiter: „Wenn meine Möbel nicht vertragen können, daß sie einmal wöchentlich im Dienste des Herrn gebraucht werden, so verdienen sie kein besseres Los, meinst du nicht auch?"

„Ja, wenn es noch zu etwas nützte!" entgegnete Röschen. „Meiner Ansicht nach täte das Eßzimmer ganz dieselben Dienste, und es wäre jedenfalls nicht so viel daran zu verderben."

„Ich möchte aber die Jungen daran gewöhnen, sich in einem Gesellschaftszimmer zu bewegen", erwiderte Dora ruhig. „Wer weiß, ob nicht der eine oder andere von ihnen das später einmal können muß."

„Ich fürchte, sie werden sich später eher in Zuchthäusern und Gefängnissen aufhalten als in Gesellschaftsräumen", antwortete Röschen, ließ dann aber den Gegenstand fallen und half der Hausfrau bei den weiteren Vorbereitungen für den Abend. Punkt acht Uhr erschien die wilde Horde vollzählig, denn als Richard Bolton sich überstimmt sah, erklärte er, daß er niemals ernstlich vorgehabt hätte, nicht hinzugehen, und schloß sich gutmütig den übrigen an.

Aber wie sahen die Jungen aus! Meine Leser werden sich wohl einbilden, daß ihre Anzüge, wenn auch alt, so doch geflickt waren, daß sie wenigstens ihre Stiefel abgebürstet und reine Kragen angezogen hatten, aber davon war keine Rede.

Nicht einer von ihnen besaß überhaupt einen Kragen, und es war ihnen gar nicht in den Sinn gekommen, ihre zerrissenen Stiefel zu bürsten. In den wohl da und dort geflickten Hosen und Jacken waren noch eine Menge Löcher.

Stephan Halter hatte wenigstens den Versuch gemacht, seine struppige Mähne ein wenig zu ordnen; aber es war ihm offenbar nicht gelungen, und die übrigen hatten gar nicht daran gedacht. Wir wissen ja, daß Robert Colsen nicht einmal einen Kamm hatte, und den anderen erging es wohl nicht viel besser.

Mit verlegen grinsenden Gesichtern standen nun alle sieben in Frau Roberts großem, hell erleuchtetem Hausflur.

Die Hausfrau streckte ihnen freundlich die Hände zum Willkomm entgegen, aber nicht einer von ihnen griff danach, sie mußte jede Hand besonders fassen. Der Dame eine Verbeugung zu machen, fiel ihnen erst recht nicht ein.

„Kommen Sie mit mir!“ sagte Frau Roberts freundlich und ging ihnen in die schön geschmückten Zimmer voran.

Sie folgten ihr alle sieben in einer Reihe. Mitten im Saal blieben sie jedoch verdutzt stehen, als sich jeder von ihnen plötzlich in Lebensgröße im Spiegel erblickte. Keiner von ihnen hatte je sein eigenes Bild so naturgetreu gesehen, also denke man sich ihr Erstaunen!

Die Jungen zu setzen, bot einige Schwierigkeit. Kaum

hatte Stephan Halter schließlich in einem der weiten, weichen Lehnsessel Platz genommen, so sprang er wieder in die Höhe und sah sich verdutzt um. War das Ding etwa eine Falle, und wie tief würde er da wohl hinabsinken? Der hilfesuchende Blick, mit dem sich der Junge im Kreis umsah, war selbst unter den obwaltenden Verhältnissen zuviel für den lustigen Richard Bolton, und er lachte laut. Wie dankte ihm die Hausfrau im stillen für dieses Lachen, denn damit war der Bann gebrochen.

In diesem Augenblick trat Alfred Ried ins Zimmer, begrüßte ehrerbietig die Damen und schüttelte dann jedem der Jungen die Hand, indem er ein freundliches Wort hinzufügte.

Mit einem höflichen: „Sie erlauben wohl, Frau Roberts?" schob er dann der noch immer stehenden Hausfrau einen Lehnsessel hin.

„Wie gewandt er sich in die Lage findet!" dachte Röschen mit einem bewundernden Blick auf den jungen Mann, der sich trotz seiner Jugend so geschickt den Verhältnissen anzupassen wußte, die manchen älteren Herrn in Verlegenheit gesetzt haben würden.

Ohne weiteres fing er ein Gespräch mit den Jungen an und verstand es meisterhaft, denselben auch Antworten zu entlocken. Er war soeben in Doktor Everetts Auftrag bei Markus Calkins gewesen, und da sämtliche Jungen den Kranken sowie dessen Vater und Schwester kannten, war der Stoff zur Unterhaltung ein sehr naheliegender. Frau Roberts konnte nicht genug darüber staunen, wieviel Takt er im Verkehr mit ihren ungebildeten Gästen zeigte, mit denen er doch so wenig gemein hatte.

Sie hatte keinen Begriff von der Begeisterung, in die ihre Einladung für den heutigen Abend den jungen Mann versetzt hatte. War dies doch der erste Schritt zur Verwirklichung von Esthers Lieblingsidee, und nicht nur das, sondern hier bot sich ihm sogar die Gelegenheit, an der Ausführung ihrer Pläne mitzuarbeiten. Wie sehnlichst hatte Esther gewünscht, daß er die Arbeit übernehmen möchte, sobald er erwachsen sei, und wie unmöglich war ihm das noch vorige Woche erschienen! Und nun war er bereits zur Hilfe angestellt, kein Wunder, daß er begeistert ans Werk ging!

Es war im Familienrat beschlossen worden, daß sich Herr Roberts nicht zeigen solle. Er befand sich zwar in der Nähe, um im Notfall erreichbar zu sein, aber es wurde für besser gehalten, daß am ersten Abend kein Fremder zugegen sei, am allerwenigsten eine so gewichtige Persönlichkeit wie der Herr des Hauses. Herrn Rieds Anwesenheit hatte einen besonderen Zweck. Er war nicht viel älter als die Jungen, auch war er kein reicher Mann, der von seinen Renten lebte, sondern war darauf angewiesen, sich sein täglich Brot selbst zu verdienen; aber wie verschieden war er von jenen rohen Gassenjungen! Würde denselben wohl der Gegensatz zwischen ihm und ihnen auffallen? Frau Roberts hoffte es jedenfalls und hätte Alfred darum nicht im Kreis ihrer Gäste missen mögen.

Bald läutete es zum Abendessen, und die Gesellschaft begab sich ins Eßzimmer. Wer den schön gedeckten Tisch sah, dem blieb er gewiß lange in Erinnerung. Ein feines, weißes Tafeltuch zierte denselben, ganz wie wenn eine vornehme Gesellschaft geladen wäre, und auf jedem Platz lag eine große, weiße Serviette, die Richard Boltons Frage beinahe rechtfertigte: „Was tust du mit dem Bettuch da vor dir?“ Das Porzellan war von der feinsten Sorte, und selbst die schweren silbernen Bestecke und Löffelchen, die Frau Roberts sonst bei Tisch benutzte, waren nicht zu schön und kostbar gefunden worden, um auch bei dieser Gelegenheit gebraucht zu werden.

Nur in einem Punkt hatte die zartfühlende Hausfrau eine andere Einrichtung getroffen, als sonst bei Gesellschaften üblich ist. Kein Dienstbote war im Eßzimmer zugegen, nur Freundesaugen sollten die Verstöße gegen Anstand und gute Sitte sehen, die sich die Jungen gewiß zu Schulden kommen lassen würden. Daher legten Alfred und Röschen mit eigenen Händen die Speisen vor, während Frau Roberts den köstlich dampfenden Kaffee einschenkte und mit Zucker und Rahm versah. Eine solche Mahlzeit hatten die Jungen in ihrem Leben noch nicht vor Augen gehabt, geschweige denn zu kosten bekommen, aber wenn ihr meint, sie seien zu verlegen gewesen, um davon essen zu können, so irrt ihr euch.

Sobald das erste Gefühl der Neuheit und Überraschung vorüber war, fielen die Jungen mit wahrem Heißhunger über die ungewohnten Leckerbissen her. Und wie es ihnen schmeckte, davon macht sich unsereins wohl kaum einen Begriff. Ihre Fähigkeit, Speise in sich aufzunehmen, schien unbegrenzt zu sein, aber auch ihre Manieren bei Tisch spotteten jeder Beschreibung, wie sich leicht denken läßt. Woher hätten sie auch wissen sollen, wie sich anständige Leute bei Tisch benehmen? Und doch entging keine Bewegung des jungen Ried ihrer Aufmerksamkeit.

13. Frau Roberts Gesellschaft

Eins war den Jungen ganz neu, übte aber einen eigentümlichen Eindruck auf sie aus. Als sich der Letzte von ihnen im Stuhl zurücklehnte und damit zu erkennen gab, daß er am Ende seiner Leistungsfähigkeit angelangt war, sagte Frau Roberts mit einem Blick auf den jungen Ried: „Wollen Sie so gut sein und danken?"

Was wollte sie damit sagen? Daß es Brauch war, sich bei den Leuten zu bedanken, von denen man etwas empfangen hatte, war ihnen ja nichts Neues; aber sie wußten auch, daß der Geber den Dank nicht selbst zu fordern pflegt. Mit offenem Mund starrten sie darum den jungen Mann an, um zu sehen, was er tun werde. Alfred aber neigte ehrerbietig den Kopf und sagte: „Lieber Herr Jesus, wir danken dir für alles Gute, was du uns heute gegeben hast, und wir bitten dich, lehre uns so zu leben, daß wir dereinst alle im Vaterhaus droben wieder zusammenkommen. Amen."

Die Jungen sahen einander verwundert an und blickten dann scheu auf ihre Teller nieder. Bisher hatten sie nur in der Sonntagsschule beten hören, und es war ihnen gar nicht in den Sinn gekommen, daß das auch bei Tisch geschehen könnte. Nun drängte sich ihnen unwillkürlich die Frage auf, ob die vornehmen und reichen Leute, die alle Tage soviel Gutes zu essen hatten, gewöhnlich nach dem Essen beteten.

Nachdem die Gesellschaft wieder im anderen Zimmer Platz genommen hatte, setzte sich Röschen ans Klavier und spielte ein Stück, das sie am Vormittag mit besonderer Rücksicht auf ihre musikunkundigen Zuhörer ausgesucht hatte. So ungebildet diese aber auch waren, so lachte oder schwatzte doch keiner von ihnen, sondern alle lauschten aufmerksam, vor allem der Röschen zunächst sitzende Robert Colsen.

„Gefällt es Ihnen?“ fragte das junge Mädchen, als das Stück zu Ende war.

„Ich weiß nicht“, antwortete der Junge mit verlegenem Lachen, „es lautet sonderbar. Wie bringen Sie nur so viele Töne heraus? Schlagen Sie mit allen Fingern zugleich auf die schwarzen und weißen Dinger da?“

„Das nicht gerade“, erwiderte Röschen lächelnd, „aber manchmal müssen sich meine Finger allerdings ziemlich schnell bewegen, und ich muß gehörig aufpassen, um keine Fehler zu machen, das dürfen Sie mir glauben.“

„Ist es so schwer?“ fragte Robert erstaunt.

„Jetzt nicht mehr“, entgegnete das junge Mädchen, „aber anfangs mußte ich tüchtig üben, und das war sehr langweilig.“

„Warum taten Sie es denn?“

„Aus dem gleichen Grund, aus dem man eine Menge noch so langweiliger Dinge tut: weil ich es im Spielen zu etwas bringen wollte“, antwortete Röschen leichthin. „Ich wußte, wenn ich fleißig übte, würde ich mit der Zeit nicht nur selbst Freude an der Musik gewinnen, sondern auch andere damit erfreuen können. Tun Sie nie etwas, was Sie nicht besonders gern tun?“

Robert zuckte die Achseln und erwiderte mit verständnisvollem Blick, indem er seines beständig betrunkenen Vaters gedachte: „Oft genug, aber wenn ich nicht müßte, täte ich es nicht.“

„Wahrscheinlich hängt es davon ab, ob Sie die Sache für der Mühe wert halten oder nicht“, antwortete Röschen und fragte dann weiter, ohne auf Antwort zu warten: „Welches Geschäft treiben Sie eigentlich?“

„Welches Geschäft?“ wiederholte der Junge mit erstaunter Miene.

„Ja, ich meine, was tun Sie den Tag über?“ erklärte Röschen.

„Ich suche mir etwas zu essen zu verschaffen“, antwortete Robert mit grimmigem Lächeln.

Er hatte durchaus nicht versucht, die Fragestellerin irre zu führen; aber sie hatte ihn offenbar nicht verstanden und erwiderte ernst: „Ja, natürlich, das kann ich mir denken. Ist es nicht merkwürdig, daß sich die Leute Tag für Tag und Jahr für Jahr so plagen müssen, um nur das bißchen Nahrung für sich und die Ihrigen auftreiben zu können? Haben Sie auch eine Mutter und kleine Brüder oder Schwestern, für die Sie mit zu sorgen haben?“

„Ich habe eine Mutter und eine Schwester“, antwortete Robert.

„Ach, dann macht Ihnen der Gedanke, für diese beiden Brot verdienen zu helfen, die Arbeit gewiß leichter“, sagte Röschen. „Ich denke es mir viel langweiliger, immer nur für sich selbst zu schaffen. Aber ich hatte vorhin gemeint: Was arbeiten Sie, um Ihren Lebensunterhalt zu verdienen? Man kann das doch auf gar mancherlei Weise.“

„Wer sagt Ihnen denn, daß ich überhaupt arbeite?“ fragte Robert Colsen förmlich herausfordernd. Vielleicht zum ersten Mal in seinem Leben kam ihm der Gedanke, daß es eigentlich eine Schande wäre, müßig in der Welt herumzulaufen, in der andere Leute von früh bis spät fleißig sind.

Auf seine merkwürdige Frage sah ihn Röschen groß an und erwiderte erstaunt: „Das braucht mir doch niemand zu sagen, natürlich arbeiten Sie wie andere Leute.“

Nicht etwa, daß sie sich nur so unwissend stellte, sondern sie hatte bisher wirklich nur solche Arme kennengelernt, die wenigstens nach außen den Schein wahren und die Woche über um ihren Lebensunterhalt arbeiten, so liederlich sie auch ihre Sonntage verbringen mögen.

Robert zuckte abermals die Achseln, als wolle er sagen: „Glauben Sie wirklich, daß alle anderen Leute arbeiten?“ Ihre augenscheinliche Unkenntnis der Welt belustigte ihn. Wenigstens hatte sie nicht die Absicht, ihm zu predigen, und das wollte in seinen Augen schon viel sagen.

Da tönte vom anderen Ende des Zimmers des jungen Ried Frage an sein Ohr: „Könnten Sie mir nicht etwa einen jungen Mann nennen, der Arbeit sucht, Frau Roberts? Ich hörte heute nachmittag nämlich von einer guten Stelle bei einem Freund meines Schwagers.“

„Leider habe ich im Augenblick niemanden im Sinn“, antwortete Frau Roberts und sah sich im Kreis ihrer Schüler um, von denen ihres Wissens nur drei bestimmte Arbeit hatten. Hatte Alfred Ried mit seiner Frage etwa einen ihrer Schützlinge im Auge? Jedenfalls wollte sie denselben Gelegenheit geben, sich anzubieten, daher wandte sie sich an die Jungen mit der Frage: „Wäre vielleicht einer von Ihnen geneigt, sich um die Stelle zu bewerben?“

„Was ist es für eine Stelle?“ fragte Robert Colsen.

So lange der Junge denken konnte, hatte er vorgegeben, nach Arbeit zu suchen; aber er erinnerte sich nicht, daß er je so ernstlich gewünscht hätte, sie zu finden, wie in diesem Augenblick.

„Die Stelle ist bei Herrn Grau in der Bäckergasse, aber nur junge Leute, die gut rechnen können, haben Aussicht auf Anstellung“, antwortete Alfred Ried.

„Dann ist es unnötig, daß ich mich melde“, sagte Robert Colsen und lehnte sich enttäuscht im Stuhl zurück.

„Ist Rechnen Ihre schwache Seite?“ fragte Frau Roberts

lächelnd. „Da kann ich mit Ihnen fühlen, lieber Freund, denn mir machte es auch große Schwierigkeiten."

Alle sechs Gefährten kicherten, Robert aber war darüber nicht wenig entrüstet und fuhr sie ärgerlich an: „Meiner Ansicht nach ist dabei gar nichts zum Lachen! Wo hätte ich denn rechnen lernen sollen? In die Schule bin ich in meinem Leben nicht gegangen, und Bücher hatte ich auch keine, meine Schuld ist es also nicht, wenn ich nichts gelernt habe."

„Gut, daß Sie so jung sind!" fiel Frau Roberts dem Erregten rasch ins Wort. „Da haben Sie noch immer Gelegenheit, das Versäumte nachzuholen. Ich habe einen guten Gedanken, Herr Ried. Wie wäre es, wenn wir einmal in der Woche zusammenkämen, etwas Schönes läsen und uns über dieses und jenes miteinander unterhielten? Lesen Sie gern, Herr Bolton?"

Richard Bolton schnellte förmlich von seinem Sitz in die Höhe und stammelte errötend: „Mir ist es ähnlich ergangen wie meinem Kameraden, dem ‚schwarzen Robert' da. Ich habe zum Lernen wenig Gelegenheit gehabt, und selbst wo sich mir da und dort Gelegenheit geboten hätte, habe ich sie nicht ergriffen. Kaum, daß ich die Anzeigen in den Schaufenstern buchstabieren kann, wenn ich mir noch so große Mühe gebe. Gewöhnlich rufe ich mir dazu den ‚schwarzen Robert' zur Hilfe, und wir zwei geben ein schönes Gespann, das kann ich Ihnen sagen, Madame."

Robert Colsens Gesicht war mittlerweile immer finsterer geworden, aber Frau Roberts ließ sich dadurch nicht einschüchtern, sondern fuhr fröhlich fort: „Je länger ich darüber nachsinne, um so besser gefällt mir der Gedanke, den ich Ihnen soeben ausgesprochen habe. Wir wollen regelmäßig Montagabend zusammenkommen und lesen oder Musik machen oder irgend sonst etwas treiben. Was sagen Sie zu meinem Vorschlag, junge Freunde? Sollen wir ihn ausführen? Herr Ried, wollen Sie Ihre Montagabende dazu hergeben? Du, Röschen, bist mein Gast; dich frage ich gar nicht, denn du kannst natürlich nicht nein sagen."

Ein seltsamer Einfall war das sicherlich, und selbst Alfred Ried, der Frau Roberts so gern in ihrer Arbeit unterstützte, konnte sich nicht gut vorstellen, daß etwas bei der Sache herauskommen würde. Von den Jungen sagte zwar nicht ein einziger zu, aber es gab auch keiner eine abschlägige Antwort, und Frau Roberts ließ den Gegenstand, augenscheinlich in der Annahme, daß sie ihre Absicht erreicht habe, schließlich fallen. Nach einer Weile schlug sie vor, daß sich ihre Gäste das Gewächshaus ansehen möchten.

Die meisten Knaben sind Blumenliebhaber, wenn sie es auch zuweilen für männlicher halten, es nicht zu zeigen, oder sich dessen selbst noch nicht bewußt sind. Letzteres war auch bei den sieben Jungen der Fall, die zum ersten Mal in ein in voller Blüte stehendes Gewächshaus traten. Frau Roberts beobachtete sie aufmerksam, um zu sehen, was für einen Eindruck der herrliche Blumenflor auf sie ausübte, während Röschen ihrem Entzücken unverhohlen Ausdruck gab und auch der junge Ried, der nicht oft Gelegenheit hatte, so schöne Blumen zu sehen, laut seine Bewunderung äußerte. Von den Jungen sagte keiner ein Wort; sie waren nicht daran gewöhnt, ihren Empfindungen Ausdruck zu geben. Stephan Halter blieb jedoch vor einer hochroten Rose stehen und konnte sich nicht satt daran riechen, als wolle er den süßen Duft mit hinwegnehmen. Der „flinke Richard" hob einen Zweig auf, der auf den Boden herabhing, und lehnte ihn so behutsam an den Stamm an, daß Frau Roberts die feste Überzeugung gewann, an Herz fehle es dem Jungen wenigstens nicht. Robert Colsen aber strich sich das struppige Haar zurück und blickte lange in den Kelch einer großen, weißen Lilie mit einem Gesichtsausdruck, den seine Lehrerin gar nicht wieder los werden konnte.

Leise ging sie auf ihn zu, und nachdem sie eine Weile schweigend neben ihm gestanden hatte, streckte sie die Hand nach der Lilie aus und brach diese sachte vom Stengel. Robert fuhr auf, als habe er einen Schlag ins Gesicht bekommen, und fragte leise: „Warum haben Sie das getan?"

„Weil ich gern möchte, daß Sie die Blume Ihrer Schwester, dem Mädchen mit dem goldblonden Haar, von mir brächten. Ich habe sie neulich gesehen und kann ihre Haare und Augen seitdem nicht wieder vergessen. Ich bin überzeugt, sie wird sich über die Lilie freuen, besonders wenn Sie ihr die Blume bringen. Röschen", sagte Frau Roberts dann laut, „schneide doch ein paar Blumen ab und mache für jeden unserer Gäste ein Sträußchen, damit er es seiner Mutter oder Schwester mitbringen kann."

Bei diesen Worten lachte der „flinke Richard" höhnisch auf, so daß Robert Colsen dunkelrot wurde vor Entrüstung, und sogar Alfred Ried Mühe hatte, seine Selbstbeherrschung zu bewahren. Was war von einem Jungen, der bei Erwähnung seiner Mutter höhnisch lachen konnte, Gutes zu hoffen? Trotzdem dürfen wir Richard Bolton nicht zu hart beurteilen. Beim Gedanken an seine Mutter trat ihm das Bild einer betrunkenen Frau vor Augen, denn er hatte sie selten anders gesehen. Kein Wunder, wenn der süße Muttername für ihn nicht die gleiche Bedeutung hatte wie für Alfred Ried oder sogar für Robert Colsen, dessen Mutter ihrer Kränklichkeit wegen wohl meist recht mürrisch war und ihm manches harte Wort gab, ihm aber doch seine zerlumpten Hemden wusch, wenn sie Seife hatte und ihr Waschzuber nicht gerade im Leihhaus war. O ja, unter den Müttern gibt es auch Unterschiede!

Mittlerweile pflückte Frau Roberts mit freigebiger Hand Blumen ab, und gab Robert und Richard jedem ein Sträußchen. Ersterer nahm das seinige mit sichtlichem Wohlgefallen, doch die Lilie hielt er besonders in der Hand und verwandte kaum den Blick von ihr.

Endlich ging die Gesellschaft lärmend auseinander, und kaum waren die Jungen vor der Tür angelangt, so brach der „flinke Richard" in ein solches Gebrüll aus, daß eine nervenschwache Frau darob nicht wenig erschrocken wäre. Frau Roberts sagte jedoch lachend: „Wir haben sie den ganzen Abend im Zaum gehalten, so daß sie sich nun Luft machen müssen."

Sie und Röschen waren allein, denn als sie Alfred Ried leise aufgefordert hatte, noch ein wenig zu bleiben, hatte der junge Mann den Kopf geschüttelt und geantwortet: „Nein, ich danke, ich möchte, daß mich die Jungen als ihresgleichen betrachten, und das werden sie nur tun, wenn ich ebenso behandelt werde wie sie."

„Sie haben recht", erwiderte Frau Roberts lächelnd, „offenbar sind Sie ein gelehriger Schüler gewesen, und Ihre liebe Schwester hat sich nicht umsonst so viele Mühe mit Ihnen gegeben."

Alfred deutete auf das Sträußchen, das sie für ihn zurecht gemacht hatte, und sagte: „Das stelle ich vor Esthers Bild, wenn ich heimkomme; wenn ich nicht irre, wird die von ihr geplante Arbeit jetzt ausgeführt werden."

„Nun ist es also vorüber, und wir sind alle noch am Leben", sagte Röschen lachend. „Und kein einziger ist fortgeblieben! Ich muß gestehen, ich traute meinen Augen kaum, als ich sie vollzählig aufmarschieren sah. Nun müssen wir aber gehörig lüften! Übrigens, Dora, was ist dir nur eingefallen, die wilde Horde regelmäßig auf Montag einzuladen? Sie werden ja nicht kommen; aber denke nur einmal, wenn sie dich beim Worte nähmen, was könntest du dann tun? Herr Roberts sollte dich wirklich einmal von Doktor Mitschell beobachten lassen, ob nicht etwa irgendeine Schraube in deinem Kopf losgegangen ist. Was ist dein nächster Plan, Dora?"

„Das Nächste, was wir tun müssen, ist, daß wir beten, wie wir nie im Leben gebetet haben. Wir haben es mit unsterblichen Seelen zu tun, Röschen. Bedenke nur, sie werden fortleben, so gut wie wir! Sollen sie in alle Ewigkeit tiefer und tiefer sinken, oder sollen sie dereinst Kronen tragen?"

14. Der Einfluß einer Lilie

Sarah Calkins saß in ihrem Stübchen und flickte an einem alten, fadenscheinigen Rock, auf ihrem Gesicht aber lag ein Ausdruck tiefinnerster Befriedigung. Sie hatte auch Grund zur Freude!

Hatte doch Doktor Everett am Morgen ihres Bruders Bein für nahezu geheilt erklärt und Markus im Namen seines Brotherrn zugesichert, daß ihm sein Plätzchen in der Druk-kerei offen gehalten werden solle. Das Bett war frisch überzogen, und über den Genesenden war eine warme, wollene Decke gebreitet, während sein Kopf auf einem weichen Federkissen ruhte. Auch in dem Stübchen waren alle möglichen vorteilhaften Veränderungen bemerkbar. Vor dem Bett lag ein buntfarbiger Teppich, weiße Mullvorhänge zierten die Fenster und gaben dem kleinen Raum ein merkwürdig freundliches Aussehen; an Stelle des alten, zerbrochenen Stuhls und des niederen hölzernen Schemels standen ein paar neue, bequeme Rohrsessel; kurz, überall im Stübchen war Frau Roberts stilles, wohltuendes Walten zu erkennen.

Die Tür ging leise auf, und ein Mädchenkopf mit struppiger, goldblonder Mähne und großen, blauen Augen guckte vorsichtig herein.

„Seid ihr allein?“ fragte die Erscheinung mit einem Blick auf das Bett.

„Ja freilich, komm nur!“ erwiderte Sarah. „Markus schläft zwar, aber wenn wir nicht laut sprechen, stören wir ihn nicht, denn seit ihm der Doktor etwas gegeben hat, was ihm die Schmerzen im Knie nimmt, schläft er fest wie ein kleines Kind. Da, setz dich auf meinen neuen Stuhl, und sieh, wie bequem er ist!“

Martha Colsen nahm schweigend den ihr eingeräumten Platz ein und sah sich prüfend im Zimmer um. Erst nach einer längeren Pause rief sie mit so merkwürdig bewegter Stimme, daß Sarah förmlich davon ergriffen wurde: „Mir ist aber etwas Seltsames passiert, das muß ich dir erzählen. Sieh nur einmal! Ich habe es mitgebracht, um es dir zu zeigen."

Mit diesen Worten zog sie einen alten irdenen Krug, der in ein Stück Papier gehüllt war, unter ihrem zerrissenen Shawl hervor. Mit zitternder Hand nahm sie die Umhüllung ab und hielt Sarah den Krug mit der herrlichen weißen Lilie hin.

Ein bewunderndes: „O, wie schön!" entschlüpfte der Freundin bei dem lieblichen Anblick.

„Das will ich meinen!" erwiderte Martha, sichtlich befriedigt über den Ausdruck unverhohlenen Entzückens in Sarahs Mienen. „So etwas Schönes hast du in deinem Leben nicht gesehen; man sollte denken, die Blätter wären von weißem Samt, und doch ist es eine wirkliche Blume, nicht etwa eine gemachte! Und wenn du hundert Jahre alt wirst, errätst du nicht, von wem ich sie bekommen habe. Denke nur, Robert hat sie mir mitgebracht!"

„Robert?" entgegnete Sarah ungläubig.

„Ja freilich, er und kein anderer", erwiderte das Mädchen, und wer hätte je gedacht, daß Marthas Stimme einen so triumphierenden Klang annehmen könnte?

Erregt fuhr sie fort: „Ich will dir sagen, wie es zugegangen ist. Gestern abend ist Robert nicht heimgekommen, und du weißt ja, wie schrecklich mir das immer ist, weil ich mir dann steif und fest einbilde, es müsse irgend etwas Schreckliches geschehen sein. Vater kam auch nicht nach Hause und ist auch jetzt noch nicht da, und Mutter, die fast nichts zu Mittag gegessen hatte und sich besonders elend fühlte, geriet mit einem Male so außer sich, daß sie weinte, als wolle ihr das

Herz brechen. Vaters Ausbleiben hat sie sich ja nicht so sehr zu Herzen genommen, denn von ihm ist sie es gewöhnt; aber über Robert machte sie sich Sorgen. Ich war böse auf ihn, daß er Mutter noch mehr Kummer machte, als sie ohnehin hat; aber, wie gesagt, an alles Mögliche, was ihm zugestoßen sein könnte, mußte ich dabei auch denken. Endlich ließ sich Mutter überreden, zu Bett zu gehen und schlief bald vor Erschöpfung ein.

Ich wickelte mich in meine alte Steppdecke und wollte auf Robert warten; aber ich muß nach einer Weile ebenfalls eingeschlafen sein, denn ich träumte, ich sähe *sie*, du weißt schon, wen ich meine, und sie flöge über die Dächer unserer Häuser, die dadurch alle schneeweiß wurden. War das nicht ein merkwürdiger Traum?

Plötzlich weckte mich ein Geräusch. Zitternd richtete ich mich ein wenig vom Boden auf, da stand auf unserem alten Stuhl dicht vor mir der irdene Krug mit der wunderschönen weißen Lilie. Daneben aber stand Robert und starrte unverwandt auf die Blume.

‚Die gehört dir', sagte er, ‚*sie* schickt sie dir.'

Mehr bringe ich nicht aus ihm heraus, er fährt mich nur zornig an, wenn ich etwas fragen will. Wäre die Lilie nicht da, so würde ich die ganze Geschichte für einen Traum halten; aber so muß sie Robert irgendwo her mitgebracht, in den irdenen Krug getan und vor mich hingestellt haben, das ist gewiß."

„Ich bin fest überzeugt, *sie* hat sie dir geschickt, denn das sieht ihr ganz gleich", antwortete Sarah, die der Erzählung der Freundin mit gespanntester Aufmerksamkeit gelauscht hatte. „Ja, und Robert hat sie mitgebracht", fügte Martha noch einmal hinzu; denn es lag ihr viel daran, daß Sarah diesen Umstand doch ja nicht vergaß.

„Wie schade, daß man den Leuten nicht ins Herz sehen kann!" dachte ich schon oft bei mir. Was für einen wohltuenden Einfluß hätte es zum Beispiel auf Robert Colsen ausüben können, wenn er gewußt hätte, wie seiner Schwester liebebedürftiges Herz von dem Gedanken zehrte, daß er ihr die Lilie heimgebracht habe!

Und was hätte es wohl andererseits für einen Eindruck auf Martha gemacht, hätte sie geahnt, was es ihren Bruder gekostet hatte, ihr die Blume zu bringen! Unzählige Male war er auf dem Heimweg im Begriff gewesen, sie in die Gosse zu werfen. „Ich soll eine Blume heimbringen?" sagte er sich immer wieder. „Ja, wäre es noch ein Laib Brot, dann hätte es wenigstens Sinn!" Offenbar hatte der Gedanke etwas Beschämendes für ihn, daß er, der nie das Geringste zur Linderung der bittersten Not für die Seinen getan hatte, ihnen nun eine Blume nach Hause bringen sollte. Wütend gestand er sich ein, daß er ein Taugenichts und ein Tagedieb sei und gar nicht verdiene zu leben. Warum arbeitete er nicht wie Markus Calkins, um seiner Schwester auch dann und wann etwas Nützliches heimbringen zu können? Erst einige Tage, ehe Calkins verunglückte, war er mit einem Paar Schuhe für Sarah nach Hause gekommen und singend mit seinem Geschenk an ihm vorübergegangen. Was würde Martha für Augen machen, wenn er ihr einmal ein Paar Schuhe brächte? Über die Blume aber würde sie höchstens spotten, – und ganz mit Recht, wie er sich selbst eingestehen mußte.

Er war daher keineswegs auf den Empfang vorbereitet gewesen, der seiner Lilie zuteil wurde, und Marthas sichtliche Freude hatte ihm das Herz wunderbar bewegt. Schade nur, daß sie am nächsten Morgen mit ihren bitteren Reden wieder alles verdarb!

Beim hellen Tageslicht schwand natürlich das Traumbild,

und sie wollte nun durchaus wissen, wie Robert zu der Lilie gekommen war.

„Wer hat sie geschickt, Robert?“ fragte sie einmal über das andere. „Ich glaube es nicht, daß sie dir jemand für mich mitgegeben hat. Wer sollte mir eine Lilie schicken? Woher hast du sie? Sage mir die Wahrheit!“

„Woher soll ich sie haben?“ antwortete Robert mürrisch. Bei Tage schämte er sich noch mehr über seinen Anteil an der Sache als in der Nacht. „Es ist doch nicht der Mühe wert, daß ich wegen des dummen Dings lüge. Woher soll ich wissen, warum sie es dir geschickt hat? Vielleicht hat sie gefunden, du glichest einer Lilie?“

So spöttisch die Stimme klang, mit der Robert die letzten Worte sprach, so hörte er doch wieder die neue Sonntagsschullehrerin in ihrer herzgewinnenden Weise sagen: „Das Mädchen mit den goldblonden Haaren“, aber um keinen Preis hätte er Martha diese Worte wiederholt.

Martha wurde bei seiner spöttischen Bemerkung dunkelrot und erwiderte verächtlich: „Wie soll ich wissen, wer *sie* ist? Ich wollte lieber, ich hätte statt der Blume meinen Shawl aus dem Leihhaus zurück oder ein paar Schuhe.“ – „So steck sie meinetwegen ins Feuer, bilde dir dann aber nicht ein, daß ich dir je wieder etwas mitbringe!“ antwortete Robert und ging wütend hinaus.

„Das werde ich schön bleiben lassen“, rief ihm Martha spöttisch nach. „Ist doch nicht ein Funken Feuer im Kamin und wird heute wohl auch keins mehr hineinkommen, wenn du mir nicht eine Schaufel Kohlen mitbringst. Das fällt dir aber nicht ein!“

Hierauf ging Martha mit dem alten irdenen Krug ans andere Ende des Zimmers, lehnte das Gesicht an die kühle, weiße Lilie und weinte bitterlich. Das arme, unwissende

Mädchen! Wie wünschte sie, daß Robert brav und fleißig würde wie Markus Calkins, der der Inbegriff edler Männlichkeit für sie war, und wie wenig ahnte sie, daß sie mit schonungsloser Hand selbst den Keim aus seiner Seele riß, der darin emporzuschießen begonnen hatte! Allerdings fühlte sie, daß sie ganz anders mit dem Bruder umging, als Sarah mit Markus, aber sie meinte in ihrer Verblendung und Unwissenheit, daran sei nur Robert schuld.

Schade, daß die liebliche Blume nicht Bruder und Schwester die Augen darüber öffnen konnte, wie es in den Herzen beider aussah!

15. Woher kam der Unterschied?

„Ich habe in der letzten Zeit so viel von Ihrer Schwester Esther erzählen hören, daß ich zu gern mehr von ihr wüßte, oder tut es Ihnen weh, von ihr zu sprechen?“ fragte Röschen Dennis den jungen Ried, der neben ihr am Klavier stand und ihr beim Spielen die Noten umgewandt hatte. Am anderen Ende des Zimmers unterhielt sich Frau Roberts mit einem Besuch, so daß die beiden jungen Leute ungestört plaudern konnten.

„Im Gegenteil, es ist mir eine Freude, von ihr zu sprechen“, antwortete Herr Ried lebhaft, „nur weiß ich leider nicht so viel von ihr, wie ich wünschte. Ich war noch ein recht unverständiger Junge, als sie heimging; – früher pflegte ich zu sagen: ‚als sie starb‘, aber seit ich sehe, wie ringsum ihre Lieblingspläne ausgeführt werden, kann ich sie nicht mehr als ‚tot‘ betrachten.“

„Gerade über diese ihre Pläne hätte ich so gern mit Ihnen gesprochen“, fuhr Röschen fort. „Wie kam es, daß sie so verschieden von anderen Leuten war, Herr Ried? Oder finden Sie das nicht?“

Herr Ried schwieg eine Weile; dann sagte er nachdenklich:

„Verschieden von den meisten Leuten war sie allerdings, wenn auch nicht von allen. Früher hielt ich es für selbstverständlich, daß alle entschiedenen Christen ebenso seien wie sie, als ich dann aber meinen Irrtum einsah, fiel ich ins andere Extrem und meinte, ihr komme niemand auf Erden gleich, bis ich endlich merkte, daß es eine Mittelstraße gibt.“

„Wenn ich nur wüßte, *was* sie so ganz anders machte, als die Mehrzahl der sogenannten Gläubigen ist?“ erwiderte

Röschen. „In ihren Jahren kann der Unterschied nicht liegen; denn, wie mir Frau Roberts erzählte, ist sie noch sehr jung gewesen."

„O nein, die Jahre waren es nicht", antwortete Alfred; „sie war eben erst neunzehn Jahre alt, als sie abgerufen wurde, und sie erzählte mir oft, wie sie früher so ganz anders gewesen sei. Obwohl sie sich von klein auf zum Herrn bekannte, schämte sie sich beinahe zu beanspruchen, für ein bekehrtes Kind Gottes gehalten zu werden, weil sie fühlte, wie wenig ihr Wandel dem Heiland, dessen Namen sie trug, Ehre machte. Wenn ich viele der sogenannten Christen um mich her beobachte, so habe ich den Eindruck, daß Esther im Anfang ihres Christenlebens etwa so gewesen sein muß, wie die meisten Gläubigen unserer Bekanntschaft sind."

„Was bewirkte denn eine so große Veränderung in ihr?" fragte Röschen abermals. „Glauben Sie, daß sie irgend etwas Besonderes erfuhr, weil sie so jung sterben sollte?"

„Nein, gewiß nicht", antwortete Alfred, ohne sich zu besinnen. „Die Veränderung fand statt, ehe meine Schwester eine Ahnung von ihrem Zustand hatte. Mein Schwager sagt, zur Zeit, als sie anfing, ernst mit ihrem Christentum zu machen, sei sie noch der Meinung gewesen, sie sei vollkommen gesund."

„Ach, Sie verstehen nicht recht, was ich meine", erwiderte Röschen zaghaft, „ich weiß mich nicht klar auszudrücken, aber ... aber ich dachte, Gott, der natürlich wußte, wie bald er sie abrufen werde, habe ihr deshalb vielleicht eine besondere Erfahrung zuteil werden lassen."

„O nein, nein, das müssen Sie nicht denken!" sagte Herr Ried mit großem Nachdruck. „Esther lag viel daran, daß niemand meinen sollte, ihre Erfahrung sei eine ganz außergewöhnliche gewesen. So jung ich war, suchte sie mir das einzuprägen. ‚Laß dir ja von niemanden einreden, du könntest kein entschiedener Christ sein, weil du noch ein kleiner Junge bist', pflegte sie zu sagen, und dabei sprach eine tiefe Bewegung aus ihren großen, glänzenden Augen. ‚Ich habe es lange genug mit einem halben Christentum versucht und möchte dir darum frühzeitig begreiflich machen, daß ein solches nicht nur Sünde ist, sondern auch niemanden glücklich machen kann, und daß damit weniger als nichts erreicht wird. Ein halbherziger Christ schadet der Sache Christi mehr, als er ihr nützt.' Wahrscheinlich dachte sie so ernst über den Gegenstand, weil es ihr schmerzlich war, so viele Jahre ihres Christenlebens vergeudet zu haben, wie sie sagte."

„Demnach meinen Sie also, alle wahren Christen sollten für den Herrn arbeiten?" fragte Röschen. „Wie können denn aber alle die gleiche Arbeit tun? Ist das möglich?"

„Wenn es auch nicht möglich ist, daß alle die gleiche Arbeit tun, so können und sollen doch alle wahren Christen ihres Meisters Werk treiben, der eine auf diese, der andere auf jene Art", erwiderte Alfred. „Die Kinder des Hauses haben jedes sein besonderes Amt oder Ämtchen; aber die Mitwirkung jedes einzelnen ist nötig, soll das Haus ein wirkliches Heim sein, in dem man sich wohl befindet, und jedes Glied der Familie muß den Geist der Liebe und Selbstverleugnung haben, um sein Amt recht verwalten zu können. Der Vergleich hinkt ein wenig, Fräulein Dennis, es ist nicht meine starke Seite, Vergleiche zu ziehen, aber vielleicht verstehen Sie, was ich meine."

„Ich verstehe Sie wohl", antwortete Röschen nachdenklich, „nur weiß ich nicht, ob ich Ihnen wirklich beistimmen kann. Wenn man die Sachen so nehmen wollte wie Sie, wäre das Leben doch gar zu ernst, Herr Ried."

„Ja, ist es denn nicht wirklich ungemein ernst?" entgegnete Alfred. „Übrigens meine ich, es ist auch wiederum etwas Herrliches um ein ernstes Christenleben. Wir sind doch nicht auf Erden, um die Zeit zu vertändeln!"

„Aber glauben Sie nicht, daß man auch das Recht hat, sein Leben zu genießen?" forschte Röschen weiter.

„Haben Sie schon jemanden gesehen, der sein Leben mehr zu genießen scheint als Frau Roberts, Fräulein Dennis?"

„Ach, bei Dora ist das etwas anderes", antwortete Röschen rasch, „sie hat besonderen Geschmack an solchen Dingen, obwohl ich gestehen muß, daß es nicht immer der Fall war. Papa dachte früher, sie finde nur Geschmack am Tanzen und habe auch nur dazu Begabung. Mit Dora ist eine merkwürdige Umwandlung vor sich gegangen, und Leute, die sie vor zwei Jahren kannten, würden sie kaum wiedererkennen."

„Dann haben Sie gleich ein Beispiel, an dem Sie sich klar machen können, was ich eigentlich meine", erwiderte Alfred. „Ich glaube, unser Christentum sollte die Macht haben, unserem Geschmack und unseren Lebensplänen und Anschauungen eine andere Richtung zu geben, uns für den Gebrauch unseres Herrn und Meisters geschickt machen."

„Was sollen wir dann aber von all den sogenannten Gläubigen unserer Bekanntschaft denken?" fragte Röschen zögernd.

„Ach, mit dieser Frage halten Sie sich nicht auf, liebes Fräulein!" antwortete Alfred ernst. „Ich versichere Ihnen, Sie laufen sonst Gefahr, Schiffbruch an Ihrem Glück zu leiden. Das weiß ich aus eigener Erfahrung, denn ich habe mich lange vergeblich damit herumgeschlagen, bis mir endlich klar wurde, daß ich nur für meine eigene Seele verantwortlich bin und meine Brüder und Schwestern getrost dem Herrn überlassen kann."

Eine Weile schwieg Röschen und ließ leise die Finger über die Tasten gleiten, dann fragte sie plötzlich: „Was meinen Sie wohl, wird Dora ihren letzten Plan ausführen? Fürchten Sie nicht auch, daß sie herzlich wenig mit den Jungen ausrichten wird?"

Offenbar bewegte die Frage den jungen Mann aufs tiefste; denn seine Augen schimmerten feucht, und seine Stimme zitterte, als er antwortete:

„Ich kann es kaum aussprechen, wie es mir beim Gedanken an diese Jungen ums Herz ist. Ich habe schon so lange etwas für sie zu tun gewünscht und hegte doch nicht die geringste Hoffnung für sie. Erinnern Sie sich, wie mutlos Elias unter der Kürbisstaude saß, weil er meinte, er wäre der einzige, der seine Knie nicht vor Baal gebeugt hatte, und wie ihm der Herr seinen Irrtum zeigte und ihm sagte, es seien noch fünftausend andere übrig, die Jehova treu geblieben seien? So anmaßend es klingen mag, manchmal ist es mir ähnlich ergangen wie dem Propheten, und ich dachte, ich sei der einzige, dem die Jungen am Herzen lägen.

Seit ich aber Frau Roberts und Doktor Everett und Herrn Roberts kennengelernt und gesehen habe, wie sie gerade auf die jungen Leute in der Stadt einzuwirken suchen, besonders aber seit ich den letzten, schönen Montagabend miterleben und sehen durfte, wie zwei gebildete Damen ihre Gaben in den Dienst des Herrn stellten, um die armen, verwahrlosten Burschen für Christum zu gewinnen, wurde mir klar, daß es Mittel und Wege gibt, die Aufgabe zu lösen, von denen ich bisher nichts verstand, und daß der Herr auch seine Leute hat, welche die Arbeit durchführen werden. Ich bin überzeugt, mit Ihrem Klavierspiel haben Sie mehr Eindruck auf die Jungen gemacht, als Sie ahnen, Fräulein Dennis. Bisher hatte ich die Musik nie in dieser Weise in den Dienst des Herrn gestellt gesehen."

Röschen blickte verlegen auf die Tasten. Es war eine neue Erfahrung für sie, zu den christlichen Arbeitern gezählt zu werden. Nach einer Pause sagte sie daher aufrichtig:

„Sie müssen mich nicht mit Dora in eine Linie stellen, Herr Ried. Ich bin ihr nicht im geringsten ähnlich, bin weder liebevoll noch selbstverleugnend wie sie, überhaupt spielte ich nur, weil sie mich darum bat."

Dennoch tat ihr des jungen Mannes leise Erwiderung: „An ihren Früchten sollt ihr sie erkennen" wohl. „Wie verschieden ist dieser Herr Ried doch von den anderen jungen Leuten meiner Bekanntschaft!" mußte sie sich sagen.

Von dem anderen Ende des Zimmers erklang eine kräftige, wohltönende Stimme.

„Ach, da ist ja Doktor Everett!" sagte Alfred Ried sichtlich erfreut. „Wenn Sie das Bild eines echten Christen sehen wollen, so sehen Sie ihn einmal genau an; er ist ein prächtiger Mann, wie es wohl wenige auf Erden gibt."

Unter dem Schutz der weiten Entfernung betrachtete sich Röschen den Fremden und mußte gestehen, daß er wenigstens dem Äußeren nach einen sehr angenehmen Eindruck machte. Offenbar war er ganz Auge und Ohr für die Unterhaltung, die zwischen ihm und Frau Roberts im Gange war, und von der dann und wann ein Satz zu den jungen Leuten herüberdrang.

„O, er ist noch jung", sagte Doktor Everett, „mit der Zeit wird er sich gewiß erholen, nur fürchte ich, er wird seine frühere Beschäftigung noch lange nicht wieder aufnehmen können."

„Wissen Sie, von wem er spricht?“ fragte Röschen Herrn Ried.

„Wahrscheinlich von dem jungen Calkins, der das Bein gebrochen hat“, antwortete Alfred. „Er nimmt sich seiner sehr an und möchte ihm gern eine weniger anstrengende Beschäftigung ausfindig machen. Doktor Everett hat immer jemanden, dessen er sich in besonderer Weise annimmt.“

„Immer unter den Armen und Verwahrlosten?“ fragte Röschen. Alfred lachte.

„Das nicht gerade“, erwiderte er. „Ich kenne mehrere ganz wohlhabende junge Leute, die er aufs sorgfältigste überwacht, aber den Armen widmet er allerdings seine ganz besondere Fürsorge. Er ist einer der hervorragendsten Ärzte der Stadt und hat daher natürlich außerordentlich viel zu tun, dennoch macht er nebenbei so viele Armenbesuche, daß er schon kaum mehr anders genannt wird als der ‚Armendoktor‘, und er ist stolz auf den Titel, wie er mir sagte.“

In diesem Augenblick rief Frau Roberts die jungen Leute, und Röschen hatte Gelegenheit, den Mann genauer zu beobachten, von dem sie so viel Gutes gehört hatte. Nachdem er sie herzlich begrüßt hatte, zog er sie sogleich ins Gespräch, indem er sie, offenbar in der Voraussetzung, daß sie eines Geistes mit der Herrin des Hauses sei, in der mit Frau Roberts verhandelten Angelegenheit nach ihrer Ansicht fragte.

Was das junge Mädchen an jenem Tag sah, war wohl dazu angetan, ihr ganz andere Lebensanschauungen beizubringen, als sie bisher besessen hatte. Ein feingebildeter Herr, der in jeder Weise berechtigt war, in der besten Gesellschaft zu glänzen, und der, ohne Geistlicher zu sein, völlig in Bestrebungen aufging, die sie bisher ausschließlich für das Amt der

Geistlichen gehalten hatte, war ihr etwas Neues. Überdies freute es Röschen, sich nun schon zum zweiten Mal an jenem Abend unter die ernsten Reichsgottesarbeiter gerechnet zu sehen und sich in Doktor Everetts klarer, fester Stimme angeredet zu hören:

„Fräulein Dennis, wüßten Sie uns etwa Mittel und Wege anzugeben, wie junge Mädchen am besten zum Lesen guter Bücher angeregt werden können? Natürlich rede ich von Mädchen, die überhaupt wenig oder nichts gelesen haben."

„Offen gestanden, habe ich nie darüber nachgedacht", antwortete Röschen errötend. „Ich sollte jedoch denken, es wäre vielleicht das Beste, fürs erste eins der Mädchen genau zu beobachten, um ausfindig zu machen, was es wohl interessieren und ihm nützlich sein könnte, und danach meinen Einfluß dahin geltend zu machen, daß die Betreffende läse, was ich für gut fände."

„Mit einem Wort: es zuerst mit einer versuchen, meinen Sie. Das ist ein guter Gedanke!" sagte Doktor Everett mit einem Blick des Einverständnisses auf Frau Roberts. „Ich komme je länger, je mehr zu der Überzeugung, daß wir dem Einzelnen beizukommen suchen müssen, wollen wir Aussicht auf Erfolg haben."

So wurde eine Weile über dieses und jenes gesprochen, und Röschen fühlte sich so angeregt von der Unterhaltung, daß sie mehr als gewöhnlich aus sich herausging und Ansichten über Dinge äußerte, über die sie sonst selten nachgedacht hatte.

Da kam der Diener ins Zimmer und überreichte Frau Roberts eine Visitenkarte mit den Worten:

„Für Fräulein Dennis."

Die Dame zögerte einen Augenblick, und es hatte den

Anschein, als suche sie den Namen zu entziffern, dann sagte sie vollkommen ruhig:

„Professor Ellis wünscht dir seinen Besuch zu machen. Willst du ihn empfangen, Röschen?"

Seit ich Gelegenheit gehabt habe, Frau Roberts näher kennenzulernen, habe ich sie aufmerksam beobachtet, um mir Rechenschaft zu geben, was für einen Eindruck ihre kindlich unbefangene Art wohl auf Weltleute macht, und ich bin zu dem Schluß gekommen, daß sie gerade durch ihre Offenherzigkeit die Menschen zu deren Vorteil täuscht, wie zum Beispiel in diesem Fall Röschen Dennis. Ehe sie die Frage an Röschen richtete, ob sie den Professor empfangen wolle, hatte sie einen Augenblick überlegt, was sie tun solle, und hatte sich sofort gesagt, daß vollkommene Offenheit das einzig Richtige sei.

Mit der betreffenden Frage wollte sie Röschen nur andeuten, daß sie ihr vertraue und überzeugt sei, sie werde nichts tun, was ihr Vater nicht gutheißen könnte. Röschen sagten die Worte jedoch etwas ganz anderes. In dem Augenblick, als ihr ihr Vater von Frau Roberts Einladung sagte und ihr erlaubte, Dora auf einige Wochen zu besuchen, erwachte in dem eigenwilligen Mädchen das Mißtrauen, daß ihre Stiefmutter diesen Plan ersonnen habe, um sie eine Zeitlang auf bequeme Art aus dem Weg zu schaffen. Sie redete sich ein, Frau Dennis habe ihrer Freundin ein langes Sündenregister über sie geschrieben und ihr aufs strengste anempfohlen, Professor Ellis fernzuhalten. Hätte sie nicht gar zu große Lust gehabt, das berühmte New York kennenzulernen, so hätte sie der Stiefmutter Plan sofort vereitelt und rundweg erklärt, sie wolle lieber zu Hause bleiben, so aber überwand sie ihren Stolz und folgte der Einladung. Die unbefangen klingende Frage ihrer Freundin zerstörte nun ein ganzes

Bollwerk von mißtrauischen Gedanken. Wie hätte ihr Dora die Entscheidung, ob sie den Professor empfangen wolle oder nicht, so ruhig anheimstellen können, wenn ihr die Möglichkeit angedeutet worden wäre, der Mann könne es auf eine Entführung ihres Gastes abgesehen haben?

„Ja, gern, wenn du nichts dagegen hast", antwortete Röschen mit glühenden Wangen, worauf Frau Roberts sofort den Befehl gab, der Herr solle hereingeführt werden.

Röschen sollte an jenem Abend noch manche gute Lehre empfangen. Dazu gehörte vor allem, daß Professor Ellis trotz seines tadellosen Anzugs, seiner außerordentlichen Höflichkeit, seiner formvollendeten Verbeugung, seines verbindlichen Lächelns und seiner genauen Kenntnis der Anstandsregeln gegen Doktor Everett und sogar gegen den jungen Ried sehr zu seinem Nachteil abstach.

Röschen konnte sich dies zuerst nicht erklären und sah ganz verwirrt drein. Ein Versuch des Doktors, den Fremden in das sie alle so lebhaft interessierende Gespräch zu ziehen, scheiterte gänzlich. Es war gerade, als werde in einem bisher fehlerfrei gespielten Stück plötzlich ein falscher Ton angeschlagen. Was wußte Professor Ellis von Bestrebungen, jungen Geschäftsleuten unter die Arme zu greifen, oder von Mitteln zur sittlichen Hebung der Verwahrlosten oder von passenden Büchern für ungebildete Mädchen? Und doch hatte Röschen sich eingebildet, er müsse auf jedem Gebiet zu Hause sein, besonders auf literarischem! Konnte er doch sogar fließend französisch lesen! Ja, aber was las er? Französische Romane, und zwar solche, deren Namen er Röschen nicht einmal hätte nennen dürfen, wenn er nicht gewußt hätte, daß das Mädchen nicht genug Französisch konnte, um je mit einem solchen Machwerk in Berührung zu kommen. Übrigens las er auch der englischen Bücher gar viele, von denen Röschen nie ein Exemplar mit ihres Vaters Wissen hätte ins Haus bringen dürfen, und ein solches hinter seinem Rücken zu lesen, dazu war sie zu ehrenhaft. Allerdings, während der Professor einerseits vorgab, diesen Zug an der Tochter zu bewundern, hatte er dem siebzehnjährigen Mädchen andererseits schonend den Gedanken beizubringen gesucht, das seien nur engherzige, mit dem Predigerberuf zusammenhängende Ansichten ihres Vaters. Er verstand es mit einem Wort meisterhaft, die Giftpillen, die er Röschen reichte, zu verzuckern, und das Mädchen war zu jung, um den Widerspruch in seinen Worten herauszufinden.

16. Gelegenheit zur Arbeit

Unwillkürlich drängte sich nun Röschen Dennis die Frage auf: „Wenn Professor Ellis wirklich von so schönen, veredelnden Büchern weiß, die zur Aufklärung des Menschengeschlechts dienen würden, wie er mir so oft sagte, warum nennt er sie denn nicht? Gegenwärtig ist kein Geistlicher hier, dessen engherzige Ansichten er damit zu verletzen fürchten müßte. Weiß er denn, ob die Anwesenden in der Aufklärung nicht ebenso weit vorgeschritten sind wie er?"

Wenn sie sich dieser Gedanken auch nicht klar bewußt war, so erregten sie doch einen Zweifel in ihrer Seele, und als der Professor schließlich, ohne die einfachsten Regeln des Anstands zu beachten, Röschen auf Französisch anredete, geriet das Mädchen in solche Verlegenheit, daß es Mühe hatte, den Sinn seiner Worte auch nur einigermaßen zu verstehen.

„Wenn Sie nur wenigstens besser französisch sprechen könnten, daß wir dieser Plagerei überhoben wären!" sagte der Professor endlich ungeduldig. „Muß sich die arme, kleine Gefangene viel Derartiges gefallen lassen? Könnten wir nicht ins Musikzimmer entfliehen und die Sachen dort besprechen?"

Erschrocken blickte Röschen sich um, um zu sehen, ob nicht etwa einer der anderen den Satz besser verstand als sie; denn wer bürgte ihr dafür, daß der Professor nicht irgend etwas Entsetzliches gesagt hatte? Alfred war jedoch eifrig damit beschäftigt, den Titel eines Buches aufzusuchen, dessen er sich nicht recht erinnern konnte, und Doktor Everett kannte offenbar nur seine Muttersprache. Bald darauf gelang es Röschen, mit ihrem Besuch ins Musikzimmer zu entrinnen, ohne daß es Aufsehen erregt hätte, da der Professor als guter Spieler bekannt war. Eine Weile erschallte denn auch die herrlichste Musik, und die Anwesenden, zu denen sich mittlerweile auch Herr Roberts gesellt hatte, lauschten wie gebannt. Allmählich wurde das Spiel jedoch leiser und leiser und hörte schließlich ganz auf, während sich der Professor zu Röschen niederbeugte und endlich den freien Gebrauch seiner Zunge wiedergefunden zu haben schien.

Mittlerweile war es Frau Roberts durchaus nicht wohl zumute: „Was würden Herr Dennis und Marianne sagen, könnten sie in diesem Augenblick ins Musikzimmer sehen?“ fragte sie sich. Erwies sie sich des in sie gesetzten Vertrauens würdig? Und doch, was konnte sie tun? Sie suchte sich an der Unterhaltung zu beteiligen, aber der besorgte Blick, den sie von Zeit zu Zeit ins Musikzimmer schweifen ließ, verriet Doktor Everetts scharfem Auge ihre Unruhe.

„Nehmen Sie ein besonderes Interesse an dem Mann?“ fragte er schließlich.

„An dem Mädchen wenigstens“, antwortete Frau Roberts matt lächelnd.

„Die Gesellschaft, in der sich Ihr Gast augenblicklich befindet, ist allem Anschein nach nicht sehr nach Ihrem Sinn?“ entgegnete der Doktor.

„Gar nicht“, lautete die rasche Antwort, worauf Herr Roberts sagte:

„Darf ich wissen, ob Sie einen besonderen Grund zu Ihrer Frage haben, Herr Doktor?“

„Möglicherweise nicht“, erwiderte der Doktor vorsichtig. „Es kann leicht sein, daß ich mich in der Person irre. Frau Roberts, wäre es Ihnen recht, wenn ich nähere Erkundigungen über den Mann einzöge, selbst auf die Gefahr hin, etwas Nachteiliges über ihn zu erfahren?“

„Aus gewissen Gründen wäre es außerordentlich wichtig, genaue Auskunft über den Professor zu erlangen, und ich möchte Sie darum herzlich bitten, mir eingehend mitzuteilen, was Sie erfahren können", antwortete Frau Roberts. „Darf ich Sie also damit beauftragen, die nötigen Erkundigungen einzuziehen?"

Doktor Everett verbeugte sich, und der Gegenstand des Gesprächs wurde sofort fallengelassen.

In der folgenden Woche wurden in Frau Roberts wohlgeregeltem Haushalt allerlei Neuerungen getroffen. Am Ende des Gewächshauses befand sich ein heller, großer, bisher unbenutzt gebliebener Raum, der zur Erweiterung des ersteren dienen sollte, wenn darin nicht mehr genug Platz für die ungehinderte Entfaltung der Pflanzen sein würde; aber in der Hausfrau Herzen hatten mittlerweile andere Pflanzen Wurzel gefaßt und sich entfaltet. Zu Anfang der Woche war das unbenutzte Zimmer daher geöffnet und gründlich gesäubert worden, und am Samstagabend würde es kein Mensch wiedererkannt haben, so völlig war es umgewandelt.

Ein moosgrüner Teppich lag auf dem Boden, und Lehnstühle und Divans von gleicher Farbe standen rings umher. An den Wänden hingen einige schöne Kupferstiche und Landkarten. Ein langer Tisch mit einer Anzahl bequemer Schubladen und Fächer befand sich in der Mitte des Zimmers, und darauf lagen Schreibmappen, Federn, Bleistifte, kurz alles, was zum Schreiben oder Zeichnen nötig ist, in reicher Auswahl. Außerdem waren noch eine Menge kleiner Tische von verschiedenster Form hier und dort in Ecken und Fensternischen angebracht. Das lange, gemütliche Zimmer machte nichts weniger als den Eindruck eines Lernsaals, und doch fehlte nichts darin, was Schülern Freude am Studieren beibringen oder ihnen nützlich sein konnte. In einem

Erker standen ein Harmonium und ein Notenständer mit allen möglichen Liederbüchern und sonstigen Musikalien. Als Frau Roberts sah, wie sich des jungen Rieds Blicke aufmerksam auf das Instrument richteten, sagte sie: „Ich erwarte, daß wir später manches Stündchen am Sonntagabend in diesem Zimmer verleben werden, mittlerweile wollen wir uns an den Montagabenden um den Tisch hier versammeln. Sieht das Zimmer nicht ganz behaglich aus, Herr Ried?“

Alfred war zu bewegt, um antworten zu können. Sein Blick war soeben auf einen Wandspruch gefallen, der die Worte enthielt: „So lasset uns nun nicht schlafen wie die anderen, sondern wachen und nüchtern sein“, seiner Schwester Lieblingsspruch, über den sie vielleicht mehr mit ihm gesprochen hatte, als über irgendeinen anderen, der zu Häupten ihres Sarges gehangen, da er als kleiner Junge bei der Aussegnung der geliebten Heimgegangenen neben ihr gestanden und bald auf ihre teuren Züge, bald auf den Spruch über ihr geblickt hatte.

„Das ist Ihr Platz“, sagte Frau Roberts mit bedeutungsvollem Lächeln, und er verstand wohl, daß sie damit meinte, es biete sich ihm nun die Gelegenheit, an seiner Schwester Statt diesen Spruch auszuleben. „Ja wahrlich, ich will es wenigstens versuchen!“ gelobte er sich im stillen.

„Als Studierzimmer ist es jedenfalls reizend und äußerst zweckentsprechend“, rief Röschen entzückt. „Geschmack hast du, Dora, das muß man dir lassen, und auch die Gabe, einen Raum behaglich einzurichten, nur verstehe ich nicht recht, was du mit dem Zimmer vor hast.“

Hierauf forderte Frau Roberts die Anwesenden auf, Platz zu nehmen, um die wichtige Frage, was zunächst versucht werden solle, gemütlich zu besprechen. Ob Esther in diesem

Augenblick wohl von ihrer Heimat droben in den Wohnungen des Lichts auf die kleine Gruppe herabsah und sich freute, daß das von ihr geplante Werk nun tatsächlich zur Ausführung kommen sollte, und zwar in einer noch viel ausgiebigeren Weise, als sie es je für möglich gehalten hätte? Nicht nur hatte sie in ihrem kleinen Bruder ein Streben geweckt, das mit den Jahren immer reger geworden war und ihn von manchen Versuchungen ferngehalten hatte, sondern sie hatte durch ihren Einfluß Hebel in Bewegung gesetzt, durch die dieser geliebte Bruder in dem so viele Gefahren ausgesetzten Jünglingsalter mit Leuten wie Herr und Frau Roberts in so freundschaftliche Beziehungen trat, daß er mit ihnen gemeinsam an der Rettung anderer jungen Leute arbeiten durfte. Ohne jenes rege Streben, das Esther in seiner Kindheit in ihm geweckt hatte, hätte sich Alfred jetzt vielleicht in einem ganz anderen Kreis bewegt und ganz andere Dinge geplant.

Röschen Dennis befand sich noch außerhalb dieses Kreises. Sie konnte dem zur Beratung vorgeschlagenen Gegenstand ihre Teilnahme nicht versagen, denn sie zählte zu den Gläubigen und hatte sich zeitlebens in christlicher Umgebung befunden, dennoch kamen ihr manche Ideen ihrer Freunde recht überspannt vor: Erstens war sie bisher nie mit Leuten zusammengekommen, die in ihrer Art, für den Herrn zu arbeiten, über das Herkömmliche hinausgingen, und zweitens war sie in der letzten Zeit viel in Gesellschaft von Professor Ellis gewesen, der mehr oder weniger über jedes christliche Liebeswerk spöttelte und sozusagen an nichts glaubte. Gerade der Umstand, daß er das nicht offen aussprach, war doppelt gefährlich für Röschen, denn es wirkte wie ein verborgenes Gift in ihrer Seele fort. So sehr die wilden Jungen sie darum auch einerseits interessierten, so hielt sie Doras Bemühungen um dieselben doch für recht schwärmerisch und war fest überzeugt, daß nichts Gutes bei ihnen herauskommen werde. Ihrer Meinung nach war es unbegreiflich, daß Herr Roberts seine Frau ruhig gewähren ließ. War er wirklich so in sie vernarrt, daß er ihr selbst die törichtesten Wünsche nicht abschlagen konnte? Und wie merkwürdig, daß ein junger Mann wie Alfred Ried zur Ausführung solch überspannter Pläne die Hand reichen mochte! Was für eine Macht mußte seiner Schwester Einfluß heute noch auf ihn ausüben, um das zu bewirken! Daß sich Christi Einfluß hier in seinem Jünger betätigte, daran dachte Röschen nicht. Trotz all ihrer Bedenken lauschte sie indes aufmerksam den Vorschlägen, die für den nächsten Montagabend gemacht wurden, und gewann schließlich solches Interesse daran, daß sie ganz ärgerlich wurde, als die Glocke in der Haustür ertönte.

„Wie schade, daß nun wahrscheinlich Besuch kommt!" rief sie aus. „Dora, hoffst du nicht auch, daß es jemand ist, der Herrn Roberts in Geschäftsangelegenheiten zu sprechen wünscht?"

„Das könnte ich nicht behaupten", antwortete die Angeredete lachend, „ich brauche jetzt meinen Mann notwendig. Eduard, ich schlage vor, wir lassen uns heute abend entschuldigen, wenn Besuche kommen, denn es gibt noch so mancherlei zu besprechen."

„Laß uns erst sehen, ob uns der Herr nicht vielleicht jemanden schickt, der uns helfen könnte, oder dem wir irgendwie dienen dürfen", antwortete Herr Roberts nach kurzer Überlegung.

„Ach, es ist Doktor Everett!" rief seine Frau erfreut, als ihr die Visitenkarte eingehändigt wurde. „Führe ihn doch sogleich herein, Eduard! Du hast recht gehabt, der Herr hat ihn uns geschickt, um uns zu helfen. Wenn ich auch noch nicht ahne, inwiefern, bin ich doch fest überzeugt, daß er gerade der Mann ist, den wir brauchen."

In wenigen Minuten war Doktor Everett in bezug auf die stattfindende Beratung auf dem laufenden, so neu ihm die ins Auge gefaßten Pläne auch waren. Seine Augen glänzten, und er sagte mit großem Nachdruck: „Ried, wenn des Menschen Sohn kommen wird, so wird er doch noch Glauben finden auf Erden!"

Hierauf hörte er den verschiedenen Vorschlägen mit gespanntester Aufmerksamkeit zu, stellte allerhand Fragen und erteilte mannigfache, wertvolle Ratschläge.

* * *

Merkwürdig genug sah das neu eingerichtete Studierzimmer am Montagabend aus, als sich die Jungen darin befanden. Man wußte wahrlich nicht recht, sollte man darüber lachen oder weinen. Wie wenig schienen die schmutzigen, zerrissenen Lumpen, die struppigen Haare und ungewaschene Hände in den peinlich sauberen, schön ausgestatteten Raum zu passen! Es kam eben darauf an, von welchem Standpunkt aus man die Sache ansah, ob man auf die Zukunft hinauszublicken und zu hoffen imstande war oder nicht. Doktor Everett zum Beispiel dachte daran, was aus den zerlumpten Jungen noch werden konnte, und freute sich ihres Anblicks. Röschen Dennis erwartete mit Bestimmtheit, daß alle Mühe an ihnen vergeblich sein werde, und bedauerte dies um ihrer Freunde willen. Frau Roberts hingegen dachte weder an Erfolg noch an Mißlingen der Arbeit, sondern suchte nur auf alle erdenkliche Weise die Ausführung des Planes zu fördern, den ihr, wie sie fest glaubte, der Geist Gottes eingegeben hatte. Sie wußte, wenn er wirklich von Gott war, so konnte er nicht mißlingen; hatte sie sich hingegen geirrt und ihre eigenen Gedanken für eine Eingebung Gottes gehalten, so schadete es nichts, wenn der Plan fehlschlug, dann mußte sie eben etwas anderes versuchen.

Die Jungen selbst fühlten sich offenbar freier in dem einfacher eingerichteten Raum als im Gesellschaftszimmer. Sie waren wieder vollzählig erschienen, sahen aber um kein Haar anständiger aus, als am Montag zuvor. Röschen war darüber nicht wenig empört; sie hatte wenigstens erwartet, daß sie sich Gesicht und Hände waschen würden, ehe sie kamen. Vielleicht hätte der eine oder andere der Jungen das auch gern getan, wenn ihm nicht gar zu viele Hindernisse im Weg gestanden hätten.

Bei der Beratung am Samstagabend war ausgemacht worden, daß Herr Roberts diesmal die Bekanntschaft seiner Gäste machen solle. Wenn die Jungen regelmäßig ins Haus kamen, mußte er sie kennen, falls er ihnen auf der Straße begegnete.

„Wißt ihr was?“ hatte er zu seiner Frau und den sonstigen Anwesenden gesagt, „ich werde mich selbst vorstellen. Du empfängst sie, Dora, und ziehst dich dann ein Weilchen zurück. Sobald du verschwunden bist, komme ich durch die Gewächshaustür herein und mache mich mit den Herrschaften bekannt, so gut ich kann. Nach zehn Minuten darfst du dann wieder erscheinen. Von euch anderen aber wage sich niemand herein, bis ich meine Rechte als Hausherr geltend gemacht habe, sonst werde ich eifersüchtig!“

Nach reiflicher Überlegung war Herrn Roberts Vorschlag einstimmig angenommen worden.

17. Der erste Unterricht

Röschen und Alfred Ried blieben im Lesezimmer, während sich Frau Roberts umsah, wer die Oberhand gewonnen hatte, die Jungen oder ihr Gastgeber.

„Ich fürchte, dieser Teil des in Aussicht genommenen Programms wird nicht viel Gutes wirken", vertraute Alfred Röschen an, sobald sich die Tür hinter Frau Roberts geschlossen hatte. „Die Burschen werden sich vor Herrn Roberts fürchten, und wir werden dadurch das bißchen Einfluß, das wir auf sie gewonnen haben, wieder verlieren."

„Mir sehen sie nicht danach aus, als könnten sie sich überhaupt vor irgend etwas oder vor irgend jemandem fürchten", sagte Röschen, aber Alfred, der gerade an dieser Klasse der menschlichen Gesellschaft besondere Charakterstudien gemacht hatte, erwiderte lebhaft: „O doch, ich versichere Ihnen, man kann es wohl dahin bringen, sie einzuschüchtern und ein solches Gefühl des Unbehagens in ihnen erzeugen, daß sie um keinen Preis wiederkommen möchten. Man darf sie nicht nach ihrem Benehmen in der Sonntagsschule beurteilen, denn den Saal im Südwestend betrachten sie sozusagen als ihr Eigentum; aber im eigenen Haus und in einer ihnen völlig fremden Umgebung hat man einen gewissen Vorteil über sie und kann leicht das Gefühl in ihnen wecken, als habe man sie in eine Falle gelockt, und nichts fürchten die Burschen mehr als das."

„Aber von Frau Roberts fühlten sie sich vorige Woche durchaus nicht eingeschüchtert, trotz der noch viel eleganteren Umgebung in den Gesellschaftsräumen", gab Röschen zu bedenken.

„Ja, Frau Roberts hat aber auch eine ganz besondere Weisheit im Umgang mit diesen Jungen, eine Weisheit, die von oben stammt“, antwortete Alfred leuchtenden Auges. „Ihr kommt hierin niemand gleich.“

Röschen mußte lachen, es kam ihr gar zu seltsam vor, daß ihre alte Bekannte Dora, auf die sie früher geringschätzig herabgesehen hatte, weil sie in der Schule nie ihre Rechenexempel richtig lösen konnte, eine Weisheit besitzen sollte, die andere Leute nicht hatten. Und doch, gerade weil Dora so völlig umgewandelt war, konnte das junge Mädchen nicht anders als anerkennen, daß nur Gott das gewirkt haben konnte, und unwillkürlich drängte sich dem stolzen Röschen der Gedanke auf: „Wenn der Herr schon an Dora so Großes getan, was würde er erst an Leuten zu tun imstande sein, denen er viel reichere Gaben verliehen hat, vorausgesetzt, daß sie sich von ihm in die Schule nehmen lassen?“

Bei diesen Gedanken wurde der Ausdruck ihres Gesichtes immer ernster, und der junge Mann ihr gegenüber, der die Veränderung gewahrte, fragte sich, wodurch dieselbe wohl hervorgerufen sein könnte. Was für ein schönes Gesicht es doch war, ja, mehr als schön; denn es sprach eine große Charakterstärke aus demselben, und es hatte auch eine gewisse Lieblichkeit, wenngleich ganz anderer Art, als er sie bei anderen gläubigen Mädchen wahrgenommen hatte. Unwillkürlich drängte sich ihm die Frage auf die Lippen: „Kennen Sie Frieda Sanders, Fräulein Dennis?“

„Nein“, antwortete Röschen lachend, „aber Dora und ich brennen schon lange darauf, sie kennenzulernen. Es ist uns wiederholt gesagt worden, wir müßten ihre Bekanntschaft machen, so daß wir uns vorgenommen haben, es bei erster Gelegenheit zu tun. Wer ist sie eigentlich? Ist sie auch anders als die übrigen Menschen?“

„Ja, das ist sie!“ antwortete Alfred im Ton tiefinnerster Überzeugung. „Sie ist die Tochter meiner Hausfrau und, wenn ich nicht irre, Doktor Everetts Verlobte. Ich kenne sie im Grunde nur wenig, aber so oft ich sie sehe, fällt mir auf, wie gut ihr Name zu ihr paßt. Es ist mir, als spiegle sich etwas von Christi Angesicht in dem ihren wider, nur begreife ich nicht recht, warum das nicht auch bei anderen der Fall ist, die Christo angehören.“

„Vielleicht liegt der Unterschied darin, daß die einen mehr von Christi Liebe durchdrungen sind, die anderen weniger“, sagte Röschen.

„So wird es wohl sein“, antwortete Alfred. „Ich fragte mich nur, ob ein Unterschied nötig ist. Wenn ich Christo angehöre, so *gehöre* ich ihm eben: entweder ganz oder gar nicht. Ein Mittelding gibt es nicht, sollte ich denken. Warum sehe ich dann nicht so aus, daß mir andere anmerken, daß Jesus in mir lebt?“

„Woher wissen Sie, daß man Ihnen das nicht anmerkt?“ fragte Röschen.

„Ach, leider weiß ich das nur zu genau“, lautete die traurige Antwort. „Manchmal, wenn mir so alles zu mißlingen scheint, merke ich recht gut, wie finster mein Gesicht wird, und doch suche ich die Schuld bei allen anderen eher als in mir, während sie jedenfalls meist an mir liegt. Aber ich kann Ihnen nicht sagen, Fräulein Dennis, wie sehr mich danach verlangt, daß der Herr Jesus auch aus meinem Gesicht leuchte.“

„Bei Ihren Worten fällt mir eine der Seligpreisungen ein, die ich als Kind lernte“, sagte Röschen, sichtlich bemüht, ihre Bewegung zu verbergen. *„Selig sind, die da hungert und dürstet nach der Gerechtigkeit, denn sie sollen satt werden.“*

„Danke!“ erwiderte Alfred ernst, „diese Verheißung hatte

ich nahezu vergessen. – Und doch“, fügte er nachdenklich hinzu, „glauben Sie, einer, der so recht nach etwas hungert und dürstet, ließe sich mit etwas anderem abspeisen? Ich habe ja Stunden, da es mir scheint, als hungere und dürste ich nur nach dem Herrn; aber sie gehen vorüber, und ganz andere Dinge, andere Pläne, ja, sogar allerlei Verdrießlichkeiten füllen dann wieder meine Gedanken aus, bis ich mit allem um mich her unzufrieden bin. Glauben Sie, daß ich so leicht von dem Gegenstand meines Sehnens abgelenkt werden könnte, wenn mein Verlangen ein aufrichtiges wäre?“

„Diese Frage kann ich Ihnen nicht beantworten“, entgegnete Röschen, indem sie sich abwandte. „Wie kommen Sie darauf, dieselbe an mich zu richten, ich habe Ihnen doch gesagt, daß ich nicht zu den Frommen gehöre. Fragen Sie solche Leute, die so ganz anders sind als gewöhnliche Sterbliche, wie zum Beispiel jene Frieda Sanders. Die wird es Ihnen sagen können. Ich weiß nur, daß wir in einer recht sonderbaren Welt leben, und daß diese lange nicht so schön ist, wie ich früher annahm. Am liebsten denke ich an gewisse Dinge gar nicht.“

Das Gespräch wurde in diesem Augenblick unterbrochen, denn die beiden wurden ins andere Zimmer gerufen. Schon von weitem schallte ihnen lautes Gelächter entgegen, so daß Röschen ihrem Gefährten noch vor der Tür zuraunte: „Man merkt nicht viel von Einschüchterung bei den Jungen.“

Als sie den hellerleuchteten Raum betraten, sahen sie nur lachende Gesichter um Herrn Roberts her, und dieser rief ihnen zu: „Ich habe unseren Gästen etwas aus meiner Soldatenzeit erzählt, und die Geschichte hat allgemeine Heiterkeit hervorgerufen, wie Sie sehen.“

Röschen schüttelte jedem der Jungen die Hand und nahm dann neben dem „flinken Richard“ Platz, der ihr vertraulich zuflüsterte: „Der Mann versteht das Erzählen, wer ist es eigentlich?"

„Es ist Herr Roberts, der Herr des Hauses und der Teilhaber des großen Kurzwarengeschäftes in der Königinstraße; kennen Sie ihn nicht?"

„Du meine Güte!" rief der „flinke Richard" und blickte verwundert um sich. Er sah ganz verdutzt drein, und eine Minute lang hatte es den Anschein, als sei er wirklich etwas eingeschüchtert. Hätte man seinen Gedankengang verfolgen können, so hätte man ihn wohl zu sich selbst sagen hören: „Und ich sitze da auf einem seiner bequemen Lehnstühle und lache mich halbtot über seine lustigen Geschichten; das hätte ich mir doch in meinem Leben nicht träumen lassen! Wenn ich nur ahnen könnte, was sie im Grunde vorhaben."

Nun sollte endlich zu der für den Abend in Aussicht genommenen Beschäftigung übergegangen werden. Eine richtige Darstellung dieses Abends zu geben, ist übrigens eine sehr schwierige Aufgabe. Jede Handlung, ja, beinahe jedes Wort hatte vorher reiflich erwogen werden müssen und sollte doch den Eindruck des Zufälligen erwecken, denn wenn die Redensart: „Man merkt die Absicht und wird verstimmt" je auf jemanden anwendbar war, so auf diese Jungen. Frau Roberts hatte zum Beispiel nichts Geringeres im Sinn, als ihre Gäste lesen und schreiben zu lehren, wußte aber recht gut, daß es durchaus nicht angebracht war, ihnen das offen zu sagen; denn sie gehörten nicht zu den jungen Leuten, die zu dem Besuch von Abendkursen überredet werden können. Es gibt deren ja welche, Markus Calkins zum Beispiel hätte eine solche Gelegenheit mit Freuden ergriffen; aber sie standen eine Stufe tiefer und witterten hinter Abendkursen eine Beeinträchtigung ihrer Freiheit. Darum mußte äußerst diplomatisch zu Werke gegangen werden. Frau Roberts hatte sich ihren Feldzugsplan bis aufs kleinste zurechtgelegt. In möglichst unbefangener Weise lenkte sie das Gespräch auf die verschiedenartigen Handschriften, holte ein altes Album hervor, in das sich alle möglichen berühmten und weniger berühmten Leute eingetragen hatten, ließ die Gesellschaft die guten Schreiber und die schlechten heraussuchen und veranlaßte schließlich von einem der Anwesenden die Bemerkung, daß eine schöne Handschrift eine gar nicht zu verachtende Kunst sei.

„Das will ich meinen!“ erwiderte Herr Roberts. „Zuweilen hängt eines Menschen ganze Laufbahn davon ab, ob er eine schöne Handschrift hat oder nicht. Ich selbst habe schon manchen sonst brauchbaren jungen Mann, der Anstellung in unserem Geschäft suchte, abweisen müssen, weil man Mühe hatte, seine Schrift zu entziffern. Wie steht es in dieser Beziehung bei Ihnen, Fräulein Röschen? Schreiben Sie schön?“

Diese Frage war nicht vorher geplant worden und kam daher so unerwartet, daß Röschen einen Augenblick sichtlich in Verlegenheit geriet, doch faßte sie sich bald wieder und antwortete offen: „Nein, leider nicht, Herr Roberts, im Gegenteil, ich schreibe so schlecht, daß mir Papa noch auf dem Weg zum Bahnhof sagte, ich solle doch alle Tage zu seinem Freund, Doktor Stuart, gehen und mich auf dessen Schreibmaschine üben.“

„Was ist das, eine Schreibmaschine?“ fragte der „flinke Richard“ neugierig.

„Ach, eine neue Erfindung“, erwiderte Röschen. „Genau beschreiben kann ich das Ding ja nicht, da ich es noch nicht in der Nähe gesehen habe. Ich weiß nur, daß sich Leute, die viel zu schreiben haben, neuerdings einer Maschine anstatt der Feder bedienen, und Papa meint, wer nicht leserlich schreiben kann, sollte sich die neue Erfindung zu nutze machen, um seinen Angehörigen und Freunden die Mühe zu sparen, so lange an seinen Briefen herumstudieren zu müssen.“

„Haben Sie wirklich noch keine dieser Maschinen in Tätigkeit gesehen, Fräulein Röschen?“ sagte Herr Roberts verwundert. „Eigentlich wäre es ganz praktisch, ich ließe so ein Ding einmal kommen, und wir überzeugten uns selbst, wie es geht. Ich will morgen eins herausschicken. Sie können sich dann die Woche über im Schreiben üben, Fräulein Röschen, und uns nächsten Montag einen Vortrag über die neue Erfindung halten. Ihrem Herrn Vater kann auf diese Weise zugleich die Freude zuteil werden, einmal einen schön geschriebenen Brief von seiner Tochter zu bekommen.“

Wie sich denken läßt, war dieser Plan bezüglich der Schreibmaschine keine abgekartete Sache, vielmehr eine Abweichung vom eigentlichen Programm, die dem Umstand entsprang, daß Herrn Roberts wachsames Auge die Blicke des „flinken Richard“ aufleuchten sah, sobald von einer Maschine die Rede war. Einer der Hauptzwecke dieses Abends sollte ja sein, die Charaktere der sieben Jungen zu studieren.

Nach dieser kurzen Abweichung von dem geplanten Programm suchte Herr Roberts wieder in die vorige Bahn einzulenken und sagte daher rasch: „Meiner Meinung nach wäre es übrigens ein Fehler, zur Maschine seine Zuflucht zu nehmen, nur weil man nicht ordentlich schreiben kann. Lieber würde ich mir Mühe geben, mir eine bessere Handschrift anzueignen. Ich weiß, wer von uns eine besondere Kunstfertigkeit im Schreiben besitzt und uns vielleicht die nötige Anleitung geben könnte. Habe ich Ihnen je erzählt, Ried, daß Ihr erster Brief an mich die Veranlassung zu Ihrer

Anstellung in unserem Geschäft war? Frau, ich schlage vor, daß wir sofort mit dem Schreibunterricht beginnen, wenn du nichts dagegen hast. Wollen Sie uns in die Lehre nehmen, Herr Ried?“

Die Frage setzte den jungen Mann offenbar in Verlegenheit, denn er wurde dunkelrot. Röschen kam ihm indes zu Hilfe, indem sie lachend erwiderte: „Ich weiß noch gar nicht bestimmt, ob ich mich an dem Unterricht beteiligen werde. Niemand gibt sich gern Blößen, ich möchte daher vor allem wissen, wie bei der Sache verfahren werden wird? Muß jeder zuerst eine Probeschrift einliefern? Wenn das der Fall ist, tue ich nämlich nicht mit.“

Das Gespräch drehte sich noch eine Weile um diesen Gegenstand, und Herr und Frau Roberts, Doktor Everett und Röschen bestürmten Alfred Ried dermaßen mit Fragen, daß er lachend erklärte, er fühle sich schon ganz als Professor. Die Jungen waren scheinbar völlig in Vergessenheit geraten. Dadurch fühlten sie sich behaglich und hörten nicht nur mit gespannter Aufmerksamkeit zu, sondern fanden es offenbar höchst belustigend, daß diese vornehmen Herren und Damen so sehr darauf brannten, Schreibunterricht zu nehmen.

Keinem der sieben schien anfangs auch nur der Gedanke zu kommen, daß sie an dem Unterricht teilnehmen sollten, wenn sie vielleicht auch nicht alle im gleichen Maße verwundert waren, als schließlich jeder mit Papier und Feder versehen wurde. Die anderen Beteiligten erinnerten sich später nur, daß einige der Jungen nachdrücklich den Kopf schüttelten, und daß der „flinke Richard“ deutlich sagte: „Fällt mir nicht ein mitzutun! Ich kann so wenig schreiben wie eine Ente, und ich werde es auch nicht lernen, wenn ich hundert Jahre alt werde.“ Frau Roberts sah, wie des „schwarzen

Robert“ Gesicht noch finsterer wurde, und wie er zornig die Feder von sich schleuderte; aber niemand tat als höre er die unartigen Worte, oder als bemerke er die zornigen Gebärden. Als endlich der Unterricht begann, sahen die nachzuahmenden Striche so leicht aus, die Versuche der Herren und Damen aber waren so wenig nach dem Sinn des Lehrers, wurden so scharf von diesem getadelt, und der Tadel wurde so lustig aufgenommen, daß dem „flinken Richard“ die ganze Sache schließlich wie ein Scherz vorkam und er von einer unwiderstehlichen Lust ergriffen wurde mitzutun.

Ein Junge nach dem anderen folgte seinem Beispiel, und Ried ließ es sich angelegen sein, Stephan Halter und Röschen Dennis in einem Atemzug für gelungene Haar- und Grundstriche zu loben, Frau Roberts und den „flinken Richard“ hingegen schlechter Handhaltung wegen zu tadeln.

Bald waren alle so völlig in ihre Beschäftigung vertieft, daß nur der Hausfrau der Augenblick nicht entging, als Robert Colsen seine Feder verstohlen wieder an sich zog und sich an einem U-Häkchen versuchte, dessen Ausführung selbst Doktor Everett nicht recht gelingen wollte; und wie errötete der Junge vor innerer Befriedigung, als ihm Alfred Ried schließlich das Zeugnis gab, er sei der einzige in der Gesellschaft, der ein ordentliches Häkchen zustande gebracht habe!

In jenem Augenblick hätte ihn selbst seine Schwester Martha nicht wiedererkannt, so verändert sah er aus; Frau Roberts aber beugte sich tief über ihre Schreiberei, und ein leises „Gott sei Dank!“, das nur ihr Herr und Meister hörte, entrang sich ihren Lippen.

18. Kleine Opfer

So erfolgreich wie jener Montagabend sollten indessen nicht alle ferneren Zusammenkünfte mit den jungen Leuten verlaufen.

Glücklicherweise rechneten die Mitarbeiter gar nicht auf so leichten Sieg und ließen sich darum auch durch eintretende Schwierigkeiten nicht entmutigen, so zahlreich und verschiedenartig diese auch waren.

Nachdem der Reiz der Neuheit vorüber war, blieben die Jungen zuweilen unter den geringfügigsten Vorwänden weg oder benahmen sich, wenn sie kamen, in der ungebührlichsten Weise. Sie rappelten mit den Stühlen, rochen erschrecklich nach Tabak und anderen Wirtshausdüften, weigerten sich in frechen Worten, an irgendeiner Beschäftigung, die vorgenommen werden sollte, teilzunehmen, und erklärten laut, die Geschichte langweile sie: kurz, sie stellten Alfreds und Röschens Geduld auf eine harte Probe.

Die anderen, wenigstens die Herren, hatten alle diese Schwierigkeiten vorausgesehen und von Anfang an erwartet, daß das Werk nicht nur langsam fortschreiten, sondern zuweilen sogar den Anschein haben werde, als gehe es zurück; Frau Roberts aber hatte, wie gesagt, eine ganz eigene Art zu arbeiten.

An jedem neuen Montagabend machte sie neue Anstrengungen, die Hindernisse zu überwinden, und sobald der Abend vorüber war, legte sie die Angelegenheit gewissermaßen beiseite, als habe sie nun nichts mehr mit der Sache zu tun, ja, sie erlaubte sich nicht einmal, sich zu fragen, ob ihre Bemühungen erfolgreich gewesen wären oder nicht, sondern bereitete sich einfach für die Arbeit des nächsten Tages vor.

Der Winter nahte seinem Ende, und Röschen Dennis blieb immer noch. So oft sie vom Fortgehen sprach, wußte Frau Roberts alle möglichen Gründe vorzubringen, warum ihre Anwesenheit noch dringend nötig sei, und das Mädchen selbst hatte die Arbeit an den Jungen so lieb gewonnen, daß es ungern daran dachte, sie aufgeben zu müssen.

„Diese Woche können Sie wirklich nicht gehen", pflegte Alfred Ried zu sagen, wenn sie einen bestimmten Tag zur Abreise in Aussicht nehmen wollte; „Sie wissen ja, was wir nächsten Montagabend vorhaben, und wie sollten wir den betreffenden Plan ausführen, wenn Sie nicht dabei sind?"

Lachend willigte Röschen dann ein, noch einige Tage zuzugeben, denn der Gedanke, zur Förderung des Werkes nötig zu sein, hatte etwas ungemein Befriedigendes für sie.

Sie war nämlich bestimmt worden, den Leseunterricht zu erteilen, weil sie nach aller Ansicht besonders gut vorlas. Für die nächste Zusammenkunft wurde dann nach reiflicher Überlegung sämtlicher Mitarbeiter eins von Carletons herrlichen, an frischem Mutterwitz und herzbeweglichen Stellen so reichen Gedichten zum Vortragen ausgesucht.

An dem betreffenden Abend wurden zuerst Äpfel und Nüsse verzehrt, und während sich die anderen noch an den Erfrischungen gütlich taten, nahm Frau Roberts das Buch zur Hand und fing an vorzulesen. Niemand ahnte wohl, welche Selbstverleugnung sie das kostete, und wie sie ihren ganzen Mut zusammennehmen mußte, um in Doktor Everetts Beisein auch nur einen einzigen Vers vorzutragen. Dies war nie ihre starke Seite gewesen, und sie war sich wohl bewußt, daß sowohl die anwesenden Herren als auch Röschen viel an ihrem Lesen auszusetzen finden mußten, dennoch gab sie zwei ganze Verse zum besten und hatte die Genugtuung zu sehen, daß die Jungen zuhörten und einer sogar lachte, also offenbar etwas vom Geiste des Gedichtes erfaßt hatte. Natürlich war das der „flinke Richard".

Nach der Hausfrau versuchte Alfred dieselben Verse noch einmal zu lesen, doch gelang ihm die Sache nicht viel besser als Frau Roberts, und er war sich dessen ebenfalls bewußt. Auch ihn kostete das Vorlesen kein geringes Opfer, doch legte er willig seine Eigenliebe auf den Altar, wenn die Jungen durch die Fehler, die er machte, Mut bekamen, auch einen Versuch zu wagen. Einerlei, was es kosten mochte, die Jungen zu gewinnen, wenn sie nur gewonnen wurden!

Dann kam Röschen Dennis an die Reihe, und es war wirklich ein Genuß, ihr zuzuhören. In ihrem Mund gewann das Gedicht Leben, und bald waren Äpfel und Nüsse vergessen, so gespannt lauschten sämtliche Anwesende. So etwas hatten die Jungen in ihrem Leben nicht gehört, und offenbar wußten sie den Genuß zu würdigen. Erst nachdem das Gedicht zu Ende gelesen war, lösten sich die Zungen wieder.

„Was ist es doch für eine herrliche Gabe um einen solchen Vortrag!" rief Herr Roberts begeistert. „Und wie wenige besitzen diese Gabe! Herr Doktor, wie viele Leute haben Sie wohl in Ihrem Leben kennengelernt, die wirklich gut vorlesen?"

„Etwa drei", antwortete der Doktor kurz.

„Es fragt sich nur, ob wir nicht die Kunst erlernen können", fiel Frau Roberts ein. „Röschen, willst du nicht wenigstens versuchen, sie uns zu lehren? Ich will meine Verse noch einmal lesen."

Hiermit begann sie wieder beim ersten Vers, und wirklich gelang es ihr diesmal weit besser, obwohl sie den Unterschied zwischen ihrer Leistung und der Röschens wohl fühlte.

Bei der Besprechung des Programms für den Abend war

hauptsächlich die Frage in Erwägung gezogen worden, wie die Jungen dazu gebracht werden könnten, sich am Lesen zu beteiligen. „Wer weiß, ob sie überhaupt imstande sind, auch nur die einzelnen Worte des Gedichtes zu buchstabieren?" mußten sich die Mitarbeiter sagen. Daher war ein Gedicht gewählt worden, in dem möglichst bekannte Worte vorkamen, die keinerlei Schwierigkeiten boten, so daß man hoffen durfte, daß, wenn die Verse verschiedene Male vorgelesen worden waren, der eine oder andere der Jungen vielleicht auch den Mut fassen würde, es einmal zu versuchen.

„Ich weiß nur nicht, wie wir ihnen vorschlagen sollen, den Versuch zu wagen, ohne bei ihnen den Eindruck zu erwekken, als wollten wir sie bevormunden, denn niemandem ist dieser Gedanke unerträglicher als den Leuten, die der Leitung am meisten bedürfen", sagte Doktor Everett.

Verschiedene Pläne, die Sache zu bewerkstelligen, wurden ersonnen und wieder verworfen, bis sich Frau Roberts plötzlich an Alfred Ried wandte und diesen fragte: „Wissen Sie vielleicht Rat in der Angelegenheit, Herr Ried? Sie sind ja so schweigsam."

„Leider habe ich in solchen Dingen nur wenig Erfahrung", antwortete der junge Mann. „Es fiel mir nur soeben ein Gespräch zwischen meiner Mutter und meiner Schwester Helene ein, und ich erinnere mich, wie Esther damals sagte, als sich die beiden über eine Angelegenheit nicht einigen konnten: ‚Für den Augenblick haben wir ja nichts in der Sache zu tun, und bis morgen hat uns der Herr vielleicht irgendwie Licht gegeben.'"

„Danke!" erwiderte Frau Roberts leuchtenden Auges, „auch wir haben nichts vor Montagabend zu tun, und wenn der Zeitpunkt zum Handeln kommt, wird uns der Herr Weisheit geben."

Ich weiß nicht, ob sich die anderen am betreffenden Abend jenes Gesprächs erinnerten oder nicht, aber jedenfalls gedachten Frau Roberts und Alfred desselben, denn die Hausfrau lächelte dem jungen Mann verständnisinnig zu, als Doktor Everett Röschen Dennis aufforderte, ihre Gründe anzugeben, warum sie ein gewisses Wort in der zweiten Reihe des ersten Verses so und nicht anders betont habe. Röschen gab die gewünschte Erklärung, worauf der Doktor, der offenbar nicht ganz mit ihr übereinstimmte, den Vers in der Weise las, die er für die richtige hielt, und dann wiederholte ihn Röschen in ihrer Betonung, und alle nahmen so lebhaften Anteil an der Besprechung, daß der eigentliche Zweck der Zusammenkunft ganz in Vergessenheit geraten zu sein schien, bis eine Stimme plötzlich rief:

„So muß es gelesen werden, wie Sie es gelesen haben!" Dabei nickte Robert Colsen Röschen zu. Er hatte im Augenblick völlig vergessen, daß außer Doktor Everett und dem jungen Mädchen noch andere zugegen waren.

„Natürlich!" antwortete Röschen triumphierend. „Lesen Sie den Vers einmal, und zeigen Sie den anderen, daß wir beide recht haben!"

Frau Roberts gestand später, daß sie unwillkürlich die Hand aufs Herz gelegt habe, um dessen Klopfen zu beschwichtigen, so wichtig sei ihr der Augenblick vorgekommen. Doktor Everett war sichtlich bestürzt; denn Robert Colsen schien ihm der wenigst hoffnungsvolle von den sieben Jungen zu sein. Niemand kannte sein Nachahmungstalent, und alle waren fest überzeugt, er werde nicht nur keinen Versuch machen zu lesen, sondern im Gegenteil trotzig werden. Wie erstaunt waren sämtliche Anwesenden daher, als er ohne weiteres nach dem Buch griff, sich den Vers einen Augenblick genau ansah und ihn dann ganz so las, wie ihn Röschen Dennis vorgelesen hatte, ja fast noch besser.

Unwillkürlich klatschten seine Zuhörer Beifall. Robert wurde dunkelrot. Nicht als ob ihm eine derartige Anerkennung nicht oft im Wirtshaus zuteil geworden wäre, aber wie ganz anders berührte sie ihn hier in Frau Roberts Haus und vor einer solchen Zuhörerschaft!

Auch in seinen sechs Gefährten erzeugte die ihm widerfahrene Auszeichnung ein erhebendes Gefühl. Weit entfernt davon, daß sie eifersüchtig auf Robert gewesen wären, waren sie im Gegenteil stolz auf dessen ihrer Meinung nach auch ihnen einen gewissen Nimbus verleihenden Erfolg.

Dennoch wollte keiner von ihnen versuchen, nun seinerseits den Vers zu lesen. Der „flinke Richard" schüttelte lachend den Kopf und erklärte, lieber wolle er zu Fuß nach Kalifornien laufen, als so etwas zu wagen, und die anderen dachten ebenso. Da trat Röschen Dennis mit einem Vorschlag hervor:

„Wissen Sie was?" sagte sie, „ich habe mich die ganze Woche hindurch auf der Schreibmaschine versucht und zu meiner Übung gerade den ersten Vers dieses Gedichtes wohl zwanzigmal geschrieben, so daß wir eine Auflage von mindestens fünfzehn gut gelungenen Exemplaren haben. Wie wäre es, wenn jeder eine solche Abschrift mit nach Hause nähme und den Vers einstudierte, um mich nächsten Montagabend im Lesen ablösen zu können?"

Der Vorschlag wurde von den älteren Mitgliedern der Gesellschaft mit Freuden begrüßt, und jeder der Knaben griff mechanisch nach einer der Abschriften. Robert Colsen betrachtete die seinige genau und stellte allerlei Fragen an Röschen, so daß sich diese veranlaßt sah, ihre neu erworbene Fertigkeit vor versammelter Gesellschaft zu zeigen.

Keiner der Anwesenden kannte die neue Erfindung näher, alle zeigten sich daher gleich ungeschickt, als einer nach dem anderen sein Heil an der Maschine versuchte.

Dies brachte die Mitarbeiter auf einen neuen Gedanken.

„Wir müssen etwas vornehmen, das uns allen, außer einem, vollständig neu ist, so daß wir mit den Jungen anfangen können zu lernen und nichts vor ihnen voraus haben", sagte der Doktor. „Ich merkte das, als ich sah, wie leicht es uns ankam, diese Übungen mit den Jungen bei den Anfangsgründen zu beginnen, weit natürlicher als beim Schreiben- und Lesenlernen. Was könnten wir nur mit den Jungen zugleich anfangen?"

19. Ursache eines Mißerfolges

„Jedenfalls müßte es etwas sein, worin einer von uns den Lehrmeister machen könnte", sagte der junge Ried. „Wie wäre es, Herr Doktor, wenn Sie uns leicht verständliche, volkstümlich gehaltene Vorträge über Gesundheitspflege hielten?"

„Das ist ein guter Gedanke, Ried", erwiderte Herr Roberts. „Den Jungen würde es meiner Ansicht nach sehr zustatten kommen, wenn sie diesem Gegenstand ein wenig Aufmerksamkeit schenkten, und auch wir könnten aus solchen Vorträgen Nutzen ziehen. Laßt uns abstimmen!"

„Wenn die Sache nur nicht zwei Seiten hätte!" antwortete der Doktor. „Sagen Sie selbst, ob es nicht nahezu komisch klänge, einem armen Jungen über die Notwendigkeit des Zimmerlüftens Vorlesungen zu halten, wenn der Betreffende aus einem Stadtteil kommt, in dem Vater, Mutter und eine Herde Kinder, Knaben und Mädchen, dicht gedrängt in einem Raum beieinander wohnen, vielleicht gar in einem Keller, wo nie ein Sonnenstrahl hineinfällt, und in dem schließlich die Luft noch weniger unrein ist als die, welche man von draußen hereinlassen könnte? Oder wenn ich armen Burschen, die keine Wäsche zum Wechseln haben und das bißchen Wasser zum notwendigsten Bedarf von weither schleppen müssen, von der Wichtigkeit des Badens vorpredigen wollte! Ganz verwerfe ich Ihren Gedanken übrigens durchaus nicht, Ried; denn in anderer Beziehung ist er sehr vernünftig, und es ließe sich manches sagen, was die Jungen nicht nur interessieren, sondern ihnen auch gewiß von Nutzen sein würde. Jedenfalls will ich die Sache im Auge behalten. Doch entspricht sie nicht völlig unserem augenblicklichen Bedürfnis, denn wir alle sind mehr oder weniger mit den Dingen bekannt, die ich vorzubringen hätte, und die Jungen würden das sofort herausfühlen. Damit wäre das Gelingen unseres Planes von vornherein in Frage gestellt. Kann niemand einen anderen Vorschlag machen?“

„Die Bescheidenheit verbietet mir, einen anderen Gedanken zum Ausdruck zu bringen“, fiel Herr Roberts hier dem Doktor ins Wort.

„Heraus damit, Freund!“ rief der Doktor lachend. „Wenn Sie in irgendeiner uns unbekannten Kunst Meister sind, haben Sie als Mitglied dieser einzigartigen Gesellschaft die Verpflichtung, uns davon in Kenntnis zu setzen.“

In demselben Augenblick rief Frau Roberts, als sei ihr plötzlich eine Eingebung geworden: „Lehre uns stenographieren, Eduard!“

Daraufhin stellte sich Herr Roberts, als atme er erleichtert auf, und erklärte sich, da nun sein Ruf als bescheidener Mann gewahrt sei, zu allem bereit.

„Das ist gerade das Richtige!“ rief der Doktor erfreut. „Ich hätte längst gern stenographieren gelernt, und auch Ried und den Damen wird es auf mancherlei Weise nützlich sein, unseren Jungen aber kann es zum Erwerb ihres Lebensunterhaltes dienen.“

Ohne weiteres wurde dann ausgemacht, daß der Gegenstand nach einer passenden Einleitung eingehend besprochen und den Knaben möglichst anziehend dargestellt werden solle, damit sie sich überreden ließen, auch Unterricht im Stenographieren zu nehmen.

Leider sollte jedoch der so reiflich erwogene Plan an dem nächsten Montag nicht zur Ausführung kommen. Mit Ausnahme des jungen Ried waren die Verbündeten schon um sieben Uhr im neu eingerichteten Studiersaal versammelt. Das Zimmer duftete angenehm nach Kaffee, und auf dem Tisch standen mehrere mit Apfelsinen und anderem Obst gefüllte Körbchen, kurz, alles war aufs Einladendste für die Gäste hergerichtet.

Es verging jedoch eine Viertelstunde nach der anderen, ohne daß Alfred Ried oder einer der sieben Jungen kam.

Endlich ertönte die Glocke der Haustür, und gleich darauf trat Ried mit sehr bekümmerter Miene und dem Ausruf: „Heute bekommen wir keinen einzigen der Jungen zu sehen!" ins Zimmer.

„Warum nicht?" „Was ist los?" „Wo sind sie?" riefen die versammelten Freunde.

„Im Theater", lautete die Antwort. „Herr Culm hat sich vorgenommen, zur sittlichen Hebung der Jungen beizutragen, und hat, wie ich hörte, den Anfang damit gemacht, daß er ihnen Theaterbillets geschenkt hat."

„Nicht möglich!" rief Doktor Everett, Röschen Dennis sagte, sie habe nichts Besseres erwartet, Frau Roberts schwieg, Herr Roberts brach zu aller Verwunderung in lautes Lachen aus.

Dieses Lachen schien Ried ins innerste Herz hinein weh zu tun, er hatte sichtlich Mühe, seinen Verdruß zu verbergen, und ging hastig ans andere Ende des Zimmers.

Ein peinliches Schweigen folgte, das Herr Roberts nach einer Weile mit den Worten brach: „Meine Freunde, laßt uns nicht in einen ernsten Fehler verfallen! Kommen Sie, mein lieber junger Bruder, wir wollen die Angelegenheit ruhig besprechen. Wir sind doch keine Kinder, welche die Wohltätigkeit nur zum Spiel betreiben und beim ersten Hindernis, das sich in den Weg stellt, ausrufen: ‚Nun ist alles verloren!' und Reißaus nehmen. Offen gestanden, mir kommt die

Sache gar nicht so ernst vor, wie Sie dieselbe zu nehmen scheinen. Was denken wir uns eigentlich? Machen wir uns doch klar, um was es sich handelt! Da sind uns sieben Jungen frisch von der Gasse weg ans Herz gelegt worden, und wir haben uns das Wort gegeben, ihnen die Hände zum Kampf gegen Welt und Sünde zu reichen. Christus ist für ihre Rettung in den Tod gegangen; der Teufel aber legt alles darauf an, daß das Opfer umsonst gebracht sei. Um diesen Zweck zu erreichen, führt er seine ganze Streitmacht gegen die armen Jungen ins Feld, und wir wissen ja nur zu gut, wie mannigfach die ihm zu Gebote stehenden Kräfte sind. Da tritt ein wohltätig gesinnter Mann auf den Schauplatz, kein entschiedener Christ, aber doch ein Mensch, dem die sittliche Hebung der Verwahrlosten am Herzen liegt. Er kommt mit einem unserer Jungen in Berührung und hört, daß etwas zu ihrem Wohl geschieht, er weiß aber nicht, was. Um nun seinerseits etwas für die Burschen zu tun, schenkt er ihnen Theaterbillets, ohne etwas anderes dabei bezwecken zu wollen, als ihnen einen vergnügten Abend zu verschaffen. Kann der Mann es nicht ganz aufrichtig meinen, und dürfen wir uns wundern, wenn die Jungen die Gelegenheit zu einer so verlockenden Abendunterhaltung nicht ausschlagen? Wie gesagt, wir müssen uns klar machen, was wir eigentlich wollen. Es ist ja recht schön, die Jungen lesen und schreiben zu lehren und sie auch in anderer Weise zu heben zu suchen; aber wenn es uns nicht gelingt, sie zu Jesus zu führen, der allein die Menschen wahrhaft und dauernd zu heben vermag, so werden unsere Bemühungen wenig Erfolg haben. Hat aber nun Christus die Jungen in die Hand genommen, und leitet der Geist Gottes alle unsere Bemühungen, so wird dieser Abend im Theater nicht mit einemmal sein ganzes Werk zerstören können."

Lange bevor Herr Roberts mit seiner ernsten Rede zu Ende war, hatte der junge Ried neben seinem Prinzipal Platz genommen. Seine Augen standen voll Tränen, und er sagte mit zitternder Stimme:

„Verzeihen Sie mir, Herr Roberts, ich bin ein recht unverständiger Mensch! Offen gestanden, hielt ich im ersten Augenblick alles für verloren."

„Wir haben die ganze Sache verkehrt angefangen", antwortete Herr Roberts. „Erst heute früh las ich, wie lange sich die Missionare vergeblich bemühten, die Grönländer auch nur einigermaßen zu zivilisieren, bis einem Mann eines Tages der Gedanke kam, den Leuten von Christi Kreuzestod zu erzählen. Da schmolzen ihre harten Herzen. Ich glaube, wir haben bei unseren Bestrebungen den Heiland zu sehr aus dem Spiel gelassen."

„Das ist auch meine Überzeugung", sagte Doktor Everett. „Ich muß bekennen, daß ich bei allen, denen ich irgendwie zu helfen suchte, denselben Fehler begangen habe. Allerdings habe ich für die Leute gebetet, aber ich fühle, ich habe mich zu sehr auf menschliche Mittel gestützt und zu wenig auf den Herrn. Meiner Ansicht nach gilt in solchen Fällen das Wort: ‚Dies solltet ihr tun und jenes nicht lassen.'"

„Ich glaube, wir alle müssen uns desselben Fehlers anklagen", antwortete Herr Roberts und zog dabei seine Uhr aus der Tasche. „Meiner Ansicht nach ist es ein Irrtum, in den Reichsgottesarbeiter nur zu leicht verfallen; aber gottlob, der Herr hilft uns wieder zurecht, wenn wir uns vor ihm beugen und uns von ihm unterweisen lassen. Wir wollten uns bis zehn Uhr der Jungen annehmen, und nun ist es neun Uhr. Wie wäre es, Freunde, wenn wir die nächste Stunde zu Jesu Füßen verbrächten und für alles, was wir in Zukunft zum Wohl der Knaben unternehmen werden, den Beistand seines

Geistes erflehten? Er weiß ja, daß wir kein anderes Ziel im Auge hatten, als ihm die Seelen zuzuführen, und da wir es verkehrt angefangen haben, wollen wir ihn um Vergebung und um Leitung für die Zukunft bitten. Sind Sie alle damit einverstanden, daß wir die Jungen in vereinter Fürbitte dem bringen, der allein imstande ist, ihnen dauernd zu helfen?"

Ich bin der festen Überzeugung, daß Gott die Torheit der Menschen zum Guten lenken kann. So war es auch hier.

Es war eine ernste Gebetsversammlung. Allerdings hatte jeder der Anwesenden seine Knie im Kämmerlein vor Gott gebeugt und ihn um Segen für die Arbeit an den Jungen gebeten, aber merkwürdigerweise hatten sie sich bisher nie zu gemeinsamer Fürbitte für ihre Schützlinge vereinigt. Es sprach daher eine tiefe Beugung aus aller Gebeten, so daß Röschen Dennis bis ins innerste Herz davon ergriffen war, besonders als sie ihre alte Bekannte Dora ihr Herz vor dem Herrn ausschütten hörte. Obwohl Röschen sich von Kind auf zu Christo bekannt hatte, so hatte sie bisher noch nie eine Frau in Gegenwart von Männern beten hören. Sie wußte, daß es geschah, und hatte viele spöttische und tadelnde Bemerkungen darüber vernommen. Diese kamen ihr nun unwillkürlich ins Gedächtnis zurück, verfehlten aber ihres Eindrucks auf sie, während sie Doras leiser, flehender Stimme lauschte. Dennoch hätte sie selbst nicht die Lippen zum Gebet öffnen mögen, und als die Gebetsstunde zu Ende war, machten sich die alten Ansichten wieder geltend.

Sobald sie mit der Hausfrau allein war, fragte sie erregt: „Wie kannst du öffentlich beten, Dora? Das wäre dir doch früher nicht eingefallen! Bist du denn in allen Stücken anders geworden?"

„Öffentlich beten?" erwiderte Dora lächelnd. „Ich bin doch hier zu Hause."

„Das allerdings“, antwortete Röschen, „ich meinte auch hauptsächlich, in Gegenwart von Männern, hältst du das wirklich für nötig?“

„Darüber habe ich gar nicht nachgedacht, Röschen“, sagte die junge Frau einfach. „Ich fühlte mich gedrungen, für die Knaben zu beten; daher besann ich mich nicht lange, sondern tat es.“

„Und ist es dir wirklich gar nicht schwer geworden?“ fragte Röschen erstaunt. „Wie sonderbar! Ich hätte nie gedacht, daß das Christentum einen Menschen verändern könnte, wie es dich verändert hat, Dora. Woran das nur liegen mag? Ich bin doch auch ein Kind Gottes, aber vor anderen Leuten beten könnte ich nicht, am allerwenigsten vor Männern.“

„Auch nicht, wenn du dich dazu gedrungen fühltest?“

„Nein, auch dann nicht“, antwortete Röschen fest, „ich finde, es schickt sich nicht. Verzeih, Dora, ich möchte dir mit dieser Äußerung durchaus nicht zu nahe treten, sondern nur betonen, daß ich mich nie dazu entschließen könnte und es auch nicht für nötig halte.“

„Was ereiferst du dich dann mit der Frage, Kind?“ entgegnete Frau Roberts. „Wenn du es weder für richtig noch für nötig hältst, in Gegenwart anderer zu beten, so wird es gewiß niemand von dir verlangen.“

20. Ein guter Gedanke

Frau Roberts einfache und vernünftige Antwort trug nicht wenig dazu bei, das erregte Röschen zu beruhigen. Das Mädchen mußte selbst lachen, daß es so in Harnisch geraten war. Nach einer Weile sagte Dora sanft:

„Ich möchte nicht mit dir streiten, Röschen, könnte es auch gar nicht, wenn ich wollte; aber eins muß ich dich doch fragen. Du kannst mir ja, wenn du jetzt keine Lust hast, ein andermal sagen, was du darüber denkst. Ich wüßte zu gern, warum es die Leute für unschicklich halten, wenn eine Frau ihre Knie mit ihren Freunden beugt und Jesus eine Angelegenheit, die ihnen gemeinsam am Herzen liegt, und zu der sie seinen Beistand nötig haben, übergibt? Warum ist es nicht auch unpassend, die Sache mit den Betreffenden zu besprechen, wenn es sich nicht schickt, in ihrer Gegenwart davon mit dem Herrn zu reden?“

Röschen nahm die Frage zur reiflichen Erwägung mit in ihr Zimmer.

Mittlerweile hatten Doktor Everett und der junge Ried auf dem Heimweg folgendes Gespräch:

„Ich war völlig entmutigt, als ich hörte, daß die Jungen heute abend ins Theater gegangen waren“, erklärte Alfred. „Es kam mir vor, als sei unsere Arbeit bisher vergeblich gewesen, und als lache uns der Teufel aus, und nun hat es den Anschein, als lasse uns der Herr gerade aus dem, was uns den Mut zu rauben drohte, reichen Segen erwachsen.“

Hierauf antwortete Doktor Everett scheinbar unvermittelt:

„Herr und Frau Roberts passen merkwürdig gut zueinander, sie ergänzen sich gegenseitig, wir können viel von ihnen lernen, Sie und ich, junger Freund."

„Ich jedenfalls", antwortete Ried demütig.

Auch Herr und Frau Roberts tauschten an jenem Abend noch ihre Gedanken aus.

„Culm hat mich auf einen guten Gedanken gebracht", sagte ersterer. „Es gibt auch noch für andere Orte Billetts. Warum sollten wir den Jungen nicht Gelegenheit zu irgendeiner lehrreichen Abendunterhaltung bieten, z. B. zu einem Vortrag oder einem Konzert? Die einzige Schwierigkeit ist, etwas zu finden, was ihrem Fassungsvermögen angemessen ist. Es gehört eine besondere Begabung dazu, ein solches Publikum zu fesseln."

Aber Frau Roberts klatschte fröhlich in die Hände.

„Was für ein herrlicher Einfall!" rief sie, „und wie froh bin ich, daß er dir gerade jetzt gekommen ist, da sich eine so gute Gelegenheit bietet, ihn auszuführen! Nächste Woche hält ja Cough seinen Vortrag über die Temperenzfrage hier, und die Eintrittskarte kostet nur fünfzig Pfennig; besser könnte es sich gar nicht treffen! Laß uns jedem von ihnen zwei Karten geben, Eduard! Ich möchte so gern, daß Robert Colsen seine Schwester mitnähme. Möglicherweise läßt er sich nicht dazu herbei, aber wir wollen ihm wenigstens die Gelegenheit geben, es zu tun. Bist du damit einverstanden, Eduard?"

„Ja, freilich", antwortete Herr Roberts bereitwillig, „du hast, wie gewöhnlich, den Nagel auf den Kopf getroffen. Daran hatte ich nicht gedacht, daß wir jedem zwei Karten geben könnten, aber ich bin überzeugt, dein Plan ist gut. Wer weiß, ob nicht dadurch ein Gefühl der Manneswürde in den Jungen geweckt wird. Jedenfalls wollen wir es versuchen, Dora."

Belauschen wir nun noch ein wenig die soeben aus dem Theater heimkehrenden Jungen!

„Eigentlich“, sagte der „flinke Richard“, als wäre die Sache früher schon unter ihnen besprochen worden, „ist es recht gemein von uns gewesen, daß wir ohne weiteres weggeblieben sind und uns nicht einmal entschuldigt haben. Ich wollte, wir hätten es nicht getan.“

„Das habe ich ja von vornherein gesagt“, antwortete Robert Colsen noch verdrießlicher als gewöhnlich. „Dumm genug von uns, daß wir uns von dir abwendig machen ließen.“

„Wenigstens hätten wir dort etwas zu essen bekommen“, sagte Joseph Moser kleinlaut, denn der arme Junge war entsetzlich hungrig.

„Und obendrein sollte heute etwas ganz Neues versucht werden, etwas, was uns ausgezeichnet gefallen hätte“, fügte Stephan Halter hinzu. „Fräulein Dennis hat mir das gestern verraten, als ich ihr auf der Straße begegnete.“

„Jedenfalls ist es nun aus damit“, sagte der „flinke Richard“ mit einem Seufzer, der Frau Roberts tief zu Herzen gegangen wäre. „Ich glaube, nun werden sie uns schwerlich noch einmal einladen, wenigstens tätc ich es nicht, wenn ich an ihrer Stelle wäre. Und besonders schön war es nicht einmal in dem dummen Theater. Wir sind rechte Narren gewesen, daß wir hingingen.“

Schade, daß Herr Culm die Äußerung der Jungen nicht hören konnte!

In den nächsten Wochen drängte sich eine Menge geringfügiger Dinge, die schwerwiegende Folgen haben sollten.

Aus den sieben Jungen wurden unter anderem neun. Mit der frechen Miene, die Burschen ihres Schlages so leicht annehmen, wenn sie sich über etwas schämen, waren sie am nächsten Sonntag in Begleitung von zwei geistesverwandten, aber womöglich noch schlimmeren Gesellen als sie selbst im Südwestendsaal erschienen und hatten Frau Roberts noch mehr Mühe gemacht als gewöhnlich, bis es selbst Richard Bolten zuviel wurde und er entrüstet ausrief: „Wenn ihr euch jetzt nicht auf der Stelle anständig benehmt, bekommt ihr es draußen mit mir zu tun!"

21. Ein Wagnis

Doktor Everett fuhr rasch durch die Stadt, wenigstens so rasch es in den belebten Straßen möglich war. Er freute sich, daß seine Pflichten für den Tag erledigt waren, und daß ihm, wenn nicht etwas Unvorhergesehenes dazwischen kam, noch ein paar Stunden für seine armen Kranken übrig blieben. So viel Selbstverleugnung auch zu der Behandlung der Armen und Verkommenen in dem verrufensten Stadtviertel gehörte, war ihm dieses Liebeswerk doch weit mehr ans Herz gewachsen als sein Beruf bei den Reichen und Vornehmen.

Er hatte sich vorgenommen, rasch heimzufahren, um Wagen und Pferde dem Kutscher zu übergeben und dann auf dem kürzesten Weg in die Wolfsgasse zu eilen, als sein Blick plötzlich auf zwei Personen fiel, die miteinander die Stufen zu einer der öffentlichen Musikhallen hinaufstiegen. Des Doktors Stirn wurde immer finsterer, je länger er die beiden beobachtete, und dazu hatte er reichlich Muße, da die Pferde des Gedränges halber nur langsam vorwärts kamen. Der Herr und das Mädchen an seiner Seite waren so sehr miteinander beschäftigt, daß sie sonst niemanden beachteten, während sie selbst durch das auffallende Benehmen des Mädchens Aufsehen erregten.

Der Doktor winkte einen Schutzmann zu sich heran und fragte diesen: „Was ist in der Musikhalle los?“

„Es wird ein Konzert gegeben“, antwortete der Gefragte. „Ein Künstler soll ganz gewöhnlichen Gläsern die schönste Musik entlocken.“

„Wollen Sie mir den Gefallen tun, mir zwei Billetts zu besorgen?“ fragte Doktor Everett, der den Mann näher kannte. Letzterer eilte dienstfertig davon, und es dauerte nicht lange, so kam er mit den gewünschten Billetts zurück. Freundlich dankend, steckte sie der Doktor in die Tasche und fuhr weiter. Seine Pläne für die nächsten Stunden hatten plötzlich eine Veränderung erlitten; anstatt die Kranken in der Wolfsgasse zu besuchen, hatte er beschlossen, dem Konzert in der Musikhalle beizuwohnen.

Nachdem er Wagen und Pferde abgegeben hatte, sprang er in einen Pferdebahnwagen und schellte wenige Minuten später an Herrn Roberts Haustür.

Röschen Dennis stand, zum Ausgehen gerüstet, im Flur.

„Ach, das trifft sich ja recht gut, daß ich Sie hier finde“, sagte der Doktor erfreut. „Hoffentlich haben Sie nichts besonders Wichtiges vor. Ich komme nämlich, um sie zu fragen, ob Sie sich wohl meinem Schutz anvertrauen und in meiner Begleitung einem ganz einzigartigen Konzert beiwohnen wollen. Allerdings schickt es sich nicht recht, daß ich Sie so ohne alle Umstände abhole, aber Sie wissen, ein Arzt hat nicht viel Zeit zur Verfügung.“

Röschen Dennis kannte Doktor Everett viel zu gut, um sich durch eine kleine Verletzung der äußeren Form abhalten zu lassen, mit ihm zu gehen. Fröhlich erklärte sie sich bereit, sich unter seinen Schutz zu stellen; denn Frau Roberts war in geschäftlichen Angelegenheiten mit ihrem Mann ausgegangen, und sie selbst hatte nichts weiter vorgehabt, als frische Luft zu schöpfen.

Das Konzert hatte bereits begonnen, als sie in die Musikhalle traten, aber es waren noch viele Plätze leer. Doktor Everett ließ seinen Blick über den Saal schweifen und setzte sich mit Röschen so, daß sie gerade das Paar im Auge hatten, das die Veranlassung zur Veränderung seiner Pläne gewesen war.

Zu seiner Freude waren die Leistungen der betreffenden Künstler wohl des Hörens wert, so daß er wirklich Genuß von dem Konzert gehabt hätte, wenn die Umgebung eine angenehmere gewesen wäre. Kaum hatte er jedoch mit Röschen Platz genommen, so sah er seiner Nachbarin deutlich an, daß diese den Herrn vor ihr erkannt hatte. Professor Ellis, wie immer mit tadelloser Eleganz gekleidet, saß dort auf seinem Platz zurückgelehnt, und sein Arm, der auf der Stuhllehne seiner Begleiterin ruhte, berührte nahezu deren Schulter.

Augenscheinlich waren die beiden mehr hierher gekommen, um Gelegenheit zu ungestörter Unterhaltung zu haben, als um der Musik zu lauschen, denn sie plauderten völlig ungeniert und lachten dazwischen so laut, daß sie schließlich Gegenstand der allgemeinen Aufmerksamkeit wurden. Das Mädchen war sehr hübsch, wenn auch in ganz anderer Art als Röschen, aber selbst der flüchtigste Beobachter hätte auf den ersten Blick gesehen, daß sich die beiden in sehr verschiedener Gesellschaft bewegten.

Röschen Dennis war so sehr in die Beobachtung der Fremden vertieft, daß sie Doktor Everetts Bemerkungen wenig Aufmerksamkeit schenkte und es kaum zu beachten schien, als dieser endlich in nachdenkliches Schweigen versank.

Nur als des Professors Begleiterin einmal zu ihnen herüberblickte und Doktor Everetts Gruß in höchst ungezwungener Weise erwiderte, sah sie ihren Gefährten einen Augenblick verwundert an.

„Nun wollte ich, ich hätte meine Pferde hier“, sagte der Doktor, als er endlich mit Röschen den Saal verließ. „Ich habe einen Krankenbesuch außerhalb der Stadt zu machen, und ich denke, die Fahrt würde Ihnen gut tun.“

Röschen schlug vor, sie wolle im Lesezimmer auf ihn warten, bis er mit dem Wagen komme.

„Ich fahre gern noch ein wenig spazieren und möchte Sie auch etwas fragen", sagte sie einfach.

Da das ganz nach des Doktors Wunsch war, ging er ohne weiteren Aufenthalt nach seinem Wagen, während Röschen vom Fenster des Lesezimmers aus das Paar beobachtete, das durch sein auffälliges Benehmen und das Interesse, das es selbst auf offener Straße füreinander bekundete, allgemeines Aufsehen erregte. Mehr als ein Vorübergehender blieb stehen und blickte sich noch einmal nach dem Professor um, der, tief zu dem Mädchen heruntergebeugt, lebhaft auf dasselbe einsprach. Gerade so hatte er, wenn auch natürlich nicht auf offener Straße, so doch in den Gesellschaftsräumen ihrer Vaterstadt, oft vor Röschen gestanden und eifrig ihren Worten gelauscht, und ganz denselben Blick liebevoller Teilnahme, mit dem er jetzt seine Begleiterin ansah, hatte er unzählige Male auf sie gerichtet. Damals hatte ihr das geschmeichelt, jetzt runzelte sie finster die Stirn, als sie daran dachte.

Jedenfalls war es gut für des Professors Gemütsruhe, daß er sich in diesem Augenblick nicht nach dem Fenster umwandte, an dem Röschen Dennis stand, sondern rasch mit seiner Begleiterin weiterging und sich mit ihr im Gedränge verlor.

Dem Doktor kamen mittlerweile allerlei sorgenvolle Gedanken. Hatte er Röschen nicht etwa auf eine zu harte Probe gestellt? Hatte ihr die Erfahrung, die sie an diesem nachmittag gemacht hatte, etwa nicht nur Abscheu eingeflößt, sondern Schmerz verursacht? Er konnte sich nicht vorstellen, daß ein so reines junges Mädchen wie Röschen Dennis einen Mann wie Professor Ellis wirklich lieben könnte, und doch hatte ihm der Ausdruck, den ihr Gesicht trug, während sie die beiden beobachtete, wahrhaft wehe getan.

Solange sie durch die belebten Straßen fuhren, sprach der Doktor nur wenig, doch beschloß er im stillen zu erforschen, wie tief die Wunde ging, wenn wirklich eine solche vorhanden war.

„Wenn ich nur wüßte, ob der Mann tatsächlich ein solcher Schurke ist, wie es den Anschein hat!“ sagte er daher, sobald sie auf der Landstraße angelangt waren.

„Welcher Mann?“ entgegnete Röschen in einem Ton, der verriet, daß sie recht gut wußte, wen der Doktor meinte.

„Dieser Herr Ellis, ich glaube, Professor läßt er sich nennen“, antwortete Doktor Everett. „Ich habe meine Gründe, warum ich mißtrauisch gegen ihn bin. Übrigens ist er ja ein Bekannter von Ihnen, Fräulein Röschen. Haben Sie Vertrauen zu dem Mann?“

Mit welcher Entrüstung hätte Röschen noch vor zwei Monaten diese Frage bejaht! Nun war sie offenbar in Verlegenheit, was sie antworten sollte, und stammelte daher, um Zeit zu gewinnen: „In welcher Hinsicht?“

„In jeder Beziehung, möchte ich sagen“, erwiderte der Doktor so unbefangen wie möglich. „Ich kenne den Mann nicht näher, aber was ich von ihm höre und sehe, mißfällt mir und flößt mir Mißtrauen ein. Besonders beunruhigt mich die Art und Weise, wie er sich heute nachmittag dem jungen Mädchen gegenüber benommen hat, das in der Musikhalle neben ihm saß. Es ist eine unserer Sonntagsschülerinnen, für die ich mich lebhaft interessiere, weil sie, ihrer besonderen Anlage wegen, mehr als manche andere gewissen Versuchungen zugänglich ist, und weil sie einen großen Einfluß auf einen meiner Schützlinge ausübt.“

„Wer ist das Mädchen?" fragte Röschen, sichtlich bemüht, sich nicht anmerken zu lassen, wie begierig sie auf die Antwort war.

Der Doktor nahm keine Notiz von ihrem gezwungenen Wesen und antwortete ruhig:

„Sie heißt Grete Mason, hat keine Mutter mehr und einen Trunkenbold zum Vater, besucht seit einiger Zeit die Sonntagsschule in der Parkstraße, in der ich Leiter bin, und ist Ladenmädchen in einem der großen Putzgeschäfte der Stadt. Soviel ich höre, steht sie in dem Ruf, ein recht leichtsinniges Mädchen zu sein, und an ihrem Benehmen heute nachmittag werden Sie wohl gesehen haben, daß das Urteil der Leute kein ganz ungerechtfertigtes ist."

22. Eine heilsame Enttäuschung

Wenn es Doktor Everetts Absicht war, Röschen die Kluft zu zeigen, die zwischen ihr und dem Mann bestand, der an jenem Nachmittag in Begleitung von Grete Mason im Konzert gewesen war, so hätte er seine Worte nicht besser wählen können.

Sie schauderte sichtlich zusammen, und nachdem der Doktor die Wagendecke fester um sie gehüllt hatte, fuhr er fort:

„Ich möchte Ihnen keinen falschen Begriff von Grete Mason geben, noch den Gedanken in Ihnen erwecken, als sei ich der Meinung, ein Mädchen, das in einem Laden beschäftigt ist, könne keine Dame im besten Sinne des Wortes sein. Ich bin überzeugt, sie hat den aufrichtigen Wunsch, das Rechte zu tun, und vor wenigen Wochen hatte ich große Hoffnung, daß sie sich demnächst für den Herrn entscheiden werde. Eine Zeitlang fühlte sie sich ernstlich gedrungen, den Schritt zu wagen, aber sie konnte nicht über das Hindernis hinwegkommen, daß so viele, die sich Christen nennen, nicht anders leben als die Weltmenschen. Bei ihrem klaren Verstand weiß sie genau, wie Christen wandeln sollten, und nimmt daher leicht Ärgernis. Dennoch hoffte ich, wie gesagt, das Beste von ihr, bis sie vor einigen Wochen mit Professor Ellis zusammenkam, der sie seither mit Aufmerksamkeiten überhäuft, was dem Mädchen natürlich schmeichelt."

„Was mag er damit beabsichtigen, Herr Doktor?" fragte Röschen in einem Ton, der dem Doktor deutlich zeigte, daß sie tief verletzt war.

„Das ist schwer zu sagen", antwortete er. „Ich fürchte, er

spielt nur mit ihrem Herzen, um zu sehen, wie weit seine Macht über sie geht, und in diesem Fall ist es ein besonders grausames Spiel. Grete hat keine Angehörigen, bei denen sie sich Rat holen könnte, oder die sie irgendwie beschützten. Die Welt, in die der Mann sie einführt, kommt ihr natürlich wie ein Feenreich vor, und bei ihrem Mangel an richtigem Beurteilungsvermögen läßt sie sich verblenden, was ihr auch niemand verargen kann. Ich bin überzeugt, sie hat keine Ahnung, daß sie heute nachmittag Aufsehen erregt hat, oder sie meint wenigstens, sie sei nur ihrer Schönheit und ihres stattlichen Begleiters wegen aufgefallen. Leider gehört sie nicht zu denen, die vor öffentlicher Bewunderung zurückschrecken, und das vermehrt noch die Gefahr, in der sie schwebt."

„Sie denken doch nicht, daß der Professor etwas anderes im Sinn hatte, als ihr ein kleines Vergnügen zu machen, Herr Doktor?" sagte Röschen beklommen.

„Was soll ich davon halten, wenn ein Mann einem Mädchen öffentlich huldigt, wie er diesen Nachmittag Grete Mason gehuldigt hat?" erwiderte der Doktor ernst. „Sie würden sich durch solche Aufmerksamkeiten beleidigt gefühlt haben, und der Grund, warum Grete nicht ebenso darüber denkt, ist, daß sie es nicht besser versteht. Haben Sie nicht den Ring an ihrem Finger glänzen sehen? Ich fürchte, der gehört ihm, und sie fühlt sich besonders geehrt, daß er sie gebeten hat, ihn zu tragen."

Röschens Wangen färbten sich dunkelrot bei diesen Worten. Sie hatte zwar den Ring nicht bemerkt, aber sie kannte ihn nur zu gut, ja, sie hatte ihn selbst einen Abend getragen und ihn dann dem Eigentümer zurückgegeben, weil sie sich nicht entschließen konnte, ihn ohne ihres Vaters Wissen zu behalten. Sie erinnerte sich noch gar wohl, wie grausam sie sich vorgekommen war, als sie der Professor damals so vorwurfsvoll angesehen und ihr gesagt hatte, wenn sie ihn nur halb so lieb hätte wie er sie, so ließe sie ihren Vater nicht zwischen sich und ihn treten, und diesen nämlichen Ring hatte er nun jenem Mädchen zu tragen gegeben!

Schweigend fuhren sie weiter. Dem Doktor wurde es immer schwerer ums Herz, denn mehr und mehr drängte sich ihm die Überzeugung auf, daß das so sorgfältig behütete Mädchen wirklich in die Schlingen jenes charakterlosen Schurken geraten war, damit aber auch die Frage, ob er nicht besser daran getan hätte, Röschen die Entdeckung zu ersparen. Sollte er sie nun heimbringen oder weiter fahren, damit sie Zeit habe, sich zu erholen?

Hätte er in des Mädchens Herz sehen können, so hätte er besser gewußt, wie ihr zu raten war.

Die Sache verhielt sich nämlich so: Ehe Röschen zu Frau Roberts kam, hatte sie fest geglaubt, ihre Stiefmutter hintertreibe ihre Verlobung mit Professor Ellis nur aus Ärger, weil er ihr in ihrer Mädchenzeit nicht mehr gehuldigt hatte. Der Professor hatte diese Lüge so geschickt vorzubringen gewußt, daß Röschen überzeugt war, es geschähe ihm schweres Unrecht, und ihm ihre warme Teilnahme zuwandte.

Anfangs hegte sie überhaupt kein tieferes Gefühl für ihn, mit der Zeit fühlte sie sich jedoch so geschmeichelt durch die Auszeichnung, die er ihr zuteil werden ließ, daß sie schließlich dem Gedanken Raum gab, wenn ihr Vater nicht so hart wäre, so würde sie in dem Leben des Professors den bisher leer gebliebenen Platz ausfüllen können wie keine andere. Sie war nicht soweit gegangen, sich mit ihm zu verloben. Der Professor hatte sie auch nie in klaren Worten darum gebeten, aber es gibt eine Sprache, die einem unschuldigen jungen Mädchen mehr sagt als Worte, und die ihm ebenso heilig ist.

Unter diesen Verhältnissen war es kein Wunder, daß sich Röschen schließlich einredete, andere seien daran schuld, daß der Professor nicht längst ihr Verlobter war, und sie würde dadurch um ihr Glück gebracht, denn so schwer es ihr geworden war, so hatte sie sich doch fest vorgenommen, nie ohne ihres Vaters Einwilligung zu heiraten.

Neuerdings hatte sie nun manche seltsame Entdeckung gemacht. Sie hatte Gelegenheit gehabt, Professor Ellis mit anderen Männern, und zwar mit entschiedenen Christen, zu vergleichen. Der Vergleich aber war zu seinen Ungunsten ausgefallen, und auch sie hatte sich eingestehen müssen, daß sie im Vergleich zu anderen Kindern Gottes sehr im Rückstand war. Je länger, je mehr fühlte sie sich von ihrem bisherigen Christentum unbefriedigt. Dabei empfand sie mehr und mehr Teilnahme für die Sonntagsschüler ihrer Freundin Dora, und sie fing sogar an zu glauben, daß der eine oder andere von ihnen gerettet werden könne. Dadurch aber, daß sie zu ihrer Rettung beizutragen suchte, schwand in ihr das Gefühl, sie sei ein armes, verfolgtes Mädchen, und sie war längst nicht mehr unglücklich wie früher.

Vor einer Woche etwa hatte sie endlich der Sache ehrlich ins Gesicht zu sehen versucht und war nach reiflicher Überlegung zu dem Schluß gekommen, daß sie verpflichtet sei, dem Professor treu zu bleiben, bis ihr Vater vielleicht doch nachgeben und die Heirat gestatten würde. Dennoch konnte sie es dem Vater nicht mehr so übelnehmen, daß er keine bessere Meinung von dem Professor hatte. Sie fing sogar an, sich dann und wann in mitleidigem Ton zu sagen: „Der arme, einsame Mann hat so wenige Freunde, es wäre schmählich von mir, wenn ich ihn verließe! Er ist kein gläubiger Christ, darum ist er auch so verschieden von den anderen. Das vermißt mein Vater ja so an ihm; ich muß daher um seine Bekehrung beten, dann wird er so werden, daß ihn der Vater lieb gewinnen muß, und alles wird glücklich enden."

Dabei empfand aber Röschen ein gewisses Gefühl der Beruhigung bei dem Gedanken, daß sie noch sehr jung war und es also vermutlich noch lange anstehen würde, ehe sich die Sache entscheiden könnte.

Als sie nun an diesem Nachmittag die Entdeckung machte, wie wenig der Professor ihrer Zuneigung wert war, fühlte sie sich tief gekränkt. Sie war weit davon entfernt, sich klar zu machen, daß weniger verletzte Liebe als verwundeter Stolz sie beherrschte, aber sie schämte sich bis ins innerste Herz, einem Mann Vertrauen geschenkt zu haben, der sich kein Gewissen daraus machte, mit einem unerfahrenen Mädchen sein Spiel zu treiben.

„Hat das arme Ding denn niemanden, der es warnen könnte?" fragte sie schließlich blitzenden Auges.

O, Röschen Dennis, erinnerst du dich nicht, daß solche Warnungen sogar von sorgfältig erzogenen Mädchen, die recht gut wissen könnten, wie treu sie gemeint sind, häufig mißverstanden werden?

„Manche Leute sind schwer zu warnen", sagte der Doktor ernst. „Nicht nur ich habe es mit ihr versucht, sondern auch eine Bekannte von mir hat sich alle erdenkliche Mühe gegeben, sie aufzuklären; aber sie vertraut dem Mann, der ihr scheinbar so viele Beweise seiner Freündschaft gibt, natürlich mehr als unsereinem, und das kann ihr eigentlich niemand verargen, so leid es uns tut."

Des Doktors Worte trafen Röschen tief ins Herz. Hatte ihr Vater sie nicht aufs Liebevollste gewarnt, und hatte sie nicht absichtlich ihr Ohr verschlossen und keinem geglaubt als dem Professor?

Während Doktor Everett seinen Krankenbesuch machte, hatte sie Zeit, die Vergangenheit zu überdenken, und auch auf der Heimfahrt sprach sie nur wenig. Erst an der Haustür sagte sie ernst: „Herr Doktor, ich möchte das Mädchen gern kennenlernen. Sie müßte manches erfahren, und wenn ich Gelegenheit habe, will ich ihr alles in einer Weise zu sagen suchen, daß sie wirklich Nutzen davon hat."

„Ich werde sie mit Ihnen bekannt machen", antwortete Doktor Everett bereitwillig. Röschens Worte gaben ihm neue Hoffnung für Grete und beruhigten ihn nicht wenig in bezug auf Röschen selbst. Mit dem Bewußtsein, Gutes gewirkt zu haben, wenn er auch die Kranken in der Wolfsgasse nicht besucht hatte, fuhr er fröhlich heim.

Und er hatte recht! Röschen Dennis hatte durchaus nicht die Absicht, sich in Gram zu verzehren. Im Gegenteil, als sie eine halbe Stunde später am Wohnzimmerfenster stand und der Professor vorüberging, dankte sie ihm nicht einmal für seinen ehrerbietigen Gruß.

23. Ein heldenmütiger Entschluß

Robert Colsen befand sich in großer Aufregung, denn es galt, eine wichtige Entscheidung zu treffen. Er hatte zwei Billetts für den an allen Straßenecken angeschlagenen Vortrag über die Mäßigkeitsfrage in der Tasche. So wenig Robert Colsen sonst von solchen Dingen wußte, hatte er doch häufig von John Cough, dem berühmten Temperenzapostel reden hören und sehnlichst gewünscht, ihn zu sehen, besonders um sich zu überzeugen, ob der Herr wirklich eine so bewundernswerte Nachahmungsgabe besaß, wie es allgemein hieß. Ganz unerwartet hatte sich ihm nun hierzu Gelegenheit geboten. Natürlich besann er sich nicht einen Augenblick, ob er hingehen solle oder nicht, es handelte sich nur um die Frage, was er mit dem anderen Billett tun könnte.

Allerdings dachte er an seine Schwester daheim, die jedenfalls gern mitginge. Aber es berührte ihn seltsam, Martha in einen Vortrag führen zu sollen, nachdem er sie bisher nie irgendwohin mitgenommen hatte. Was sollte sie auch anziehen? Hatte sie doch nichts als ihr zerlumptes Kleid und den alten Shawl, den die Mutter aus dem Leihhaus ausgelöst hatte!

Eins verlockte ihn, sie mitzunehmen, nämlich der Gedanke, daß er Frau Roberts damit eine Freude machen würde. Wenigstens schloß er das aus der Art und Weise, wie ihre Augen geleuchtet, als sie ihm die Billetts gegeben und gesagt hatte: „Ich dachte, Sie nähmen vielleicht gern Ihre Schwester mit dem schönen, goldblonden Haar mit.“ Seitdem hatte er sich überlegt, was er zu Martha sagen könnte, wenn er sie auffordern sollte, ihn zu begleiten.

Ohne daß Robert Colsen es ahnte, waren verschiedene

Personen darauf bedacht, ihm zu helfen. Frau Roberts teilte dem jungen Ried eines Abends mit, wieviel ihr daran lag, daß der Junge dazu bewogen werde, seine Schwester mit in den Vortrag zu nehmen, und daß sie ihn doch nicht gern darum bitten wollte. Ihrer Meinung nach konnte ihn das in Marthas Gesellschaft genossene Vergnügen auf manchen guten Gedanken bringen.

Ried leuchtete das ein, und er nahm sich vor, sein Mögliches zu tun, um die Sache zur Ausführung zu bringen. Robert Colsen hatte bisher alle Annäherungsversuche seinerseits kurzweg abgewiesen, mit ihm war also nicht viel zu machen. Hingegen hatte er sich während der Krankheit des Markus Calkins das Vertrauen des Geschwisterpaars erobert und galt besonders bei Sarah als erprobter Freund. Sarah aber war wiederum mit Martha Colsen befreundet.

Eines Abends teilte er denn bei Gelegenheit eines Besuchs im Geschwisterheim Sarah mit, wie sehr Frau Roberts wünsche, daß Martha ihren Bruder in den Vortrag begleite, und nahm dem Mädchen das Versprechen ab, ihrerseits darauf hinzuwirken, daß es geschehe.

Nachdem Alfred fort war, entschloß sich Sarah nach langem Kampf zu einem der heldenmütigsten kleinen Opfer, die je „in Jesu Namen" gebracht worden sind. Damit dieses Opfer besser gewürdigt werden kann, sei hier erwähnt, daß Markus Calkins nach seiner Genesung durch Doktor Everetts Vermittlung einen weniger anstrengenden Posten gefunden hatte, als er früher bekleidete. Auch war er zur Teilnahme an den wöchentlichen Zusammenkünften bei Frau Roberts zugelassen worden und hatte große Fortschritte im Lesen und Schreiben gemacht. Natürlich hatte er wie die anderen Jungen zwei Billetts für den in Aussicht stehenden Vortrag erhalten und freute sich nun wie ein Kind darauf, Sarah mitzunehmen. Letztere zählte schon seit einer Woche die Stunden zu diesem wichtigen Ereignis, da sie, anständig gekleidet, an der Seite des geliebten Bruders durch die belebten Straßen wandern, kühn mit den anderen Leuten vortreten, die Billetts vorzeigen, durch den Saal schreiten und sich, ungehindert von der Polizei, ihren Platz auswählen, kurz, es machen durfte wie die übrige Welt!

Sie hatte bereits ihr bestes Kattunkleid gewaschen und geflickt, Knöpfe an ihren Kragen genäht und sich mit Frau Roberts Hilfe einen netten Hut zurecht gemacht, mit einem Wort, alles aufs schönste vorbereitet. Kein Wunder, daß ihr Entschluß sie manch heiße Träne kostete!

Des jungen Ried Worte hatten nämlich den Gedanken in ihr wachgerufen: „Was soll Martha anziehen, wenn ihr Bruder sie wirklich aufforderte, ihn in den Vortrag zu begleiten?"

Sofort kam es Sarah in den Sinn, sie könnte dem armen Mädchen ja ihren Kragen und den schönen, neuen Hut leihen, aber was sollte sie dann tragen? Sie müßte in diesem Fall zu Hause bleiben! Wäre sie imstande, ein solches Opfer zu bringen, und was würde Markus dazu sagen? Was würde er mit dem anderen Billett tun?

Würde sich ihr je wieder die Gelegenheit bieten, in den schönen Saal gehen zu dürfen und sich vorzukommen, als gelte sie ebensoviel wie andere Menschen?

„Aber Martha ist in ihrem Leben noch nirgends gewesen, ich dagegen bin schon oft in den sonnigsten Straßen spazieren gegangen, habe mir die herrlichen Schaufenster betrachtet und eine Menge anderer Vergnügen gehabt", sagte sich Sarah und suchte tapfer die Tränen zurückzuhalten.

Alfred Ried hatte keine Ahnung, zu welchem Opfer er den Anstoß gegeben hatte.

Kein Wunder, daß der armen Sarah beinahe die Stimme versagte, da sie Martha, als diese später zu einem Plauderstündchen zu ihr kam, zu verstehen gab, wenn sie Gelegenheit habe, irgendwohin zu gehen, solle sie dieselbe doch ja ergreifen, sie wolle ihr gern ihren Kragen und den neuen Hut dazu leihen. Über den in Aussicht stehenden Vortrag sagte sie ihr aber nichts, da sie ja nicht wußte, ob Robert sie mitnehmen wollte, und sie wußte, wie schwer es ist, auf etwas zu verzichten, worauf man gehofft hat.

Robert blieb an jenem Mittag ungewöhnlich lange bei seinem kärglichen Mahl sitzen. Seit drei Tagen arbeitete er in einer Druckerei, eine Neuerung, von der Martha jedoch nicht weiter Notiz nahm, als daß sie spöttisch sagte, der Fleiß werde wohl nicht lang anhalten, so sehr sie es bei Sarah rühmte, daß Robert nun auch soviel leiste wie andere Leute. Schade, daß der Junge das nicht hörte! Es hätte ihm in jenen Tagen gewiß zur Aufmunterung gedient, wenn er gewußt hätte, wie ihn seine Schwester bei der Freundin herausstrich.

„Warum gehst du nicht? Es ist nichts mehr zu essen im Haus, also mach, daß du fortkommst! Du solltest längst wieder in der Druckerei sein", herrschte Martha den Bruder an. Sie war bange, er möchte der regelmäßigen Arbeit bereits überdrüssig sein, darum klang ihre Stimme noch rauher als gewöhnlich.

Wie erstaunte sie daher, als Robert verschämt erwiderte: „Ich habe Billetts zu einem Vortrag geschenkt bekommen, und ich hätte gern, daß du mit mir hingingest."

„Meinst du, ich wäre so dumm, das zu glauben?" antwortete die Schwester spöttisch.

Da zeigte ihr Robert seine Schätze und drang so ernsthaft in sie, ihn zu begleiten, daß er sich selbst im stillen verwundert fragte, ob ihm wirklich so viel daran gelegen sei, Martha bei sich zu haben, oder ob er nur wünschte, Frau Roberts eine Freude zu machen.

Eine Stunde später sprang Martha Hals über Kopf die steile Treppe zu der Wohnung der Geschwister Calkins hinauf und rief Sarah schon von weitem atemlos entgegen: „Ich habe eine Einladung erhalten, und denke nur, von wem? Robert will, daß ich ihn heute abend in einen Vortrag begleite, der in einem der schönsten Säle der Stadt gehalten wird, wo sonst nur die vornehmen Leute hingehen. Er hat zwei Billetts geschenkt bekommen und will mich mitnehmen! Ist es wirklich dein Ernst gewesen, Sarah, daß du mir deinen schönen, neuen Hut und deinen Kragen leihen willst, und meinst du, daß ich dann hingehen kann? Ich weiß nicht, warum es Robert durchaus haben will, aber jedenfalls hat er mir arg zugeredet."

Die arme Sarah! Martha ahnte nicht, wie schwer ihre Worte der Freundin aufs Herz fielen, und wie dieselbe sich anstrengen mußte, um die aufsteigenden Tränen niederzukämpfen, während sie sich entschloß, nicht vor dem Opfer zurückzuscheuen, sondern Martha behilflich zu sein, daß sie Robert begleiten könnte.

Hierauf machte sie sich eifrig an die Vorbereitungen. Nicht nur den neuen Hut und den Kragen wollte sie der kleinen Nachbarin leihen, sondern auch die neuen Schuhe, die ihr Markus von seinem ersten Wochenlohn nach der Krankheit gekauft hatte.

Von Herzen freute sie sich dann sogar, daß Martha die Schuhe paßten, ja, sie erlaubte sich nicht einmal, ungläubig zu lächeln, als das Mädchen wohlgefällig bemerkte, Robert werde ihr vielleicht auch einmal ein Paar neue Schuhe schenken, sobald er ein wenig mehr verdiene, und doch traute sie dem Jungen so wenig Gutes zu!

Auch ihren schönen, sauberen Kamm gab sie willig zu Marthas Benutzung her, so schwer es ihr auch wurde, und sie fühlte sich für das Opfer reichlich belohnt, als das blondlockige Haar wohlgeordnet die feinen Gesichtszüge der kaum wiederzuerkennenden Gefährtin umrahmte. Und wie staunte erst diese selbst, als sie ihr Bild in dem kleinen, trüben Handspiegel sah, den ihr Sarah vor die Augen hielt. Sie war förmlich ergriffen von ihrem eigenen Anblick und ging in ganz feierlicher Gemütsstimmung nach Hause, um auf Robert zu warten.

Nur wer Marthas Heim gesehen hatte, konnte sich einigermaßen einen Begriff machen, was für einen Eindruck der schöne, hellerleuchtete Saal auf sie hervorbringen mußte.

Den berühmten Redner Cough zu hören, war für jedermann ein Genuß, was mußte es erst für Robert und Martha Colsen sein! Dem Jungen entging kein Wort und keine Gebärde des großen Mannes, und doch hatte es den Anschein, als seien seine Gedanken anderswo. Er sah Martha genau so an wie an jenem Sonntag, als er die Bekanntschaft der Frau Roberts gemacht hatte; denn wie damals fiel ihm bei seiner Schwester eine gewisse Ähnlichkeit mit der Dame auf, so wenig er das seinen Kameraden hätte gestehen mögen, um ihren Spott nicht hervorzurufen.

Noch ein anderer Zuhörer war unerwarteterweise zugegen. Es war Sarah besonders schwer gefallen, ihrem Bruder, der die Stunde des Vortrags kaum erwarten konnte, mitzuteilen, daß sie mit eigener Hand das Vergnügen von sich gestoßen hatte.

„Wie wird es Markus aufnehmen?“ hatte sie sich bangen Herzens gefragt.

Aber so voller Widersprüche sind wir Menschenkinder, daß es ihr schließlich geradezu weh tat, als sie sah, wie ruhig ihr Bruder die erstaunliche Nachricht aufnahm. Nach dem ersten Ausruf der Verwunderung saß er eine Weile in Gedanken versunken da und hörte kaum auf ihre Erklärung. Sie hatte Mühe, die Tränen zu unterdrücken, aber sie wollte weder sich noch ihm das Zusammensein verbittern und zwang sich darum, heiter zu sagen:

„Nun kannst du einem anderen die Freude machen, wen willst du auf das Billett mitnehmen?"

„Soeben habe ich mir die Frage überlegt", antwortete Markus nachdenklich. „Du weißt ja, der Vortrag soll über die Temperenzsache sein, und es heißt allgemein, der Mann sei ein ausgezeichneter Redner. Die jungen Leute im Geschäft sind ganz begeistert von ihm und behaupten, man könne den Eindruck, den seine Worte machen, gar nicht wieder los werden. Wie wäre es, wenn ich Vater überredete mitzugehen. Wer weiß, ob er nicht zuhören würde, und ob ihn die Sache nicht zum Nachdenken bringen könnte?"

Sarah antwortete nicht, aber Markus sah ihr offenbar an, wie sie dachte; denn er fuhr fort: „Es ist schon manchen Leuten so gegangen, Sarah, denke nur an den alten Peter!"

Der alte Peter war nämlich einer der schlimmsten Trunkenbolde in der Nachbarschaft gewesen, und sogar fromme Leute hatten ihn als hoffnungslos aufgegeben, nun aber ging er auch werktags anständig gekleidet, brachte zuweilen zwanzig Pfund Mehl auf einmal nach Hause und kaufte die Kohlen zentnerweise, etwas Unerhörtes in der Wolfsgasse.

„Ja, allerdings", erwiderte Sarah, „und mit dem alten Peter ist der Vater ja nicht zu vergleichen."

In dem Ton, in dem sie das sagte, lag viel. Sogar jetzt noch wäre sie bitterböse geworden, hätte jemand gewagt, auch nur anzudeuten, der alte Peter habe etwas von ihrem Vater voraus, obwohl Leute, welche die beiden Männer kannten, selbst in Peters schlimmsten Tagen eher seine Bekehrung für möglich gehalten haben würden als die des anderen.

Wie es die beiden anstellten, den Vater zu überreden, und die noch schwierigere Aufgabe lösten, ihn nüchtern in den Saal zu bringen, gäbe eine Erzählung für sich.

Jedenfalls waren ihre Bemühungen erfolgreich, und der große Redner hatte an jenem Abend keinen aufmerksameren Zuhörer als den alten Calkins, während Sarah zuhause saß und seinen zerlumpten Rock flickte, wobei sie sich dann und wann eine Träne abwischte und abwechselnd froh und traurig, verzagt und hoffnungsvoll war.

Wer weiß, ob es nicht besser war, daß sie daheim saß, denn sie hätte sich vor Freude wohl kaum zu fassen gewußt, wenn sie gesehen hätte, wie ihr Vater sich nach Schluß des Vortrages vordrängte, um das Enthaltsamkeitsgelübde zu unterschreiben.

24. Erfinderische Liebe

„Ich habe einen Plan, und doch weiß ich nicht recht, wie ich ihn ausführen soll", sagte Frau Roberts zu Röschen Dennis, die, zur Abfahrt bereit, mit dem jungen Ried im Hausflur stand und auf den Wagen wartete. „Wenn Herr Colsen seine Schwester mit in den Vortrag bringt, würde ich dieselbe gern mit nach Hause nehmen, wenn ich nur einen triftigen Grund anzugeben wüßte."

Die Bezeichnung „Herr Colsen" klang durchaus nicht fremd aus Frau Roberts Mund, da sie von Anfang an nie anders von Robert gesprochen hatte als unter diesem Namen und bestrebt war, ihn selbst in Gedanken nur „Herr Colsen" zu nennen. Es war überhaupt keine Spur von Gezwungenheit oder Herablassung in ihrem Verkehr mit ihren Sonntagsschülern zu bemerken, und das hatte wohl mit dazu beigetragen, ihr die Herzen der zuchtlosen Jungen geneigt zu machen.

Röschens Mienen drückten eine gewisse Neugierde aus, und sobald sie im Wagen saßen, kam sie auf Doras Äußerung zurück.

„Ich kann mir nicht denken, was du mit dem Plan bezwecken willst", sagte sie eifrig. „Heute abend wird es doch jedenfalls zu spät werden, um Bekanntschaft mit dem Mädchen zu machen. Meiner Ansicht nach wäre es viel zweckmäßiger, du suchtest dir einen freien Abend dazu aus."

„Im allgemeinen magst du mit dieser Ansicht recht haben", erwiderte Frau Roberts lächelnd, „für mein Vorhaben wäre aber gerade der heutige Abend geschickt. Ich möchte nämlich ausprobieren, was für einen Eindruck mein Gastzimmerchen auf das Mädchen macht."

„Aber Dora!“ rief Röschen in einer Weise, die der Freundin deutlich zeigte, daß sie mit dem Plan nicht einverstanden war, was Frau Roberts jedoch weislich ignorierte.

Zu Frau Roberts Freude machte sich die Sache ganz natürlich, so daß niemand den Eindruck haben konnte, als sei sie vorher geplant worden.

Als sich Robert mit seiner Schwester einen Weg durchs Gedränge gebahnt hatte und ins Freie kam, machten sie die unangenehme Entdeckung, daß es stark regnete. Zum erstenmal in ihrem Leben versetzte dieser Umstand Martha Colsen in Schrecken, und sie rief besorgt: „Nun wird Sarahs neuer Hut naß! Und der Kragen . . . und die Schuhe!“ fügte sie immer ratloser hinzu, je mehr ihr der ganze Umfang des Ungemachs klar wurde.

In demselben Augenblick rief aus dem Wagen dicht neben dem Geschwisterpaar eine freundliche Stimme: „Herr Colsen!“

Rasch sprang der Junge vor, denn „Herr Colsen“ nannte ihn nur eine Person in der Stadt, und auch die Stimme konnte nur einer angehören.

„Ich möchte Ihre Schwester gern heimnehmen“, sagte Frau Roberts. „Es regnet so stark, daß sie durch und durch naß würde, ehe sie in die Wolfsgasse käme, und ich würde mich freuen, sie über Nacht zu beherbergen. Wollen Sie so gut sein und sie fragen, ob sie mit mir fahren will?“

Sie sagte das mehr in einem Ton, als erbitte sie sich eine Gunst, denn als gewähre sie eine solche.

Robert war zu erstaunt über die Frage, als daß er hätte antworten können. Förmlich verdutzt ging er zu seiner Schwester zurück und sagte: „Martha, sie will dich mitnehmen.“

Zugleich stand auch schon der junge Ried neben dem Mädchen und fügte zur näheren Erklärung hinzu: „Es regnet so stark, darum meint Frau Roberts, Sie sollten lieber mit ihr heimfahren.“

Martha aber war es so sehr darum zu tun, Sarahs Hut und Kragen und die Schuhe in Sicherheit zu bringen, daß sie wirklich auf den Wagen zuschritt.

Herr Ried hielt schützend den Regenschirm über Martha und half ihr ebenso höflich in den Wagen, wie er einen Augenblick vorher Röschen Dennis geholfen hatte. Nichts von alledem entging des Bruders Beobachtung.

In Gedanken versunken, sah Robert dem Wagen nach, bis ihm einer der Schutzleute mißtrauisch zurief: „Mach, daß du fortkommst! Was bleibst du so lange da stehen und gaffst den Rädern nach? Vorwärts, Schlingel!“

Mittlerweile saß Martha Colsen kerzengerade auf dem äußersten Rand des weichgepolsterten Wagenkissens und sah sich beim Schein der Gasflammen neugierig nach allen Seiten um. Wer hätte gedacht, daß ihr je so etwas begegnen könnte, daß sie einer vornehmen Dame gegenüber in einem so kostbaren Wagen durch die Straßen fahren dürfte? Frau Roberts hatte auf den ersten Blick Sarahs Hut und Kragen erkannt und lächelte zufrieden vor sich hin. Sie hatte sich viel mit dem Gedanken beschäftigt, was Martha Colsen wohl anziehen werde, wenn sie in den Vortrag kommen sollte, ob sie überhaupt etwas Anständiges anzuziehen habe. Gern hätte sie ihr das Nötige gebracht, hätten sie nicht allerlei Bedenken davon abgehalten. Erstens kannte sie die Leute nicht genau genug, um es wagen zu dürfen, und dann fürchtete sie auch, jedes ordentliche Kleidungsstück würde sofort ins Leihhaus wandern.

Wie immer, wenn Frau Roberts in Verlegenheit war, hatte sie sich aufs Beten verlegt. Wenn der Heiland durch den betreffenden Vortrag auf dieses sein Kind einwirken wollte, konnte er auch dafür sorgen, daß Martha zugegen war, und ihr entweder durch sie oder durch ein anderes seiner Kinder ein passendes Kleid zukommen lassen, sagte sie sich. Jedenfalls wollte sie beten und die Augen offen halten.

Nach der ersten, herzlichen Begrüßung sprach sie nur wenig mit der kleinen Fremden ihr gegenüber; doch hüllte sie fürsorglich einen warmen Shawl um sie und überließ sie dann ihren Gedanken und Empfindungen.

25. „O Herr, rette auch Robert!“

Als Frau Roberts eine Stunde später ins Zimmer trat, in welchem sie ihren Gast untergebracht hatte, fand sie Martha vor dem Spiegel stehen, doch waren ihre Gedanken offenbar mit ganz anderem beschäftigt als mit ihrem Bild, denn ihre Blicke schweiften geistesabwesend ins Weite. Als die Dame des Hauses leise eintrat, nachdem sie auf ihr wiederholtes Klopfen keine Antwort erhalten hatte, gab das Mädchen seinem Gedankengang Ausdruck mit den Worten: „Robert muß auch dahin kommen!“

„Wohin kommen?“ fragte Frau Roberts verwundert.

„In den Himmel! Robert muß in den Himmel kommen!“ antwortete Martha mit großer Bestimmtheit. „Seit ich den Mann davon reden hörte, habe ich darüber nachgedacht und werde nun Robert keine Ruhe lassen, bis er sich auf den Weg macht.“

Sie sagte das in so heftiger Weise, daß Frau Roberts nicht recht wußte, sollte sie darüber erschrecken oder lachen. Während sie noch überlegte, was sie sagen sollte, fuhr das Mädchen fort:

„Ich habe nie viel vom Himmel gehört. Erst kürzlich hat mir Sarah Calkins erzählt, was Sie ihr gesagt haben; doch meinte ich, der Himmel wäre nur für reiche und vornehme Leute. Die Margret, die sich bekehrte und dann in den Himmel kam, von welcher der Mann heute abend sprach, war aber eine ganz arme Frau und noch dazu eine Trinkerin. Als ich das hörte, schöpfte ich Hoffnung für Robert. Er ist zwar bis jetzt kein Trinker, aber er wird es werden, wenigstens sagen das alle Leute, weil der Vater so arg trinkt, und auch Mutter fürchtete es immer. Sie sagt, Vater habe auch erst mit dem zwanzigsten Jahr angefangen, und Robert werde es gerade so machen. Schließlich redete ich mir ein, der Junge könne gar nicht anders, wenn ich auch nie davon sprach, nicht einmal mit Sarah Calkins. Wenn aber wahr ist, was der Mann heute gesagt hat, so ist auch für Robert noch Hoffnung. Er behauptet, Gott könne den Leuten die Lust zum Trinken nehmen, sie Tag für Tag bewahren, und sie könnten so gut wie andere Leute in den Himmel kommen. Mein Lebtag habe ich gewünscht, Robert möchte es einmal recht gut haben, und weil ich keine Möglichkeit hierzu sah, wurde ich ärgerlich auf ihn. Heute abend ging mir zum ersten Mal ein Licht auf, wie er zum Glück gelangen könnte. Seitdem steht mein Entschluß fest: Robert muß in den Himmel!"

Frau Roberts hatte längst keine Lust mehr zu lachen, sondern langsam rieselte ihr eine Träne nach der anderen über die Wangen. Martha sah es im Spiegel und wandte sich verwundert nach ihr um.

„Warum weinen Sie?" fragte sie lebhaft. „Glauben Sie nicht, daß der Mann recht hat, daß Leute wie Robert in den Himmel kommen können? Wenn die alte Margret, von der er erzählte, hinkam, sehe ich nicht ein, warum es Robert nicht können soll. Was kann er dafür, daß er nicht besser ist? Hat er doch nie Gelegenheit gehabt, ein ordentlicher Junge zu werden, und überhaupt, so sehr schlecht ist er gar nicht, lange nicht so schlimm wie andere Leute!"

Das Mädchen sagte das beinahe in zornigem Ton, so sehr ängstigte sie Frau Roberts Schweigen, aus dem sie den Schluß zog, die Dame bezweifle die Möglichkeit, daß Robert in den Himmel kommen könne.

Dora aber schwieg nur, weil sie tief durchdrungen war von der Notwendigkeit, jedes Wort auf die Waagschale zu legen, um ja nichts zu sagen, was die eben erwachende Seele hemmen könnte.

„Freilich hat Robert ein Anrecht an den Himmel“, sagte sie ernst, „niemand kann ihm das streitig machen, nicht einmal der Teufel, und zwar hat er nicht nur das Recht, sondern die heilige Pflicht, nach der Seligkeit zu trachten.“

„Setze dich neben mich, Kind!“ fuhr sie sanft fort, zog das Mädchen auf einen gepolsterten kleinen Schemel nieder, und legte ihre Hand auf Marthas Kopf.

„Gehen wir ein wenig näher auf die Sache ein!“ fuhr sie fort. „In einem Punkt irrst du dich, Robert ist sehr schlecht, so schlecht, daß er für ewige Zeiten vom Himmel ausgeschlossen bleiben müßte.“

Das junge Mädchen fuhr auf und suchte Frau Roberts Hand abzuschütteln, doch diese fuhr sanft fort:

„Und du bist ebenso schlecht.“

„Ach, wer redet denn von mir?“ erwiderte das Mädchen. „Daß ich schlecht bin, ist eine alte Geschichte. Lassen Sie mich jetzt heim! Es ist mir einerlei, ob es regnet oder nicht.“

„Und auch ich bin ebenso schlecht“, fügte Frau Roberts hinzu. „Ich will dir eine Sünde nennen, die wir alle drei getan haben. Wir sind Tag für Tag und Jahr für Jahr aufgefordert worden, den Weg zum Himmel zu betreten, und wir haben der dringenden Einladung gar kein Gehör geschenkt, obwohl der Herr Jesus sein Leben dahingegeben hat, um uns Bahn zu machen.“

„Robert hat nie eine Aufforderung bekommen, er hat nicht einmal etwas von Himmel gehört“, antwortete Martha.

„O doch“, erwiderte Frau Roberts freundlich, aber fest, „der Herr Jesus hat mich beauftragt, ihn einzuladen, und ich habe es oft getan, aber er hat sich gestellt, als höre er die Aufforderung nicht, und Sarah Calkins hat dich eingeladen, du aber hast es gemacht wie dein Bruder."

„Weil ich ihr nicht glaubte", entgegnete Martha finster.

„Ist das etwa nicht unrecht?" fuhr Frau Roberts fort. „Was hat dir der Herr Jesus getan, daß du seinem Wort nicht glauben willst, obwohl er eines grausamen Todes gestorben ist, um dir zu beweisen, wie treu er es meint."

„Sie haben gesagt, Robert habe ein Anrecht an den Himmel", erwiderte das Mädchen.

„Ja, das hat er auch", sagte Frau Roberts. „Der Herr Jesus hat ihm das Recht erworben, in den Himmel einzugehen. Ich habe dich eingeladen, heute nacht hier in diesem Zimmer zu schlafen. Hat irgend jemand das Recht, es dir zu wehren?"

„Nein", antwortete Martha sehr bestimmt und warf einen bewundernden Blick auf das schöne, weiße Bett.

„Also kannst du ehrlich sagen, du habest ein Recht, hier zu übernachten, nicht wahr? Und doch ist das nur ein so schwaches Abbild von dem, was der Herr Jesus getan hat, um dir ein Anrecht auf den Himmel zu geben, daß es mich nicht wundern würde, wenn du es nicht verständest, Martha. Aber vielleicht kannst du dir doch vorstellen, wie es mich hätte kränken müssen, wenn ich immer wieder mit der Bitte in dich gedrungen wäre, du möchtest doch zu mir kommen, und du hättest mir gar keine Antwort gegeben."

„Wahrscheinlich hätten Sie mich nie wieder eingeladen", antwortete Martha mit großer Bestimmtheit.

„Nein, nachdem ich dich drei- oder viermal umsonst aufgefordert hätte, hätte ich mir wahrscheinlich gesagt: Das Mädchen will nichts mit mir zu tun haben, ich will es zu vergessen suchen", sagte Frau Roberts. „Sieh, das ist einer der Unterschiede zwischen mir und dem Herrn Jesus. Er wartet und fordert nur noch dringender auf, ladet immer aufs neue ein. Wie lange wirst du ihn noch warten lassen, Kind?“

Dies war nur der Anfang des langen Gesprächs, das Frau Roberts mit Martha führte. Herr Ried war längst nach Hause gegangen, Röschen lag schon im ersten Schlaf, und Herr Roberts wartete noch immer auf seine Frau, während diese ihrem jungen Gast mit einfachen Worten die Geschichte vom Sünderheiland und dessen Liebe erzählte.

Es war Mitternacht vorüber, als die beiden zum Gebet niederknieten, die vornehme, reiche Frau und das arme Kind. Aber der Heiland, der barmherzige Hohepriester beider, neigte sein Ohr und hörte den Schrei der noch im Dunkeln tappenden Seele, die sehnsüchtig die Hand nach ihm ausstreckte, hielt ihr die bis in die tiefsten Tiefen des Elends reichenden Arme entgegen und zog sie an sein Herz. Wie könnte ich das näher beschreiben, wie sagen, was in jenem Augenblick in des Mädchens Seele vorging.

Frau Roberts kühnste Erwartungen waren übertroffen. Bis zu dieser Höhe hatte sich selbst ihr Glaube nicht emporgeschwungen. Sie hatte Einfluß auf Martha zu gewinnen gesucht, hatte ihr durch ihre liebevolle Fürsorge einen schwachen Begriff von der Liebe Gottes beibringen, ein Sehnen nach etwas Besserem in ihrer Seele wachrufen und sie mit der Zeit dazu führen wollen, Ruhe und Frieden in Christo zu suchen. Sie hatte sich vorgenommen, recht geduldig zu sein und sich durch keinerlei Schwierigkeiten und Hindernisse irre machen zu lassen; aber daß sich der Herr das Mädchen noch an jenem Abend zu eigen machen werde, das hatte sie nicht erwartet.

Das erste, was sie zu ihrem Mann sagte, als sie nach Mitternacht herunterkam, war: „Er konnte nicht viele Taten und Wunder tun um ihres Unglaubens willen. Daran liegt es wohl, daß es heutzutage so traurig auf der Welt aussieht. Ich bin überzeugt, wenn sich heute eine Seele vertrauensvoll ihm zu Füßen wirft und das Unmöglichste von ihm erwartet, wie ein kleines Kind glaubt, dem Vater sei nichts zu schwer, so würde ihr Jesus seine Herrlichkeit offenbaren. Gott hat mich heute tief beschämt. Ich hatte ihn um ein Krümchen gebeten, und er hat mir über Bitten und Verstehen gegeben. Das Mädchen droben hatte vorher nie gehört, daß er auch ihr ein Heiland sein wolle, und doch hat sie sich ihm rückhaltlos übergeben. Und weißt du, Eduard, was ihre erste Bitte war, als sie sich gerettet fühlte? ‚O Herr, rette auch Robert!' Du hättest nur ihr Gesicht sehen sollen, als ihr klar wurde, daß sie für ihren Bruder beten und Gottes Gnade auf ihn herabflehen dürfe. O Eduard, warum sind wir nur so trägen Herzens, zu glauben und Großes von unserem Gott zu erwarten?"

26. Der vermißte Vater

Ist es nicht merkwürdig, was für Wege der Herr zuweilen einschlägt, um die Gebete der Seinen zu erhören?

Es war viel für Robert Colsen gebetet worden, aber seiner Schwester hatte niemand insonderheit gedacht. Allerdings war in Sarah Calkins, sobald sie selbst den Herrn gefunden hatte, der Wunsch aufgestiegen, auch Martha möge dieselbe Seligkeit zuteil werden, aber sie wußte nicht recht, wie sie dem Mädchen beikommen könnte, um es in der richtigen Weise zu beeinflussen. Wohl hatte sie Martha mit ihren Gebeten in den Vortrag begleitet, doch hatte sie nicht einen Augenblick eine wirkliche Erhörung ihrer Bitten erwartet. Ja, wahrlich, in den meisten Fällen muß sich der Herr mit einem Glauben begnügen, der nicht einmal so groß ist wie ein Senfkorn!

Aber wir dürfen nicht vergessen, er ist ein barmherziger, gnädiger Gott, der da gibt über Bitten und Verstehen, und der die Menschen oft auf wunderbare Weise zu sich zieht. Ereignisse von überraschender Tragweite folgten schnell aufeinander. Erstens kam der arme, verkommene Mann, Roberts Vater, nicht wieder nach Hause. Was aus ihm geworden war, konnte niemand mit Bestimmtheit sagen. Nur konnte mit ziemlicher Sicherheit angenommen werden, daß er in betrunkenem Zustand irgendwie verunglückt war. Jedenfalls wurden seinetwegen auch keine so eingehenden Untersuchungen unternommen, wie es bei einem Mann in anständiger Lebensstellung geschehen wäre. Wenigstens war es für Leute, die einen Begriff von dem Wert einer Menschenseele haben, überaus schmerzlich zu sehen, wie leicht sich die Nachbarn über das Verschwinden des armen Mannes hinwegsetzten.

Einer war aus ihrer Mitte geschieden. Wohin wußte niemand, und niemand kümmerte sich darum. Waren der Menschen doch so unzählige auf der Welt, wie sollte man da den einzelnen vermissen!

Nur eine Person vermißte ihn, und zwar gerade die, die er am schlechtesten behandelt, ja, geradezu mit Füßen getreten, das Weib, dem er vor Jahren Treue gelobt und so bald gebrochen hatte. Dieses Weib weinte heiße Tränen um ihn, wartete Tag und Nacht auf seine Heimkehr, horchte begierig auf jeden schwankenden Fußtritt, der draußen erschallte, stand nachts von ihrem elenden Strohlager auf, öffnete die Kellertür weit und lauschte gespannten Ohres hinaus auf die Straße, ob sie nicht etwa unter den Stimmen der Zecher in dem nahen Wirtshaus ihres Mannes Stimme erkennen möchte, horchte und hielt den Atem an und zitterte an allen Gliedern vor banger Sorge und freudiger Hoffnung, bis sie endlich enttäuscht auf ihr Strohlager zurückkehrte, den Kopf unter die zerlumpte Bettdecke barg und sich in den Schlaf weinte.

„Sie wird sich zu Tode um ihn weinen", sagte Martha erstaunt und doch mit einer gewissen ehrerbietigen Scheu zu Robert. Die Geschwister standen nachdenklich nebeneinander am Fenster, vermieden es jedoch, sich anzusehen. Ihnen war das Verschwinden des Vaters eher eine Erleichterung als ein Schmerz, denn sie hegten keine Liebe für ihn im Herzen. Der Vatername schloß für sie nur den Begriff des Jammers und Elends in sich. Dennoch achteten sie der Mutter Schmerz und suchten ihr Liebe zu erweisen, so gut sie es verstanden. Robert hatte ganz aus eigenem Antrieb ein wenig Tee in einer Tüte nach Hause gebracht und einen halben Schoppen Milch im Eckladen geholt. Martha aber hatte an Sarahs Kohlenfeuer eine Schnitte Brot geröstet und sich der Freundin einzige Tasse geborgt, um der Mutter den Tee in möglichst einladender Form ans Bett zu bringen. Sie war ganz enttäuscht, als sie sich weigerte, davon zu trinken, und statt dessen weinend sagte: „Der arme Vater hat früher so gern Tee getrunken, und wer weiß, ob er je Schnaps und dergleichen zu sich genommen hätte, wenn ich ihm guten, starken Tee hätte verschaffen können."

Martha teilte diese Ansicht nicht, doch schwieg sie und ließ den Tränen ihren Lauf. Nur das eine bedauerte sie von Herzen, daß sie den Herrn Jesus, der allein imstande gewesen wäre, ihren Vater von der Trunksucht zu erretten, nicht früher kennengelernt hatte. Nach dem, was der Heiland an ihrer Seele getan hatte, zweifelte sie keinen Augenblick an dessen Macht, selbst das denkbar Unmöglichste zu vollbringen.

Warum hatten nur die Leute ihren Vater ins Verderben sinken lassen und ihm niemals von Jesus gesagt? Warum hatte sie nicht eine Woche früher auf Sarah gehört, und warum hatte Robert den Heiland nicht angenommen und den Vater zu retten gesucht? Diese und ähnliche Fragen lagen schwer auf Marthas Seele.

Mittlerweile saß Frau Roberts daheim in ihrem eleganten Wohnzimmer und überlegte, was sie wohl für das neu bekehrte Mädchen tun, und wie sie durch dasselbe des Bruders Seele beeinflussen könnte.

Die Promenadenstraße war so weit von der Wolfsgasse entfernt, daß sie von des Vaters Verschwinden nichts gehört hatte, und sie hatte in den letzten Tagen so viel zu tun gehabt, daß sie nicht einmal dazu gekommen war, Martha zu besuchen, so sehr ihr diese auf dem Herzen lag.

Eines Nachmittags machte sie sich nun aber doch frei, um ihr Vorhaben endlich auszuführen. Robert sollte sie in die

Wolfsgasse begleiten, und sie wollte ihn zu diesem Zweck in der Druckerei, in der er beschäftigt war, abholen. Damit verband die kleine, kluge Frau noch einen anderen Zweck. Der Prinzipal des Geschäfts war ein gläubiger Mann, doch hatte sie Grund zu vermuten, daß er sich weniger um Robert kümmerte als um seinen kleinen Hund, der an der Tür saß und die Vorübergehenden anbellte. Daher fuhr sie am Tag vor dem beabsichtigten Besuch bei dem Besitzer der Druckerei vor.

Sie wurde ohne weiteres vorgelassen, nachdem demselben ihr Name gemeldet worden war, und Herr Stark versicherte sie aufs Freundlichste seiner Bereitwilligkeit, ihr zu dienen.

Was mochte die elegant gekleidete Dame wollen, daß sie ihren Wagen draußen warten ließ und in eigener Person ins Packlokal kam? Die Veranlassung mußte eine dringende sein.

Ja, das war sie auch. „Könnte ich Herrn Colsen sprechen?" fragte Frau Roberts. Sie wollte ihn nicht lange aufhalten, nur eine kurze Verabredung für den nächsten Tag mit ihm treffen.

„Herrn Colsen?" wiederholte der Prinzipal kopfschüttelnd. Er hatte keinen Angestellten dieses Namens in seinem Geschäft. Die Dame mußte sich in der Hausnummer geirrt haben.

Aber Frau Roberts ließ sich nicht so schnell abfertigen. Sie sei ihrer Sache gewiß, sagte sie, Herr Colsen habe ihr erst kürzlich von seiner Arbeit erzählt. Soviel sie wisse, stehe er unter Herrn Kohler. Er sei noch ein ganz junger Mann, und Doktor Everett habe ihm die Stelle verschafft.

Da ging dem Prinzipal und seinem Teilhaber am Geschäft ein Licht auf.

„Meint die Dame etwa den ‚schwarzen Robert'? sagte ersterer zu seinem Gefährten.

„O nein, er ist kein Neger", fiel Frau Roberts lebhaft ein. „Er heißt Colsen, Herr Robert Colsen."

„Das ist er", sagte der Prinzipal hastig, er wußte offenbar nicht recht, sollte er lachen oder ärgerlich sein.

Demnach wurde Robert Colsen gerufen. Schwarz war er allerdings, das war nicht zu leugnen, und zwar nicht nur seiner dunklen Hautfarbe, sondern auch seiner schmutzigen Arbeit wegen. Seine große Schürze war voller Tinten- und Ölflecken und sein Gesicht finsterer denn je, doch hellte es sich zusehends auf, als er Frau Roberts erkannte und ihm diese mit einem freundlichen: „Guten Tag, Herr Colsen!" die Hand entgegenstreckte.

Schon war Robert im Begriff, dieselbe zu ergreifen, als er plötzlich zurückwich und mit einem Blick auf seine schmutzige Rechte verlegen stammelte: „Ich habe Tinte an den Fingern."

„Tut nichts", antwortete Frau Roberts munter. „Ein wenig ehrlicher Schmutz schadet niemandem." Mit diesen Worten nahm sie die schwarze, schwielige Hand in die ihre.

Frau Roberts plauderte dann ein paar Minuten lang mit dem Jungen, indem sie zum größten Erstaunen der anwesenden Herren auf eine gesellige Zusammenkunft am Montagabend, auf Fräulein Dennis und die musikalische Unterhaltung am Schluß der Woche anspielte.

Wollte das Frauchen mit der sanften Stimme etwa nicht nur mit Robert sprechen, sondern ihnen zugleich eine Lektion erteilen? Nachdem sie sich versichert hatte, daß die Herren nichts dagegen hatten, traf sie schließlich eine Verabredung für den nächsten Nachmittag.

Robert war so verlegen, daß er kaum ein Wort des Dankes

stammeln konnte, aber zweierlei freute seine Gönnerin sehr. Das eine war, daß er beim Abschied seine Mütze abnahm, und das zweite, daß er es genau so tat, wie der junge Ried, wenn er grüßte. Frau Roberts hätte vor Freude in die Hände klatschen mögen, aber sie tat es nicht, sondern wandte sich zu dem Prinzipal und sagte mit herzgewinnender Liebenswürdigkeit: „Ich bin so froh, daß Herr Colsen im Geschäft eines entschiedenen Christen Anstellung gefunden hat. Er bedarf der Hilfe seitens wahrer Christen sehr."

Hierauf ließ sie sich von dem Herrn zum Wagen geleiten und fuhr fröhlichen Herzens davon.

Am anderen Tag wollte sie das blonde Mädchen besuchen. Sie packte alle möglichen nützlichen Dinge für Martha in ein Körbchen, unter anderem einen Hut und einen Kragen. Dabei überlegte sie hin und her, ob sich nicht Mittel und Wege finden ließen, um zu verhüten, daß ihre Gaben sofort ins Leihhaus wanderten, ohne zu ahnen, daß die Hand, die bisher alles an sich gerissen hatte, nicht mehr da war. Robert hatte in seiner Aufregung vollständig vergessen, es ihr mitzuteilen. Der „christliche Arbeitgeber" aber hatte es ihr nicht sagen können, da er es ebensowenig wußte wie sie. Der Mann hatte überhaupt keine Ahnung, ob Robert noch einen Vater besaß oder nicht. Alles, was er von ihm wußte, war, daß er ein Gassenjunge war, dem Doktor Everett zu helfen suchte, und dem er auf des letzteren Fürsprache hin Beschäftigung gegeben hatte, weil er ohnehin gerade Arbeiter brauchte.

Als Robert an jenem Abend nach Hause kam, ging ihm Martha mit dem Ausdruck ernster Entschlossenheit entgegen und sagte:

„Die Mutter liegt im Sterben, Robert. Du kannst dich darauf verlassen, daß es nicht mehr lange dauern wird. Ihr

Zustand hat sich heute nachmittag sehr verschlimmert. Sobald Markus heimkommt, will ihn Sarah zu seinem Doktor schicken, sie sagt, sie sei überzeugt, er komme gern. Aber solange will ich nicht warten. Ich will ‚sie' bitten lassen zu kommen. Sie weiß den Weg zum Himmel und kann ihn der Mutter sagen; nur dürfen wir die Sache nicht hinausschieben, sonst findet sie Mutter nicht mehr am Leben. Also geh du schnell hin und hole sie, Robert, denn ich weiß bestimmt, es ist keine Zeit zu verlieren."

Robert wußte sofort, wer ‚sie' war, die er holen sollte. Er bezweifelte keinen Augenblick, daß Martha mit dem betreffenden Fürwort keine andere meinen konnte als Frau Roberts. Aber was ihm die Schwester über seine Mutter sagte, traf ihn wie ein Donnerschlag. Die einzige Person sollte er scheiden sehen, die ihm seine zerlumpten Kleider geflickt hatte und nachts aufgeblieben war, um sie ihm zu waschen! Das war etwas ganz anderes als den zeitlebens gefürchteten, ja nahezu gehaßten Vater zu missen.

Hastig schritt er an Martha vorüber und trat an das elende Lager in der anstoßenden Kammer.

Die Mutter schlief, aber er sah sofort, daß eine merkwürdige Veränderung mit ihr vorgegangen war, wenn er auch nicht hätte sagen können, worin dieselbe bestand. Jedenfalls aber begriff er Marthas Besorgnis und stürzte aus dem Haus, um ihren Auftrag auszuführen.

Frau Roberts Wagen rollte gerade die Hauptstraße entlang, als er in diese einbog. Er kannte die Pferde genau; aber was würde es helfen, wenn er dem Kutscher zurief zu halten? Auf sein Geheiß tat es der Mann gewiß nicht.

„Wollen Sie nicht den Wagen dort anhalten?" sagte er daher atemlos zu dem Polizeidiener, der an der Ecke stand,

„ich muß notwendig mit der Dame sprechen, die darin sitzt."

„Das sollte mir einfallen!" erwiderte der Angeredete spöttisch. „Was hast du nun wieder für einen Streich vor, Robert? Wirst du denn nie lernen, dich anständig zu benehmen wie andere Jungen?"

Robert aber schleuderte des Mannes Hand von sich, die ihn zurückhalten wollte, und suchte dem Kutscher ein Zeichen zu machen. Herr Roberts, der eben aus dem Fenster sah, bemerkte es, erkannte das Gesicht, ließ den Wagen halten und winkte Robert herbei. Dieser erzählte nun in fliegender Eile, was vorgefallen war.

„Vater ist vor einiger Zeit fortgegangen und nicht wieder gekommen", sagte er. „Mutter, die schon lange kränklich war, hat sich darüber so gegrämt, daß sie Tag und Nacht geweint hat, und scheint jetzt im Sterben zu liegen. Martha möchte darum gern, daß Sie kämen und ihr den Weg zum Himmel zeigten. Sie sagt, niemand verstände das besser als Sie, und Sie würden gewiß kommen."

27. Nach der Beerdigung

Natürlich ging Frau Roberts sogleich mit, und da nun die Sache bekannt geworden war, geschah alles, was geschehen konnte. Doktor Everett wurde gerufen. Das elende Lager mit den zerfetzten Lumpen machte einem anständigen, bequemen Bett Raum. Alle erdenklichen stärkenden Mittel wurden angewandt, und der Doktor tat sein Möglichstes, um die durch langjährige Not herbeigeführte Krankheit zu bekämpfen. Aber es war alles umsonst. Herr Roberts sagte mit Recht: „Wäre vor Jahren oder auch nur vor Monaten die Hälfte von dem geschehen, was jetzt geschieht, so wäre die arme Frau vielleicht erhalten geblieben, nun aber kommt die Hilfe zu spät."

Trotz der mißlungenen leiblichen Rettung hatten unsere Freunde jedoch diesmal Veranlassung, Freudentränen zu vergießen.

„Wenn ich auch nichts mehr für die arme Frau tun kann", sagte Doktor Everett, „so hat doch mein Herr und Meister heute noch dieselbe Macht zu helfen wie vor Jahren. Er kann sie retten."

Und er tat es auch. Die arme, todmüde Frau, die im Andenken an den Mann, der Maria, Martha und Lazarus lieb hatte, ihr Kind Martha genannt hatte, machte sich innerlich auf, als sie den Namen dieses Jesus hörte, und lauschte der wunderbaren Botschaft, daß er nicht nur Martha und Maria, sondern sie selbst trotz allen Sündenelends und Jammers so innig liebte, daß er sie zu sich rief, und ihr eine Wohnung droben im Licht zubereitet hatte.

Ach, warum hatte sie sich nicht schon längst in dieses Heilands mächtige Hand gelegt! Jahrelang war sie dahin gegangen, ohne nach ihm zu fragen, und in den Sorgen und Leiden ihres Lebens war der gute Same erstickt worden. Nun war sie des langen Umherirrens müde und sehnte sich nach nichts so sehr als nach einem Bergungsort. Sie erkannte sich als Sünderin und fühlte ihre Ohnmacht, sich selbst zu helfen. Warum sollte sie da nicht mit Freuden die Botschaft von der Erlösung durch Jesum Christum begrüßen?

Wie verlangend schlug sie die müden Augen auf, als sie die Worte vernahm: „Kommet her zu mir alle, die ihr mühselig und beladen seid!" Müde und beladen, ach, das war sie ja, mehr als irgend jemand auf Erden! Wem galt die Einladung demnach, wenn nicht ihr? Und wie lautete die Botschaft weiter? „Ich will euch erquicken." Kein Wunder, daß sie mit seligem Lächeln die Augen schloß und antwortete: „Ich will kommen, zeige mir, wie ich es machen muß!" Und wie gern zeigte ihr der Herr den Weg.

Als die Mutter endlich zur Ruhe eingegangen war, sagte Martha: „Robert, sie ist nun im Himmel, und ich bin auf dem Weg dahin. Schon die ganze letzte Woche wollte ich dir das mitteilen. Nur wußte ich nicht recht, wie ich es anfangen sollte. Er hat mich gerufen, und ich habe mich auf den Weg gemacht. Nun mußt du dich auch aufmachen, denn hier auf Erden hast du es bisher noch keine Stunde gut gehabt, und die Mutter wird im Himmel nach dir ausschauen, wie sie es hier unten immer getan hat, Robert."

Da schwand Roberts mühsam aufrecht erhaltene Selbstbeherrschung, und die dicken Tränen rollten ihm über die Wangen. Martha aber hatte nicht Zeit zum Weinen, sie hatte Wichtigeres zu tun, nämlich dem Bruder den Weg zum Himmel zu weisen.

Am nächsten Tag bot sich den Bewohnern der Wolfsgasse ein höchst ungewöhnlicher Anblick. Ein Sarg wurde ja häufig hindurchgetragen, aber diesmal hielt ein Leichenwagen vor dem Trauerhaus, und diesem folgten Doktor Everetts und Herrn Roberts Wagen, ersterer mit dem Geistlichen, letzterer mit den Geschwistern Colsen. Danach kamen Roberts Kameraden, je zwei und zwei, so daß die Kinder der verrufenen Gasse mitten im Spielen oder Balgen inne hielten, und die Frauen verwundert an den Türen standen und schweigend zusahen.

Der Anblick machte offenbar Eindruck auf sie und lehrte sie eine Lektion, die sie nicht sobald vergaßen. Vermutlich verbrachten sie den Rest des Abends weniger laut als gewöhnlich.

„Was soll nun aber mit den Geschwistern geschehen?" fragte sich Frau Roberts. In ihrem bisherigen Heim konnten sie unmöglich bleiben, aber die Frage, was nun mit ihnen zu tun sei, war nicht leicht zu beantworten.

Es wurden verschiedene Pläne ersonnen. Neben der Wohnung der Familie Calkins war noch ein Stübchen frei, das jedenfalls weit besser war als der Keller, in dem die Colsens bisher gewohnt hatten, und an das auch ein Kämmerchen stieß, das Robert als Schlafkammer benutzten konnte. „Wie wäre es, wenn Sarah Calkins die Geschwister in Kost und Wohnung nähme?" schlug daher Röschen Dennis vor, und die Sache hatte viel für sich. Frau Roberts wollte der Plan aber gar nicht recht einleuchten, obwohl Sarahs Zimmer nun wirklich ein trauliches Heim waren und der Vater Calkins bisher sein Gelübde gehalten hatte und sogar regelmäßig arbeitete. Dadurch hatte Sarah mehr Geld in Händen, so daß sie alles aufbot, um es den Ihrigen zu Hause so gemütlich wie möglich zu machen. Gerade diesen Zeitpunkt, da in der kleinen Familie eine so entschiedene Wendung zum Guten eintrat, hielt Frau Roberts nicht für geeignet zur Einführung fremder Elemente. Dazu hatte der Vater noch nicht genug Festigkeit des Charakters gewonnen und konnte seinen Kindern zu wenig Halt bieten. Im Gegenteil, die Kinder mußten ihn noch in mancher Beziehung schützen, und es war noch nicht lange her, seit Martha und Robert vielfach Gelegenheit hatten, sich über ihn lustig zu machen. Überdies hätte Frau Roberts Martha am liebsten ganz aus dem verrufenen Stadtviertel entfernt, denn sie konnte sich die Gefahren nicht verhehlen, die dem auffallend hübschen Mädchen dort drohten. Es mußte also ein anderer Plan ersonnen werden.

Durch die Zwischenkunft des Eigentümers der elenden Kellerwohnung, in der die Colsens bisher gelebt hatten, mußte wenigstens über die allernächste Zukunft der verwaisten Geschwister sofort entschieden werden. Der Besitzer, der den Mietzins einzubüßen fürchtete, beging die Unklugheit, Frau Roberts anzusprechen, als sie ihre Schützlinge nach der Beerdigung der Mutter heim begleitete.

Wahrscheinlich hielt er das für eine besonders schlaue Maßregel. Er wolle ja wohl mit den Armen Geduld haben, sagte er, niemand in der ganzen Stadt warte länger auf sein Geld als er. Aber Geschäft sei eben Geschäft, und man könne ihm nicht verdenken, wenn er sich auf einen Jungen wie Robert nicht verlasse. Wie sollte es mit dem Mietzins in Zukunft gehalten werden? Wollte Frau Roberts die Kellerwohnung für die Geschwister mieten und auf wie lange? Sie werde einsehen, daß es seine Pflicht sei, sich sicher zu stellen!

Was wäre natürlicher, als daß sich Frau Roberts, besonders da die jungen Leute zugegen waren, bereit erklären würde, die Verantwortung für den Mietzins zu übernehmen, sagte sich der Hausherr. Doch er hatte die Rechnung ohne den Wirt gemacht. Entrüstet, daß der Mann so hartherzig sein konnte, die Waisen, die soeben von der Beerdigung ihrer Mutter heimkamen, mit einer solchen Frage zu behelligen, wandte sich Frau Roberts zu ihrem Schützling und sagte: „An Ihrer Stelle würde ich die Zimmer nicht wieder mieten, Herr Colsen. Ich finde sie durchaus nicht geeignet für Ihre Schwester, und Sie können leicht eine bessere Wohnung finden."

Nun wurde der Hausherr ärgerlich. Diese Albernheit, den Taugenichts, dem kein vernünftiger Mensch traute, „Herr Colsen" zu nennen! Der einfältigen Person wollte er schon heimleuchten!

„Geschäft ist Geschäft", wiederholte er hartnäckig. „Entweder müssen sie die Wohnung mieten und den Zins vorausbezahlen, oder sie müssen noch heute abend die Zimmer räumen. Ich habe nun des Todesfalles wegen schon volle drei Tage gewartet. Länger aber kann und will ich mich nicht hinhalten lassen!"

Verlegen blickte Robert von einem zum anderen, als ihm seine neue Verantwortlichkeit plötzlich klar wurde. Die Mutter, die ihnen bisher das elende Heim erhalten hatte, weilte nicht mehr unter den Lebenden, und er hatte keinen Pfennig Geld, um die Miete zu zahlen, noch irgendein anderes Obdach, wohin er mit der Schwester ziehen konnte.

Frau Roberts aber wandte sich zu ihm mit den Worten: „Ich denke, Sie ziehen lieber heute als morgen von hier fort. Ich würde es an Ihrer Stelle wenigstens so bald als möglich tun, Herr Colsen. Lassen Sie Ihre Schwester zu mir kommen, bis Sie andere Bestimmungen getroffen haben!"

Da Herr Roberts anderweitig beschäftigt war, hatte er Herrn Ried gebeten, seine Frau zu der Beerdigung zu begleiten. Dieser trat nun vor, legte die Hand auf Roberts Arm und sagte so herzlich, als spräche er mit seinem besten

Freund: „Und Sie übernachten heute bei mir, Colsen; dann haben wir Gelegenheit, die Dinge eingehend zu besprechen."

„Das wäre wohl das Beste", sagte Frau Roberts rasch, sichtlich erfreut über die entschlossene Handlungsweise des jungen Ried.

„Sie können die elende Wohnung demnach sofort verlassen, Herr Colsen. Herr Roberts wird für die Überführung Ihrer Habseligkeiten sorgen, und der Hausherr kann sich den letzten Mietzins morgen bei ihm holen. So ist alles am besten geordnet. Darf ich Martha also mitnehmen?" Bei dieser Frage berührte Frau Roberts kosend den Arm des jungen Mädchens.

Martha war so erstaunt, daß sie kein Wort über die Lippen brachte. Wann war Robert je ihretwegen um Erlaubnis gefragt worden? Anfangs kam es ihr geradezu lächerlich vor, aber dann brachte ihr der Gedanke, nicht allein auf sich angewiesen zu sein, sondern einen Bruder zu haben, der sie beschützen und für sie sorgen konnte, plötzlich ein Gefühl der Erleichterung, und es stieg die Frage in ihr auf, wie sich Robert dieser Pflicht wohl entledigen, ja, ob er sie überhaupt anerkennen werde.

Robert wurde rot, und eine Menge neuer Gedanken und Gefühle brach sich in seiner Seele Bahn. Er war nun das Haupt der Familie und sollte als solches für Martha entscheiden. Frau Roberts harrte bangen Herzens seiner Antwort. Es war ihr ein großes Anliegen, daß sich der zum Jüngling herangewachsene Junge seiner Verantwortlichkeit bewußt werde.

Endlich schüttelte Robert den Bann von sich, der ihn gefangen hielt, und sagte mit der Miene eines Mannes, der von der ihm zugehörigen Stellung und aller damit verbundenen Pflichten Besitz ergreift: „Gehe mit ihr, Martha. Morgen können wir dann überlegen, was sich weiter tun läßt."

Und zum ersten Mal in ihrem Leben nahm Martha eine Weisung von ihrem Bruder schweigend an und gehorchte derselben.

Möglicherweise hatte sich Frau Roberts geirrt, aber sie hatte den Eindruck, als ob an jenem Tag viel erreicht worden wäre. Doch ahnte niemand, wozu das alles noch führen sollte.

Als die Hausfrau Martha eine Stunde später in das Zimmerchen führte, welches das Mädchen schon einmal beherbergt hatte, und sie wie einen lieben Gast behandelte, dem man es mit Freuden so behaglich wie möglich im Haus macht, hatte sie keine weiteren Pläne gefaßt, sondern hatte einfach getan, was ihr ihr menschenfreundliches Herz eingab. Seit sie sich zum Herrn bekehrt hatte, hatte sich ihr Christentum nie danach gerichtet, was in der Welt Gebrauch war. Gerade weil sie in ihrer frühesten Jugend so sehr unter der Knechtschaft menschlicher Meinungen gestanden hatte, hatte sie sich nun um so unabhängiger von dem Urteil anderer gemacht. Sie wollte ein freies Gotteskind sein, das von Jesus allein abhängig ist. Nur was ihm wohlgefiel, sollte für sie der Maßstab ihres Handelns sein. Merkwürdigerweise war ihr in diesem Fall aber gar nicht die Frage gekommen, ob er es vielleicht nicht für ganz richtig halten werde, wenn sie Martha nur als Gast beherberge. Das wurde ihr erst später klar, nachdem sie die Sache tage- und wochenlang vor ihrem Herrn und Meister erwogen hatte.

Es ging das folgendermaßen zu. Eine Woche nach der anderen verstrich, ohne daß sich eine passende Unterkunft für Martha gezeigt hätte. Mittlerweile gewannen Frau Roberts und Röschen Dennis immer herzlicheren Anteil an dem jungen Mädchen und nahmen sich zunächst seiner Kleidung an. „Wohin sie auch kommen mag, muß sie anständig angezogen sein“, sagte Frau Roberts und machte sich mit Röschen an die Arbeit. So einfach nun aber die einzelnen Kleidungsstücke waren, die sie für ihren Schützling anfertigten, so kam Marthas auffallende Schönheit durch dieselben doch so sehr zur Geltung, daß Frau Roberts sich nicht entschließen konnte, das junge Mädchen eine Stellung als Ladnerin oder dergleichen annehmen zu lassen.

Allmählich ging eine Veränderung mit Martha vor. Ganz von selbst tat sie dieses und jenes im Haushalt und zeigte besonders solche Geschicklichkeit im Nähen, daß Röschen Dennis mehr als einmal zu der Freundin sagte: „Weißt du, was du tun solltest, Dora? Du solltest Martha das Kleidermachen lernen lassen. Sie könnte sich dann in kürzester Zeit ihr Brot selbst verdienen.“ Lächelnd gab Frau Roberts letzteres zu, aber auf Röschens Vorschlag ging sie darum doch nicht ein. Sie wollte die Verantwortung nicht auf sich nehmen, das bildschöne, unwissende Mädchen in die Lehre zu geben. Dafür suchte sie Martha zu Hause so viel wie möglich lernen zu lassen, und die Kleine stellte sich so geschickt an, daß sich ihre Gönnerin nach Verlauf einiger Wochen sagte, sie würde ihre Hilfe sehr vermissen, wenn sie fortginge.

Was war mittlerweile aber aus Robert geworden? Hierüber hätte der junge Ried am besten Auskunft geben können, denn der Junge war immer noch in Frau Sanders Haus. Neben Rieds Zimmer befand sich ein Kämmerchen, das hatte ihm die gute Wirtin für seinen Schützling angeboten und eingeräumt, bis sich etwas Besseres finden ließe.

28. Fortschritte

Meine lieben Leser sagten sich wohl beim Lesen des letzten Kapitels: „Nun schreitet die Sache ja mit Riesenschritten fort!“ Und gibt es nicht auch Zeiten, da das wirklich der Fall ist, oder da es wenigstens den Anschein hat, als sei es so? Ereignet sich nicht Ähnliches zuweilen in der Natur? Wie oft scheint nach einem milden Regen der Frühling mit einem Male mit Macht hereinzubrechen, und alles keimt und sproßt wie mit einem Zauberschlag, und doch bildet sich wohl niemand ein, die Veränderung sei über Nacht vor sich gegangen.

In Frau Roberts Gruppe im Südwestend machten sich mancherlei Fortschritte bemerkbar. Am Sonntag, nachdem Roberts Kameraden Frau Colsen zum Grab geleitet hatten, hätte auch der flüchtigste Beobachter eine Veränderung an den Knaben wahrgenommen. Offenbar standen sie noch unter dem Eindruck des wehmütigen Ereignisses, denn auch die leichtsinnigsten, abgestumpftesten Gemüter können sich angesichts des Todes einer gewissen feierlichen Stimmung nicht erwehren. Unter anderen Umständen hätten sie sich jedenfalls über Robert lustig gemacht, als sie sein verändertes Wesen bemerkten, aber die Erinnerung an das Leichenbegängnis seiner Mutter hielt sie in Schranken, so daß die Wandlung, die mit dem Kameraden vorgegangen war, auch auf sie wirken konnte.

Jener Sonntag war voll wichtiger Begebenheiten für Robert, wenigstens kamen sie ihm wichtig vor, so geringfügig sie unsereinem scheinen mögen. Eine Menge Leute nahm sich seiner mit einem Male an.

„Der arme Junge“, sagte sich Frau Sanders, „wie wird er

heute die Mutter vermissen! Jedenfalls war sie es doch, die bisher für seine Kleidung sorgte, und wer weiß, ob sie ihm nicht noch ein reines Hemd für heute gerichtet hat!"

Offenbar wußte Frau Sanders nicht viel von der Lebensweise der verkommenen Armen, so lange sie auch schon in der Großstadt lebte; denn daß Robert überhaupt nur das Hemd haben könnte, das er auf dem Leib trug, kam ihr nicht einen Augenblick in den Sinn. Da sie jedoch in dem Lumpenbündel, das der Junge mitgebracht hat, kein Stück reiner Wäsche fand, holte sie aus einem Koffer ein lange dort aufbewahrtes Hemd hervor und stärkte und bügelte es. Hierauf hing es die gute Frau über den Stuhl an Roberts Bett, so daß des Jungen erster Blick darauf fiel, als er am Sonntagmorgen aufwachte. Eine Weile betrachtete er es nachdenklich, dann sprang er aus dem Bett, wusch sich gründlicher mit Wasser und Seife, als er es je in seinem Leben getan hatte, und zog das reine Hemd an.

Für einen anständigen Anzug hatte Herr Roberts schon vor dem Begräbnis der Mutter gesorgt.

Ein Weilchen später klopfte es, und der junge Ried erschien mit Stiefelbürste und Wichsschächtelchen in der Tür.

„Kann ich damit dienen?" fragte er möglichst unbefangen, als denke er gar nicht anders, als daß sich der Junge alle Morgen die Stiefel wichse. „Ich halte mir meine eigne Bürste, denn es ist billiger, dergleichen kleine Arbeiten selbst zu besorgen."

Robert antwortete nichts, langte aber nach dem dargebotenen Handwerkszeug und ließ sich den zugleich gegebenen Wink gesagt sein. Als er zum Frühstück kam, glänzten seine Stiefel, und er hatte einen reinen Papierkragen an, kurz, der Junge war kaum mehr zu erkennen. Ein reiner Kragen und eine Krawatte machen zuweilen einen großen Unterschied in dem Aussehen der Leute. Robert fragte sich, woher die Schachtel mit den Papierkragen wohl stammen möchte. Die Krawatte hatte zu unterst in der Schachtel gelegen und war ganz die gleiche, wie sie der junge Ried trug. Aber damit war das Rätsel keineswegs gelöst, denn solche Krawatten waren um weniges Geld dutzendweise zu kaufen.

Kein Wunder, daß Roberts Genossen den Jungen erstaunt ansahen, als er seinen Platz in der Sonntagsschule einnahm. Der „flinke Richard" hatte anfangs Mühe, das Lachen zu unterdrücken, aber zum Glück fiel ihm noch rechtzeitig der Ausdruck auf Roberts Gesicht ein, mit dem der Junge vom Grab seiner Mutter fortgegangen war, und darüber verging ihm der Mutwille.

Auf des jungen Ried Aufforderung ging Robert an jenem Sonntag in die Kirche und saß im Stuhl hinter Herrn und Frau Roberts.

Es war ihm, als befände er sich in einer anderen Welt. Allerdings war er dann und wann einmal in einer Kirche einer der Vorstädte gewesen und hatte von der Empore aus auf die Gemeinde heruntergesehen. Aber heute befand er sich mitten unter letzterer, als gehöre er dazu. „Wie, wenn das der Fall wäre?" fragte er sich. Mußte er sich doch ohnehin ein neues Heim gründen, nachdem er das alte aufgegeben hatte, wie, wenn er sich hier in der Nachbarschaft eine Wohnung suchte? Diese und ähnliche Gedanken nahmen nicht geradezu Gestalt an, aber sie tauchten wenigstens in seinem Gesichtskreis auf. Mit unverhohlenem Entzücken blickte er auf seine Gönnerin vor sich. Ihr kam niemand gleich, das war eine abgemachte Sache für ihn, so sehr er in mancher Beziehung auch Röschen Dennis bewunderte, besonders, was ihre Lesekunst betraf, und so hoch er es ihr anrechnete, daß sie ihn auf der Schreibmaschine schreiben gelehrt hatte. In dieser Fertigkeit wollte er sich noch vervollkommnen, sobald sich ihm hierzu Gelegenheit bieten würde. Ja, mit der Zeit hoffte er, sich eine solche selbst anzufertigen, und zwar mit verschiedenen Verbesserungen. Wer könnte behaupten, daß Robert nicht innerlich reifte?

An dem betreffenden Sonntag saß eine Dame neben Frau Roberts, die der Junge immer wieder ansehen mußte, er wußte selbst nicht, warum. Sie kam ihm so bekannt vor, daß er sich vornahm, sie beim Hinausgehen genauer zu betrachten. Nach beendigtem Gottesdienst wandte sie sich nach ihm um, und er erkannte Martha!

Daß die Fremde seine Schwester sein könnte, war Robert nicht einen Augenblick in den Sinn gekommen. Wer daran zweifelt, hat einfach keinen Begriff, wie eine andere Kleidung die Leute zuweilen verändert. Man bedenke, der Junge hatte Martha erst zweimal in seinem Leben in einem Hut gesehen, das erstemal bei Gelegenheit des Mäßigkeitsvortrags, als ihr Sarah den ihrigen lieh, und das zweitemal beim Begräbnis der Mutter, als ihr eine Frau im oberen Stock ein schäbiges schwarzes Ding anbot, eine Freundlichkeit, die Frau Roberts nicht zurückweisen wollte, weshalb sie es Martha ruhig aufsetzen ließ, anstatt ihr den von ihr mitgebrachten, höchst einfachen, aber kleidsamen Hut zu geben. Unter der alten, unförmlichen Kopfbedeckung sah das Mädchen aus wie maskiert.

Der Hut, den Martha nun trug, war so allerliebst, daß sich Robert nicht satt an der merkwürdig veränderten Schwester sehen konnte und ganz stolz war beim Gedanken, daß er für das hübsche Mädchen sorgen und über dasselbe wachen sollte, wie ihm Frau Roberts ans Herz gelegt hatte.

Ich glaube, an jenem Sonntag machte sich in Frau Roberts

Gruppe zum ersten Mal eine Veränderung nach außen hin bemerkbar, und zwar nicht nur für die Lehrerin selbst, sondern sogar für Leute, die nur deutlich in die Augen springende Dinge sehen.

Einige Wochen später kam die kleine Frau so leuchtenden Auges und so strahlenden Gesichtes nach Hause, daß ihr Mann verwundert fragte: „Nun, Dora, was gibt es?"

„Etwas, was die meisten Leute nicht verstehen würden, was du aber gewiß verstehen wirst", antwortete Frau Roberts. „Ach, wie froh bin ich darüber, Eduard! Auf dem ganzen Heimweg hätte ich singen mögen: ‚Lobe den Herrn, meine Seele'!"

„Was ist dir denn so besonders Freudiges begegnet, Kind? Laß mich doch teilnehmen an deinem Glück!" sagte Herr Roberts.

„Denke nur, heute ist auch der letzte meiner Jungen mit gewichsten Stiefeln und einem reinen Papierkragen in die Sonntagsschule gekommen!" erwiderte Dora strahlenden Auges.

Herr Roberts legte sich in seinen Lehnstuhl zurück und lachte herzlich, doch seine Frau wußte, wie gesagt, daß er wohl begriff, weshalb sie der Umstand, daß nun auch der letzte ihrer Schüler seine Stiefel gewichst und einen reinen Papierkragen angezogen hatte, mit Freude und Dank gegen Gott erfüllte. Sie glaubte mit Recht darin den Beweis zu sehen, daß ein Gefühl der Selbstachtung in den Jungen erwacht war.

Verschiedene andere kleine Ereignisse fanden in den nächsten Tagen statt, die nicht wenig zur Bildung von Robert Colsens Charakter beitragen sollten. Eines dieser Ereignisse möchte ich besonders erwähnen, da es für des Jünglings Sonntage von großer Bedeutung wurde. Er bewohnte das

Kämmerchen neben Rieds Zimmer, aber seine Mahlzeiten nahm er bald in diesem bald in jenem Wirtshaus ein, wie es ihm gerade gelegen war, eine weit sichere und bequemere Art, sich zu verköstigen, als er früher gekannt hatte; denn nach seiner bisherigen Lebensweise mußte ihm auch das einfachste Wirtshaus geradezu luxuriös erscheinen. Seither hatte er jedoch in Frau Roberts Eßzimmer zu Nacht gespeist und die Erfahrung gemacht, daß es auch in der Art, seine Mahlzeiten zu sich zu nehmen, sowie in den Mahlzeiten selbst, große Unterschiede gibt, und als er an einem Sonntagmorgen zum ersten Mal an Frau Sanders Frühstückstisch saß, sah er, daß auch in einem bescheidenen Heim ein guter Ton herrschen kann. Durch diese Sonntagsmahlzeiten suchte Frau Sanders das christliche Liebeswerk an den jungen Leuten zu unterstützen, und mancher Jüngling, der als Doktor Everetts oder Rieds oder eines anderen Kostgängers Gast bei Tische erschien, hatte keine Ahnung, daß er die Einladung im Grunde der Hausfrau persönlich verdankte.

Die an den Montagabenden stattfindenden Zusammenkünfte bei Frau Roberts dauerten natürlich nach wie vor fort, und der Unterricht im Lesen, Schreiben und allen möglichen anderen wichtigen Gegenständen wurde immer besser ausgenützt.

Blankgewichste Stiefel, glattgebürstete Haare und reine Kragen waren jetzt nicht mehr eine Ausnahme, sondern die Regel.

Mit der Zeit öffneten sich den Jungen auch andere Fortbildungsquellen. Als unserer Freunde Bemühungen zur Hebung der verwahrlosten Jugend bekannt wurden, wurden Herrn Roberts von verschiedenen Seiten Billetts für allerlei schöne und lehrreiche, volkstümlich gehaltene Vorlesungen zu Nutzen seiner Schutzbefohlenen zur Verfügung gestellt, und das war nur eins der verschiedenen Fortbildungsmittel, die sich nach langer, geduldiger Arbeit den bereits völlig im Besitz Satans gewähnten Jungen bot.

Eine Veränderung hatte nach einiger Zeit stattgefunden: Röschen Dennis war nach Hause zurückgekehrt.

„Ich fühle mich innerlich gedrungen heimzugehen", sagte sie, als die Freundin sie bat, noch einige Zeit zu bleiben. „Du brauchst nicht so ernst dreinzusehen, Dora. Ich habe mich in meinem Leben nicht so glücklich gefühlt wie während dieses Aufenthalts bei dir, und zwar habe ich ein Glück hier gefunden, das mir nicht wieder genommen werden kann. Es wird mir sehr schwer werden, von unseren Jungen Abschied zu nehmen, besonders von meinem lieben Richard Bolten, aber es läßt sich nicht ändern. Ich muß endlich wieder nach Hause, denn ich habe gar manches wieder gut zu machen, was ich verfehlt habe. Du kennst mich nicht halb, Dora! Ich war ein rechtes Gänschen, ehe ich hierher kam. Hättest du eine Ahnung gehabt, wie abscheulich ich mich zu Hause benahm, so hättest du dich wohl gehütet, mich einzuladen. Besonders häßlich war ich unter anderem gegen meine Mutter. Ich bildete mir ein, ich hätte alle Ursache, ihr zu mißtrauen, während ich in Wirklichkeit Grund habe, ihr kniefällig zu danken, daß sie mich von gewissen Dingen abgehalten hat. Darum kann ich es kaum mehr erwarten, heimzukommen und meinem Mütterlein zu zeigen, was für eine musterhafte Tochter ich sein kann."

Frau Roberts lächelte, antwortete aber nichts, so daß Röschen keine Ahnung hatte, wie genau die Freundin in der betreffenden Angelegenheit Bescheid wußte. Übrigens erfuhr Dora nie, wie sich die Geschichte mit Professor Ellis eigentlich verhalten hatte, obwohl Grete Mason, eins der Mädchen in Doktor Everetts Gruppe, viel von dem Mann hätte erzählen können, wie auch von Röschens erfolgreichen Bemühungen, ihre Füße aus dem Netz zu ziehen, das Satan für sie bereitet hatte.

Kurze Zeit nach Röschens Heimkehr ins Elternhaus erhielt Dora nachstehenden Brief von ihrer Freundin, Marianne Dennis:

„O Dora Roberts,
Du kluge, kleine Person, was hast Du nur gemacht? Wie hast Du es angestellt? Ach, ich kann mir wohl denken, wie es so hat kommen müssen. Der Herr hat es alles getan, und zwar durch Dich, sein Kind. Er hat unser Röschen um einen Schritt weiter geführt und hat sie Befriedigung an höheren Dingen finden lassen, wodurch ihr gehaltlose, wertlose Dinge nun in ihrem wahren Licht erschienen und ihre Anziehungskraft für sie verloren haben.
Ohne Zweifel weißt Du, daß nun mit Professor Ellis alles in Richtigkeit ist, oder vielmehr nicht mit Professor Ellis, sondern mit Röschen in bezug auf den Professor. Soviel ich höre, hat er sich nun dauernd in New York niedergelassen. Vielleicht kannst Du ihm irgendwie nahe kommen und ihm zum Segen werden. Er hat Röschen geschrieben, um ihr sein Benehmen jener Grete Mason gegenüber zu erklären, Du kennst die Einzelheiten ja wohl. Röschen hat mich den Brief sowie ihre Antwort lesen lassen. Nach Empfang dieser letzteren wird er ihr schwerlich mehr schreiben.“

„Ich weiß nichts von einer Grete Mason“, sagte Frau Roberts zu ihrem Mann, „aber das tut nichts. Ich sehne mich durchaus nicht danach, Geschichten zu erfahren, die ich nicht zum Nutzen anderer kennen muß, und es gibt derselben leider nur zu viele.“

29. Drei Jahre später

Es war Montagabend, und in Herrn Roberts Haus war Gesellschaft versammelt, nicht die jungen Leute nur, die gewöhnlich an den Montagabenden dort zusammenkamen, sondern eine Menge Herren und Damen im Festtagsstaat, die einen jünger, die anderen älter. Nicht nur das schöne Studierzimmer jenseits des Gewächshauses, sondern auch die großen Gesellschaftsräume, sowie Lese- und Musikzimmer waren den Gästen zur Verfügung gestellt worden, kurz, es war auf alle erdenkliche Weise für ihre Bequemlichkeit gesorgt.

Einige der Geladenen sind meinen Lesern bekannt, doch glaube ich kaum, daß sie dieselben wiedererkennen werden. Sogar in der kurzen Frist von drei Jahren machen sich oft große Veränderungen geltend.

Kennt ihr zum Beispiel den jungen Mann in einfachem, aber sehr kleidsamen Gesellschaftsanzug dort am Klavier, der mit so geübter Hand die Blätter des Notenheftes umwendet, als habe er sein Lebtag nichts anderes getan, und als lese er die Noten vortrefflich vom Blatt? Letzteres ist auch der Fall, ersteres aber nicht, denn vor drei Jahren hatte der „flinke Richard" noch keinen Begriff vom Notenumwenden.

Ihr könnt nicht glauben, daß es Richard Bolten ist? Das begreife ich wohl. Ist doch eine so merkwürdige Wandlung mit dem jungen Mann vorgegangen, daß er, wenn er so recht in seine Beschäftigung vertieft ist, zuweilen selbst nahezu vergißt, daß ihm die Kreise, in denen er sich jetzt bewegt, nicht immer offen gestanden haben. Zwei bis drei Jahre sind eine lange Zeit für die Jugend, und Richard Bolten hat seither so viel in Frau Roberts Haus verkehrt, daß ihm die Sitten und Gebräuche der gebildeten Welt durchaus nichts Fremdes mehr sind.

Nun euch die Augen geöffnet sind, findet ihr vielleicht auch andere Bekannte unter den jungen Leuten heraus. Es sind eine Menge hier versammelt, einige von ihnen aber sehen aus, als seien sie gewissermaßen dafür verantwortlich, daß sich die anderen Geladenen behaglich fühlen. Sie sind allem Anschein nach genau mit den Räumlichkeiten des Hauses bekannt und können Auskunft geben, was die Bilder an den Wänden oder die Büsten in dieser oder jener Nische darstellen, ja, sogar aus welchem Weltteil diese oder jene Muschel kommt; kurz, es macht den Eindruck, als wären etwa zwanzig junge Wirte um das Behagen und die Unterhaltung der Gäste bemüht. Frau Roberts sieben erste Schützlinge haben sich um zehn vermehrt. Vor zwei Montagen noch waren ihrer allerdings zwanzig. Aber Stephan Halter und einer der später dazu gekommenen jungen Leute haben Stellungen im Telegraphenamt angenommen, ersterer in New York selbst und der andere in einer Stadt in weiter Ferne. Der junge Haas ist mit einem der Teilhaber des Geschäfts, in das er vor zwei Jahren eingetreten ist, ebenfalls in eine fremde Stadt gezogen, um dort eine Filiale zu gründen, und seine frühere Sonntagsschullehrerin hat bereits Mitteilung von ihm erhalten, daß er sieben verkommene kleine Bengel von der Straße aufgelesen hat und sie allsonntäglich in Gottes Wort unterweist. „Ich möchte Sie herzlich darum bitten, liebe Frau Roberts“, schließt der Jüngling seinen Brief, „flehen Sie doch mit mir zum Herrn, er möge es mir gelingen lassen, ihm diese sieben zuzuführen!“

Leute, die ein Verständnis für dergleichen Dinge haben, werden aus diesen Worten ohne Mühe auf den Seelenzustand des jungen Mannes schließen können.

So erstaunenswert übrigens die Veränderung erscheinen mag, die mit Frau Roberts Schützlingen samt und sonders vorgegangen ist, hat der gewissenhafte, pflichttreue, gutmütige Markus Calkins seine Kameraden doch alle übertroffen. „Kein Auge hat gesehen, kein Ohr hat gehört und ist in keines Menschen Herz gekommen“, welche Herrlichkeit ihn jetzt umgibt. Er befindet sich am Hofe des Herrn Himmels und der Erde. Der Herrscher des himmlischen Reichs hat Markus in seine unmittelbare Nähe berufen, und der Jüngling hat dem Ruf mit unaussprechlicher Freude Folge geleistet. Die zurückgebliebenen Kameraden jedoch sprechen oft von ihm. Mindestens die Hälfte von ihnen aber getröstet sich der seligen Hoffnung, dem Vorangegangenen dereinst in die Wohnungen des Lichts nachfolgen zu dürfen.

Dieser letztere Satz schließt den merkwürdigsten Teil meiner merkwürdigen Geschichte in sich, denn daß dieselbe merkwürdig ist, gebe ich offen zu. Sie ist keine erfundene Geschichte, folglich bin ich für ihre Seltsamkeit nicht verantwortlich. Es ist Tatsache, daß die jungen Leute samt und sonders den Ruf empfangen haben, im Palaste des Königs zu dienen, unter der Bedingung, daß sie sich von ihrem Herrn und Meister, von dem sie wissen, daß er überaus weise ist, willenlos leiten und regieren lassen. Tatsache ist es auch, daß ihrer neun dem Ruf Folge geleistet, die ihnen angetragene Stellung angetreten haben und nun auf den Befehl warten, persönlich vor dem Thron zu erscheinen. Ebenso wahr ist es, daß sich die anderen noch im Zustand der Unentschlossenheit befinden und sich noch nicht recht klar sind, sollen sie den Ruf annehmen oder nicht, obwohl sie glauben, daß die Annahme der beste Weg zu ehrenhafter, sicherer Beförderung ist. Tatsache ist es auch, daß sie Markus wiederholt besuchten, als sich diesem die Himmeltore öffneten, daß sie ihn von der Herrlichkeit sprechen hörten, die sich vor ihm auftat, und seine letzten Worte vernahmen, ehe er von hinnen schied: „Ich sehe den König in seiner Schöne!“, daß seine Stimme dabei triumphierend klang wie die eines Siegeshelden, und daß sein Angesicht leuchtete von der unsichtbaren Herrlichkeit, die sich auf demselben abspiegelte; ... und doch zögern sie immer noch und meinen, sie könnten den Ruf auch später annehmen, jetzt sei es noch zu früh! Aber dafür bin ich nicht verantwortlich. Schriebe ich eine erfundene statt einer wahren Geschichte, so würde ich von einer solchen Torheit lieber gar nicht berichten, da ich fürchten müßte, meine lieben Leser möchten die Erzählung für unnatürlich und übertrieben halten, aber ich versichere euch, es hat sich tatsächlich so zugetragen, wie ich es niedergeschrieben habe. Erklärt euch diese Handlungsweise nun, wie ihr wollt.

Sarah und ihr Vater sind also allein zurückgeblieben, doch gehören sie nicht zu den Unentschlossenen. Beide erwarten bestimmt, zu dem Herrn berufen zu werden, wo sie ein ewiges Leben erwartet. Die Wartezeit aber kaufen sie treu aus. Sie wohnen jetzt in dem netten Häuschen am Eingang der Anlagen, welche die Südwestendkirche umgeben, denn Herr Calkins ist Küster der Kirche, und Sarah hilft ihm, die dazu gehörigen Räumlichkeiten instandzuhalten. Ihr Leben ist ein geschäftiges, aber überaus glückliches. Sarah hat ihres Vaters Wort damals nicht vergeblich Vertrauen geschenkt, als er sich trotz des so sehr geschwächten Willens aufraffte und das Enthaltsamkeitsgelübde unterschrieb. Aber allerdings hatte er wenige Tage später seine schwachen, schwankenden Füße auf den Fels des Heils gestellt, so daß sich der Feind fortan umsonst um ihn bemühte.

An dem betreffenden Abend, von dem ich im Anfang des

Kapitels sprach, waren also siebzehn von Frau Roberts Schützlingen unter den Geladenen.

Der junge Mann, der sich dort an der Tür des Gewächshauses mit Fräulein Henderson unterhält, ist „der schwarze Robert“, so erstaunlich das auch allen erscheinen mag, die ihn als verkommenen Gassenjungen und ärgsten Ruhestörer von Frau Roberts Sonntagsschulgruppe gekannt haben. Fast jedermann nennt ihn nun „Herr Colsen“, und es klingt das durchaus nicht mehr fremd. Er ist in der großen Firma „Roberts & Co.“ angestellt und wohnt im Haus des früheren jüngeren Teilhabers der Firma, da dieser es bequemer findet, einen seiner jungen Herren zur Hand zu haben. Jüngster Teilhaber im Geschäft ist seit einiger Zeit Alfred Ried, dessen hervorragendes kaufmännisches Talent den Besitzern der Firma wertvoller erscheint als ein Kapital an Geld. Offenbar hatten die Herren den Schritt auch nicht zu bereuen, denn Herr Roberts sagte einst zu seiner Frau, als er auf die Angelegenheit zu sprechen kam:

„Ich bin überzeugt, Dora, der Herr segnet jedes ihm geweihte Leben, einerlei nach welcher Richtung hin sich die von ihm verliehenen Gaben entfalten mögen. Der junge Ried wird sich sicherlich in der kaufmännischen Laufbahn auszeichnen, und es sollte mich durchaus nicht wundern, wenn ihm sein Herr und Meister Gelegenheit gäbe, der Welt zu zeigen, wie ein Christ den Reichtum zu seiner Ehre verwenden kann.“

Was Herr Colsen dereinst werden wird, läßt sich noch nicht mit Bestimmtheit voraussagen, möglicherweise ebenfalls Kaufmann, vielleicht aber auch ein großer Redner, Vertreter der Temperenzsache oder etwas Ähnliches. Jedenfalls hat der junge Mann eine außerordentliche Begabung. Darum möchte ich meinen Lesern den Gedanken nahe legen, daß so und so viele der armen Gassenjungen, die in den Großstädten darauf angewiesen sind, sich durch Schlauheit kümmerlich das Leben zu fristen, ungeschliffene Diamanten sind. Wenn jemand einen Diamanten ausgräbt, der jahrelang in den Schmutz getreten wurde und folglich nur immer tiefer darin versank, so wird der Betreffende wohl finden, daß der Stein nicht sofort glänzt, und doch ist es ein Edelstein.

„Du wirst ein königlicher Hut (Diadem) in der Hand deines Gottes sein", heißt es in der heiligen Schrift. Frau Roberts hatte Diamanten für die Krone ihres Herrn und Meisters aufgelesen.

Während Herr Colsen so dastand und sich mit Fräulein Henderson unterhielt, erinnerte auch nicht das Geringste in seinem Benehmen an seine Vergangenheit. Er hatte abgestreift, was an die Wolfsgasse hätte mahnen können, und verkehrte völlig ungezwungen mit dem Fräulein von Stand.

Wie ging es zu, daß ihm das junge Mädchen dies gestattete? Ja, das ist eine Geschichte, die ich meinen Lesern noch in Kürze mitteilen muß. Vor zwei Jahren etwa hatte sich Frau Roberts plötzlich vor eine schwierige Frage gestellt gesehen und lange darüber nachgedacht, wie sich dieselbe lösen ließe. Schließlich hatte sie ihren Freunden das Ergebnis ihrer Erwägungen mitgeteilt.

„Im Verkehr mit mir lernen die Jungen mehr und mehr, sich ungezwungen zu benehmen und zuvorkommend zu sein, ohne sich dessen zu schämen. Aber anderen Damen gegenüber, fürchte ich, würden sie sich höchst linkisch und ungeschickt zeigen", hatte sie gesagt. „Ich hatte so recht Gelegenheit, das zu bemerken, als Fräulein von Roos neulich hier war. Herr Colsen öffnete von dem Augenblick an den Mund nicht mehr, so ungeniert er bis dahin gesprochen hatte. Es ist, als wäre eine kaum zu überbrückende Kluft zwischen ihnen und der sogenannten gebildeten Gesellschaft. Wissen Sie vielleicht Rat, Herr Ried?“

Da trat der junge Mann mit einem Gedanken hervor, den er lange mit sich herumgetragen hatte.

„Meine Schwester Esther hatte nette, kleine Mädchen in ihrer Sonntagsschulgruppe, angesehener Leute Kinder in zierlicher Kleidung und mit lockigen Haaren. Während ihrer Krankheit sagte sie mir eines Tages, wie leid es ihr tue, nicht lange genug gesund geblieben zu sein, um einen Plan auszuführen, den sie sich ausgedacht hatte. Sie habe die Mütter ihrer kleinen Schülerinnen bitten wollen, die Kinder monatlich einmal zu ihr kommen und unter ihrer Aufsicht mit den kleinen Gassenjungen ihrer anderen Sonntagsschulgruppe spielen zu lassen, damit die Knaben von wohlerzogenen Mädchen lernten, sich ruhig und anständig zu benehmen. Ich weiß nicht, ob dieser Plan ausführbar gewesen wäre, denn leider war Esther ja nie mehr wohl genug, um einen Versuch damit machen oder jemanden für die Arbeit gewinnen zu können. Ich vermute, die Sache hat ihre großen Schwierigkeiten, aber ich hätte sie doch gern versucht sehen mögen.“

Herr Ried war nicht halb mit seiner Erzählung zu Ende, als der verständnisvolle Blick, mit dem Frau Roberts leuchtenden Auges zu dem jungen Mann aufsah, bekundete, daß ihr Esthers Plan einen guten Gedanken eingegeben hatte.

„Ich sehe jetzt, was sich tun ließe!“ sagte sie freudestrahlend. „Ich hätte längst Ihre Schwester Esther in der schwierigen Angelegenheit zu Hilfe nehmen sollen, denn im Grunde tun wir doch ihre Arbeit.“

30. Ihre Werke folgen ihnen nach

Die Ausführung des betreffenden Planes wurde somit in Angriff genommen. Frau Roberts hatte unter ihren Bekannten einige junge Damen, die gleichen Sinnes mit ihr waren und sich darum besonders zu ihr hingezogen fühlten. Deren Namen schrieb sie sich eines Tages sorgfältig auf.

Obenan auf der Liste stand Fräulein Henderson, eine der Aristokratinnen der Stadt. Ich gebrauche die Benennung in des Wortes edelster Bedeutung. Es waren ihr Reichtum und eine angesehene Stellung in der Welt von Geburt zugefallen, wie wir Menschen zu sagen pflegen, obgleich wir mehr oder weniger alle wissen, daß auch diese Gaben von dem Herrn kommen, und daß er Rechenschaft von denselben fordern wird.

Dieses Rechenschaftablegen wird Fräulein Henderson dereinst nicht zu scheuen haben, denn sie ist des Königs Kind und macht ihrem Christennamen keine Schande.

Ohne einen Augenblick zu zögern, schrieb Frau Roberts daher ihren Namen obenan auf die Liste. Die anderen zehn wurden mit größerer Bedachtsamkeit zu dem genannten besonderen Dienst für den Herrn ausgewählt und aufs sorgfältigste unterwiesen.

Die jungen Mädchen gingen mit großer Freudigkeit auf den Plan ein und gründeten zu dessen Ausführung einen Verein mit Fräulein Henderson an der Spitze. Vor den Leuten galten sie für eine literarische Gesellschaft, in Wirklichkeit waren sie Diamantenschleiferinnen.

Auf Frau Roberts Aufforderung hin kamen sie eines Tages zu ihr ins Haus, um die Bekanntschaft des „Montagabendklubs“ zu machen. Nachdem gesungen, vorgelesen und über alle möglichen lehrreichen und unterhaltenden Dinge geplaudert worden war, blieben sie noch mit den jungen Leuten zu Tisch. Mit der Zeit wurden andere gesellige Zusammenkünfte geplant, bald in dieser, bald in jener der Familien, zu denen die jungen Mädchen gehörten, und die Mitglieder des Montagsklubs wurden dazu eingeladen. Die Gesellschaft war eine auserlesene, und die Diamantenschleifer wurden aufs sorgfältigste ausgewählt, aber es war merkwürdig, wie viele sich zu der Arbeit bereit fanden, nachdem ihnen gezeigt worden war, wie dabei zu Werke gegangen werden müsse.

Wie das Werk geschah, habe ich ja bereits angedeutet. Die jungen Damen waren, wie gesagt, allesamt lebendige Christinnen, die keinen anderen Zweck im Auge hatten als die Ehre des Herrn und keinen Schritt ohne Gebet taten. Kein Wunder, daß ihre Arbeit Erfolg hatte.

Nun wißt Ihr auch, wie es kam, daß Herr Colsen so ungeniert mit Fräulein Henderson plauderte, und daß so gar nichts Linkisches in seinem Benehmen zum Vorschein kam, als ihn die junge Dame ihrer Freundin aus Philadelphia vorstellte. Er hatte Zeit gehabt, sich an solche Dinge zu gewöhnen.

Von Martha Colsen muß ich nun aber auch noch einiges erzählen, denn ich gewann ein besonderes Interesse für sie von dem Augenblick an, als ich sie zum ersten Mal durch das Fenster ihrer elenden Kellerwohnung sah.

Ihre Freundin und Gönnerin ist um ihretwillen scharf kritisiert worden, hat sich aber nicht viel daraus gemacht.

„Hat sie das Mädchen wirklich alle diese Jahre im Haus behalten?“ höre ich fragen, und ich antworte ganz bescheiden: „Ja, das hat sie getan.“

„Und hat sie weder irgendein Geschäft lernen lassen, noch

in die Fabrik geschickt, kurz, ihr nicht Gelegenheit gegeben, sich ihren Unterhalt selbst zu verdienen?“

Nein, sie hat sie weder in die Fabrik geschickt, noch irgendein Geschäft erlernen, noch als Näherin ausbilden lassen, das ist allerdings wahr.

Ich dachte mir wohl, daß ihr das nicht billigen werdet, dennoch fällt es mir nicht ein, Frau Roberts euch gegenüber zu verteidigen. „Ein jeder steht und fällt seinem Herrn.“

Nicht, daß Frau Roberts selbst die Sache anderen gegenüber gelegentlich nicht zu verteidigen gesucht hätte, wie zum Beispiel Röschen Dennis gegenüber, als diese einmal auf einige Wochen zu Besuch kam und sie unter anderem fragte: „Dora, was hast du mit dem Mädchen vor? Willst du es wirklich hier behalten?“

Da antwortete Frau Roberts: „Wo sollte ich es hintun, Kind, da es weder Vater noch Mutter hat und sein Bruder noch nicht imstande ist, für es zu sorgen?“

„Ach, da gibt es doch der Orte genug“, erwiderte Röschen.

„Ich weiß es wohl“, antwortete Frau Roberts, „und mein Haus ist einer dieser Orte, Röschen.“

„Aber sie sollte doch etwas lernen“, gab Röschen zu bedenken. „Wie kann sie sonst später ihren Lebensunterhalt verdienen?“

„Sie studiert Arithmetik mit mir und lernt lesen und schreiben bei den jungen Mädchen“, erwiderte Dora, „auch lehre ich sie Klavierspielen, und mein Mann hat vor, ihr Geschichtsunterricht geben zu lassen, sobald sie imstande sein wird, davon zu profitieren.“

„Nimm mir’s nicht übel, Dora, aber das ist doch der reine Unsinn!“ versetzte Röschen ärgerlich. „Du kannst die Welt doch nicht auf den Kopf stellen und die Armen so aus ihrer Sphäre herausreißen."

„Das habe ich auch nicht im Sinn", antwortete Frau Roberts sanft. „Es gibt der verwaisten Mädchen genug in der Stadt, für die ich nicht tun kann, was ich für Martha tue, aber es ist dies auch ein besonderer Fall. Nicht nur ist sie ihrer Schönheit wegen besonderen Gefahren ausgesetzt, sondern auch um ihrer Charakteranlagen willen. Sie ist so verbittert und in vieler Hinsicht unwissend, daß ich bange bin ihretwegen. Auch konnte ich kein Plätzchen ausfindig machen, wo sie der Herr Jesus hätte untergebracht haben wollen, und ihm muß ich es doch um jeden Preis recht zu machen suchen, nicht wahr, Röschen? Ich müßte mich aber sehr irren, wenn er nicht wünschte, daß sie für den Augenblick hier im Haus ein Obdach fände. Er verlangt nicht von mir, daß ich alle verwaisten Kinder der Welt bemuttere, das hat er mir auch durchaus nicht ans Herz gelegt, sondern er hat einfach gesagt: „Nimm dieses eine Kind auf, und behalte es in deinem Haus, bis ich dir ein anderes Plätzchen für die Kleine zeige. Soll ich ihm antworten: Das kann ich nicht, Herr!"

Nach diesen Worten war Röschen geschlagen und mußte den Widerspruch aufgeben.

Natürlich kritisierten aber auch die Fernerstehenden und sprachen unverhohlen ihre Mißbilligung aus, daß Frau Roberts ein Mädchen im Haus behalten mochte, das sie auf der Straße aufgelesen hatte. Anfangs nannten sie Martha gar nicht anders als „das Gassenmädchen", mit der Zeit aber gewöhnten sie sich doch daran, „Martha Colsen" zu sagen, wie Frau Roberts zu tun pflegte. Schließlich leugnete niemand mehr, daß Martha im Umgang mit ihrer Gönnerin viel gelernt hatte, was ihr für die Zukunft von großem Nutzen sein konnte.

Selbst ihren Lebensunterhalt lernte sie sich auf mancherlei Weise verdienen, denn als lebendige Christin kämpfte Frau Roberts gegen alle verschrobenen Lebensansichten und wäre daher die letzte gewesen, die Martha solche beigebracht hätte.

Das Mädchen war nicht Köchin, konnte aber gelegentlich eine recht gute Mahlzeit herrichten. Martha war nicht Stubenmädchen, verstand sich aber ausgezeichnet auf das Ordnen der Zimmer und das Tischdecken. Sie war kein Nähmädchen, dennoch wurde beständig Anspruch auf ihre geschickten Finger gemacht. Sie war keineswegs Kindermädchen; nichtsdestoweniger opferte sie sich mit hingebender Liebe der goldlockigen kleinen Else auf, die das sonnige Kinderzimmer eine Stiege hoch bewohnte, und Frau Roberts wußte, daß sie ihren Liebling Marthas wachsamer Obhut ohne Sorge überlassen konnte, wenn sie selbst anderweitig beschäftigt war. Mit einem Wort, es wäre schwierig, Marthas Stellung im Haus Roberts genau zu bezeichnen. Aber jedenfalls vergaßen die Fernerstehenden mit der Zeit, woher das Mädchen gekommen war, und kannten es nur noch als „Martha Colsen“, der reizenden Frau Roberts Pflegetochter. Sehr viel zu Marthas Bildung trugen auch die christlichen jungen Mädchen bei, die sich Frau Roberts zu Gehilfinnen am Werk des Diamantenschleifens auserkoren hatte. Das würde Martha mit Tränen der Dankbarkeit bestätigen. Es kam sogar eine Zeit, da selbst die Damen, die sich am meisten darüber aufgehalten hatten, daß Frau Roberts ein Mädchen aus ganz verkommener Familie in ihr Haus aufnahm, zueinander sagten: „Es muß eine große Erleichterung für Frau Roberts sein, beständig ein so tüchtiges Mädchen wie Martha zur Hand zu haben, auf das sie sich so unbedingt verlassen kann“, und die eine oder andere fügte wohl seufzend hinzu: „Manchen Leuten fällt das Glück nur so in den Schoß."

Viele meiner lieben Leser werden nun vielleicht sagen, die Geschichte nehme sich ja recht hübsch auf dem Papier aus, aber um natürlich zu sein, hätte sie nicht so gut ausgehen dürfen, und Frau Roberts hätte mindestens an der Hälfte der Knaben vergeblich arbeiten müssen.

Allerdings habe ich von denen, an welchen ihre Bemühungen nicht mit Erfolg gekrönt waren, so geduldig sie an ihnen weiter arbeitete, nichts gesagt; von ihnen sollte meine Erzählung auch nicht handeln, sondern von den anderen, an denen sie spürbar Gottes Segen erfahren durfte.

Zum Schluß möchte ich meinen lieben Lesern noch den Rat geben: „Macht euch an die Arbeit, und verwendet so viel Zeit, Geduld, treue Fürbitte und Glauben an dieselbe wie Frau Roberts, so werdet ihr bald sehen, daß solche Arbeit in dem Herrn nicht vergeblich ist. Zweitens aber erinnert euch, daß ich nicht eine erfundene, sondern eine wahre Geschichte erzählt habe, mag sie auch noch so unnatürlich scheinen.

Soeben fällt mir ein, daß ich noch gar nicht gesagt habe, welcher festlichen Gelegenheit zu Ehren die betreffende Gesellschaft, von der ich sprach, gegeben wurde. Sie fand zum Empfang der jungen Frau Ried statt, daß diese mit ihrem Mädchennamen „Röschen Dennis" hieß, brauche ich wohl kaum hinzuzufügen.

Der junge Ehegatte stand neben der Dame, deren treuer Gehilfe er gewesen war, von jenem Nachmittag an, als er seiner gedrückten Stimmung ihr gegenüber Luft gemacht hatte, und beide beobachteten miteinander die zwei jungen Männer am Klavier, die sie noch als den „flinken Richard" und den „schwarzen Robert" gekannt hatten. Die Blicke der beiden Arbeiter begegneten sich, und Frau Roberts sagte:

„Ich gedachte soeben jenes ersten Sonntags, als ich die Jungen bat, mir mein Taschentuch aufzuheben, und der ‚flinke Richard' mir antwortete: ‚Heben Sie es doch selbst auf, Madame! Sie haben gerade so weit hin wie ich, und Sie sehen nicht so schwächlich aus, als könnten Sie sich nicht bücken!' Ob er sich dessen noch erinnert, und was er wohl sagen würde, wenn ich ihm jene Begebenheit ins Gedächtnis zurückriefe?"

Bei diesen Worten ließ die Hausfrau absichtlich ihr Taschentuch fallen. Robert Colsen bückte sich sofort, um es aufzuheben; aber Richard Bolten kam ihm zuvor und überreichte es Frau Roberts mit einer Verbeugung und einem etwas triumphierenden Lächeln zu seinem Kameraden hinüber. Da die beiden jungen Männer gleich darauf in den Chor einzustimmen hatten, konnten Frau Roberts und Herr Ried unbemerkt ein Lächeln austauschen, und es ahnte niemand, was ihnen das weiße Taschentuch sagte.

Trotz des Lächelns, das Herrn Rieds Mund umspielte, schimmerte es feucht in seinen Augen, und er sagte bewegt: „Wenn ich bedenke, was aus unseren Jungen geworden ist und noch werden kann, andererseits aber, woher sie stammen, und was sie gewesen sind, so bemächtigt sich meiner Seele ein solches Gefühl der Dankbarkeit, daß ich kaum die Tränen zurückhalten kann."

„Ja, nicht umsonst werden die Toten, die in dem Herrn sterben, selig gepriesen", erwiderte Frau Roberts. „Ihre Schwester Esther ist der beste Beweis für die Wahrheit jener Worte der Offenbarung: ‚Der Geist spricht, daß sie ruhen von ihrer Arbeit, und ihre Werke folgen ihnen nach'."

In der Reihe H (»Heimatlicht«) in der Edition C sind bisher erschienen:

Helene Hübener, REICH IN GOTT
Edition C, Nr. H 1, 248 Seiten
Helene Hübener, MARIA UND LISA
Edition C, Nr. H 2, 256 Seiten
Helene Hübener, VERSCHLUNGENE WEGE
Edition C, Nr. H 3, 224 Seiten
Helene Hübener, ES MUSS DOCH FRÜHLING WERDEN
Edition C, Nr. H 4, 336 Seiten
Helene Hübener, DREI FREUNDINNEN
Edition C, Nr. H 5, 160 Seiten
Helene Hübener, UNTER EINEM DACH
Edition C, Nr. H 6, 224 Seiten
Helene Hübener, AUS DEM LEBEN EINER WAISE
Edition C, Nr. H 7, 248 Seiten
Helene Hübener, IM ROSENHAUS
Edition C, Nr. H 8, 208 Seiten
Charlotte Woerner, VRENELIS GOLDENES HÄMMERLEIN
Edition C, Nr. H 9, 136 Seiten
Charlotte Woerner, GEISSEN-KASPARS GROSSES ERLEBNIS
Edition C, Nr. H 10, 80 Seiten
Charlotte Woerner, GEISSEN-KASPARS NEUE HEIMAT
Edition C, Nr. H 11, 200 Seiten
Bertha Schmidt-Eller, HAUS GUDELIUS
Edition C, Nr. H 13, 184 Seiten
Käthe Dorn, DAS WEISSE KLEID
Edition C, Nr. H 14, 64 Seiten
Margarete Lenk, DES WALDBAUERN FRIEDEL
Edition C, Nr. H 15, 120 Seiten
Kristina Roy, OHNE GOTT IN DER WELT
Edition C, Nr. H 16, 64 Seiten
Helene Hübener, GROSSMÜTTERCHEN
Edition C, Nr. H 17, 280 Seiten
Wilhelm Jörn, ANNEGRET STELLT DAS HAUS AUF DEN KOPF
Edition C, Nr. H 18, 112 Seiten
Helene Hübener, TANTE HEDWIG
Edition C, Nr. H 19, 272 Seiten
Käthe Dorn, DIE SCHÖNSTEN HÄNDE
Edition C, Nr. H 20, 64 Seiten
Kristina Roy, IM SONNENLAND
Edition C, Nr. H 21, 128 Seiten
Helene Hübener, DIE SILBERNE KETTE
Edition C, Nr. H 22, 292 Seiten
Kristina Roy, DREI KAMERADEN
Edition C, Nr. H 23, 120 Seiten
Margarete von Oertzen, IN FRIEDEN
Edition C, Nr. H 24, 172 Seiten
Helene Hübener, OLGA UND IHRE SCHWESTERN
Edition C, Nr. H 26, 296 Seiten
Kristina Roy, DER KNECHT
Edition C, Nr. H 27, 128 Seiten
Kristina Roy, GLÜCKLICHE MENSCHEN
Edition C, Nr. H 28, 64 Seiten
Helene Hübener, DIE NACHBARN
Edition C, Nr. H 29, 308 Seiten
Helene Hübener, NUR TREU
Edition C, Nr. H 30, 172 Seiten
F. A. Hoffmann, WENN WIEDER WEIHNACHTSROSEN BLÜHEN
Edition C, Nr. H 31, 112 Seiten
Charlotte Woerner, SPUREN IM AUSTRALISCHEN BUSCH
Edition C, Nr. H 32, 128 Seiten
Anna von Blomberg, BIS INS DRITTE UND VIERTE GLIED
Edition C, Nr. H 33, 168 Seiten
Kristina Roy, IN DER VERBANNUNG
Edition C, Nr. H 34, 96 Seiten
Margarete Lenk, IM FERNEN WESTEN
Edition C, Nr. H 35, 152 Seiten
Helene Hübener, IN DEN BERGEN
Edition C, Nr. H 36, 160 Seiten
Grace Livingston Hill, EIN AUSGEFALLENER PLAN
Edition C, Nr. H 37, 136 Seiten
Käthe Dorn, ADELES WANDLUNG
Edition C, Nr. H 38, 112 Seiten
Anna von Blomberg, EIN UNRUHIGES HERZ
Edition C, Nr. H 39, 256 Seiten
Otto Kägi, LONDONER SPATZEN
Edition C, Nr. H 40, 64 Seiten
Gerda von Kries, DAS GROSSE HEIMWEH
Edition C, Nr. H 41, 64 Seiten
Elisabeth von Maltzahn, WENN ICH IHN NICHT HABE . . .
Edition C, Nr. H 42, 96 Seiten
Amy LeFeuvre, CAROLAS REICHTUM
Edition C, Nr. H 43, 124 Seiten
Margarete Kühne, GOTT SEGNET ANDERS
Edition C, Nr. H 44, 64 Seiten
Elisabeth von Maltzahn, GETRAUTE TREUE
Edition C, Nr. H 45, 172 Seiten
N. P. Madsen, WENN DIE SONNE AUFGEHT
Edition C, Nr. H 46, 186 Seiten
Ernst Schreiner, DIE HÖCHSTE EHRUNG
Edition C, Nr. H 47, 64 Seiten
Helene Hübener, ONKEL TOBIAS
Edition C, Nr. H 48, 88 Seiten
U. Pansy, ESTHER RIED
Edition C, Nr. H 49, 250 Seiten
Margarete von Oertzen, IM FISCHERDORF
Edition C, Nr. H 50, 49 Seiten
Hedwig von Redern, DER GESTRENGE
Edition C, Nr. H 51, 96 Seiten
Kristina Roy, HEIMGEFUNDEN
Edition C, Nr. H 52, 276 Seiten
Helene Hübener, EIN LETZTER GRUSS
Edition C, Nr. H 53, 76 Seiten
U. Pansy, JULIA RIED
Edition C, Nr. H 54, 260 Seiten
U. Pansy, ALFRED RIED
Edition C, Nr. H 55, 240 Seiten
Cl. Heitefuß, ICH SUCHTE IHN . . .
Edition C, Nr. H 56, 208 Seiten

Weitere Titel in Vorbereitung